I0656137

Contraste insuffisant

NF Z 43-120-14

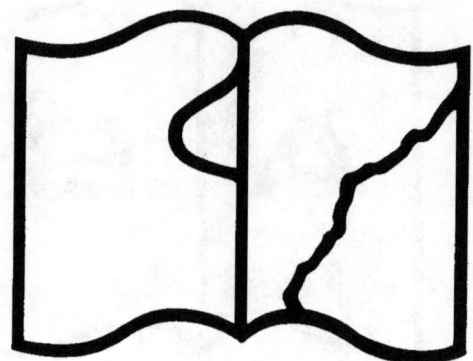

Texte détérioré — reliure défectueuse

NF Z 43-120-11

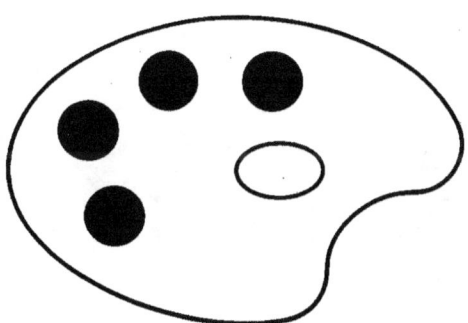

Original en couleur
NF Z 43-120-8

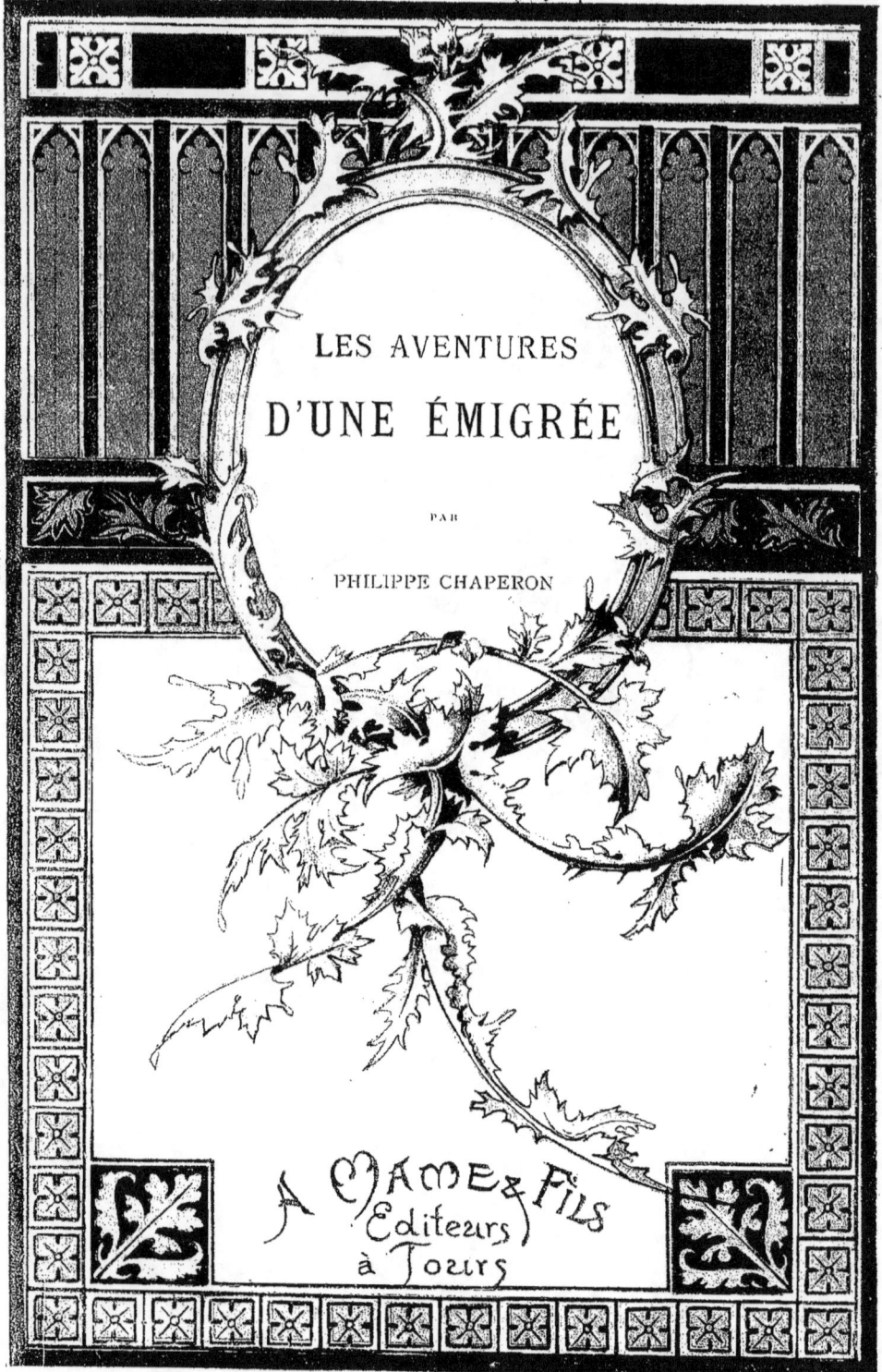

LES AVENTURES
D'UNE ÉMIGRÉE

PAR

PHILIPPE CHAPERON

A MAME & FILS
Éditeurs
à Tours

LES

AVENTURES D'UNE ÉMIGRÉE

—

1re SÉRIE GRAND IN-8o

Puiseaux courut à la comtesse, qu'il saisit par le bras.
(P. 67.)

LES AVENTURES
D'UNE ÉMIGRÉE

PAR

PHILIPPE CHAPERON

TOURS
MAISON ALFRED MAME ET FILS

LES AVENTURES

D'UNE ÉMIGRÉE

I

C'était dans les premiers jours du mois de juin 1792. M. le marquis de Laqueuille, ministre des princes auprès de l'archiduchesse Marie-Christine, gouvernante des Pays-Bas autrichiens, se trouvait dans son cabinet, occupé à dépouiller la correspondance arrivée le matin même, et, depuis un long moment, ses yeux demeuraient attachés sur une lettre chiffrée portant un large cachet de cire rouge, quand brusquement il s'arracha à sa lecture pour allonger la main vers un timbre. Presque aussitôt un valet se montrait au seuil du cabinet.

« Est-ce que M. le chevalier de La Jardie est en bas? demanda-t-il au domestique.

— Oui, monsieur le marquis.

— Priez-le de monter. »

Quelques instants après, le chevalier pénétrait dans le cabinet du ministre.

« Dites-moi, La Jardie, fit Laqueuille dès qu'il se trouva seul avec le chevalier, ne m'avez-vous pas raconté, il y a quelques semaines, que vous aviez rencontré un jour, dans le parc de Laeken, une jeune femme qui avait été attachée autrefois à la maison de la reine... ou à celle des enfants de France?

— Monsieur le marquis veut parler sans doute de la comtesse de Puiseaux?

— Puiseaux!... Oui, oui, c'est cela! Le nom me revient maintenant.

— Effectivement, monsieur le marquis, poursuivit La Jardie. La comtesse Aurore de Puiseaux faisait déjà partie de la maison des enfants de France du temps de Mme de Polignac, et elle en était encore, il y a un an, sous Mme de Tourzel.

— Quelle est sa situation présente?

— Précaire, j'ai tout lieu de le supposer. Le jour où je l'ai rencontrée, elle m'a laissé entendre qu'elle vivait à grand'peine de leçons de clavecin données dans quelques familles de la ville ou de la vente d'aquarelles péniblement placées chez des libraires. »

Il y eut un moment de silence; ce fut le marquis de Laqueuille qui le rompit en demandant :

« Est-ce que vous savez son adresse? »

Le chevalier de La Jardie se tâta le front et parut chercher dans sa mémoire :

« Mon Dieu..., je crois me souvenir qu'elle m'avait dit habiter dans une assez méchante hôtellerie, aux environs de Sainte-Gudule...

— Alors, vous pourriez retrouver cette personne?

— Je l'essayerai.

— Eh bien, chevalier, il faut que vous me la retrouviez dès aujourd'hui et que vous l'ameniez ici avant quatre heures. Vous avez compris? »

C'était un ordre : le chevalier de La Jardie s'inclina et sortit, tandis que le marquis de Laqueuille se remettait à parcourir le courrier qui lui était venu de Coblentz.

Si simple que fût en apparence la mission dont le ministre des princes, à Bruxelles, venait de charger M. de La Jardie, celle-ci n'était pas des plus aisées à remplir, étant donné l'encombrement tout particulier que présentait la vieille cité brabançonne en cette année 1792.

A cette époque, en effet, — ainsi que cela devait se reproduire plus tard, à quatre-vingts ans de distance, sous le coup des terreurs nées de l'invasion et de la guerre civile, — la capitale du pays de Flandre, alors sous la domination de l'archiduchesse Marie-Christine, gouvernante des Pays-Bas autrichiens, était devenue le refuge de toutes les déconvenues, de toutes les haines, de toutes les épouvantes qu'avait fait lever le grand souffle de 89.

Hobereaux dépossédés, traitants ruinés par la baisse des fonds publics, familiers de Versailles indignés de voir Louis XVI aux Tuileries, gardes du corps inconsolables d'avoir été supplantés auprès de Sa Majesté très chrétienne par les grenadiers de M. de La Fayette, belles dames de la cour honteuses d'avoir abîmé leurs jolies mains à la fédération du Champ de Mars en roulant la « brouette patriotique », élégantes fidèles aux grands paniers, aux plumes à la Bertin, et que la vue des cheveux sans poudre et du bonnet rouge exaspérait; toute cette cohue musquée,

parfumée, désabusée, enragée de l'abolition des privilèges
et de la déclaration des Droits de l'homme, était venue
s'abattre sur Bruxelles afin de laisser passer la tourmente,
espérant retrouver peut-être sous les ombrages de Laeken
un ressouvenir des hautes futaies de Versailles, certaine
du moins de se sentir à l'abri derrière les soldats de la
régente, — propre sœur de celle qu'on n'appelait plus en
France que « l'Autrichienne ».

Si beaucoup de familles d'émigrés avaient gagné la
Suisse, l'Angleterre ; si une foule de gentilshommes étaient
allés à Coblentz mettre leur épée au service de Monsieur,
comte de Provence, et de son frère le comte d'Artois, —
seuls personnages en qui la royauté s'incarnât à leurs yeux
désormais, — un très grand nombre aussi s'étaient réfugiés en Belgique, dont le séjour leur apparaissait plus
agréable, et surtout plus rapproché de ce Paris déserté,
où une bonne chaise attelée en poste pouvait les ramener
en moins de trente heures quand le moment serait venu.

Ils y avaient été tout d'abord accueillis à bras ouverts,
les commerçants bruxellois ayant entrevu une source de
profits dans cet afflux d'immigrants, pour la plupart fortunés, qui ne manqueraient pas de laisser un peu de leur
or sur cette terre hospitalière, et la gouvernante n'ayant
pu mieux faire de son côté que d'ouvrir toutes grandes
les portes de ses États aux fidèles sujets de son infortunée
sœur Marie-Antoinette. Par ses soins des asiles s'étaient
créés, des distributions de subsides avaient été faites,—
même une ordonnance avait été promulguée, prescrivant
à tous les notables de la cité brabançonne d'avoir à héber-
ger, dans chaque famille, un ou deux des hôtes que le
malheur des temps leur envoyait.

Bientôt cependant, en dépit de la sécurité dont ils jouissaient, l'impatience des émigrés s'était aigrie; les haines étaient devenues plus féroces, plus implacables. Leur ressentiment ne s'étendait plus seulement aux « patriotes », aux « jacobins » devant lesquels ils avaient fui; leurs colères se tournaient contre les princes étrangers, trop lents à leur gré à tirer une épée qui devait leur rouvrir les frontières; elles s'en prenaient également au roi, qui avait eu la maladresse de se laisser surprendre à Varennes, et dont le manque d'énergie, les hésitations et les faiblesses, rendaient chaque jour tout espoir de retour au passé plus improbable.

Sans doute, on compatissait aux douleurs de l'infortunée famille royale, aux humiliations souffertes, aux hontes dévorées, dans ce château des Tuileries devenu pour Louis XVI et son entourage une geôle pire que l'ancienne Bastille. Les nouvelles de Paris, lues dans les gazettes ou apportées à Bruxelles par des correspondances particulières, sur la situation affreuse où le roi et les siens se trouvaient réduits, exaspéraient les cœurs honnêtes et déchiraient les âmes sensibles. On avait été révolté des propos insultants vomis à la face de Louis XVI et de sa famille sur le passage de la berline qui les ramenait de Varennes; on s'indignait des vociférations qui les souffletaient s'ils s'aventuraient par hasard sur la terrasse du bord de l'eau, — « le territoire autrichien », comme disait le populaire; on frémissait d'indignation en songeant que le roi ne pouvait se mettre à table sans être surveillé par les officiers de garde, et que Mme de Tourzel ainsi que M. le Dauphin avaient une sentinelle à leur porte; des femmes avaient pleuré à la pensée de la malheureuse

Marie-Antoinette, obligée de répondre à l'officier qui, le soir, pénétrait dans sa chambre et soulevait ses rideaux afin de s'assurer qu'elle était couchée : «Vous voyez, monsieur, que je suis dans mon lit. »

Mais si chacun déplorait ces infamies, on n'en jugeait pas moins avec sévérité les fâcheuses complaisances du roi, ses renonciations successives, qui avaient amené l'état actuel ; on blâmait plus bruyamment encore les tentatives qu'il avait faites à maintes reprises, auprès de ses frères, pour les supplier de revenir à Paris et de renoncer, dans l'intérêt même de la monarchie, à mendier toute intervention étrangère. Enfin le décret rendu contre les émigrés, sommant ceux-ci « de rentrer en France avant le 1er janvier 1792 sous peine de confiscation de leurs biens et de mort », avait porté le dernier coup à leur assurance, en transformant pour eux une absence, qu'ils avaient crue à l'origine de courte durée, en un exil dont il devenait impossible de prévoir le terme.

Déjà, d'ailleurs, devant la prolongation d'une situation que les événements survenus en France rendaient de jour en jour plus critique, la belle compassion que l'on avait témoignée aux émigrés durant les premiers mois s'était refroidie. Les mesures d'humanité prises à leur égard ne pouvaient indéfiniment s'éterniser ; et en même temps que les foyers hospitaliers se faisaient plus rares, les secours distribués plus restreints, les fonds que beaucoup de gens avaient apportés avec eux s'étaient épuisés. Alors une gêne horrible avait étreint la plupart de ces fuyards en désarroi.

Les gentilshommes avaient eu la ressource de se rendre à Coblentz, et là d'y troquer, contre de beaux écus sonnants, un de ces grades de capitaine ou de lieutenant que

Monsieur, frère du roi, faisait vendre par l'entremise de Calonne. Ceux qui se trouvaient moins fortunés en avaient été quittes pour aller se faire inscrire au cantonnement d'Ath, où le comte de La Châtre engageait des volontaires comme simples soldats, à raison de une livre dix sols par jour payés par les princes; mais les femmes, — dont la majeure partie était incapable d'exercer aucune profession, — les femmes s'étaient vues acculées à la plus noire misère. Quelques-unes, possédant un peu d'instruction, avaient bien réussi à se faire admettre dans des familles en qualité d'institutrices ou de dames de compagnie; d'autres, pourvues de quelque goût et sachant chiffonner un ruban, avaient trouvé à occuper leurs doigts chez des lingères ou des marchandes de modes; mais d'autres aussi, dont l'ignorance ou les grâces fripées répugnaient à toute besogne, étaient descendues à des conditions plus misérables encore; et, certain jour, un ancien familier de Trianon, qui regagnait son logis situé dans un faubourg de Bruxelles, avait été stupéfié de reconnaître une jeune femme, rencontrée jadis aux réceptions intimes de la reine, en train de manier le fer dans la boutique d'une blanchisseuse.

En de telles conditions, on comprendra qu'il devait être assez malaisé au chevalier de La Jardie de retrouver, à travers Bruxelles, une jeune femme à peine connue et dont il ne savait qu'imparfaitement l'adresse. Néanmoins, après avoir battu les trois quarts de la ville, le chevalier finit, grâce à quelques indications recueillies chez des libraires à qui la comtesse de Puiseaux avait vendu des aquarelles, par découvrir le logis de cette dernière, une assez pauvre hôtellerie qui se dressait au fond d'une étroite

impasse derrière l'église Sainte-Gudule. La jeune femme
étant absente, il laissa pour elle, chez une voisine, un
billet la priant de passer le jour même au domicile de
M. de Laqueuille, ministre des princes près de la gouvernante des Pays-Bas ; puis il revint rendre compte du résultat de ses recherches, au marquis qui donna l'ordre à ses
gens d'introduire Mme de Puiseaux dans son cabinet dès
que celle-ci se présenterait.

Ce fut seulement vers trois heures que l'on vint aviser
M. de Laqueuille que la personne qu'il attendait se trouvait là.

« Faites entrer ! » dit-il aussitôt.

Un instant après, la comtesse Aurore de Puiseaux était
devant lui.

C'était une jeune femme de taille moyenne, qui paraissait avoir entre vingt-cinq et vingt-six ans, et dont le
visage aux traits fins, réguliers, éclairé par de grands yeux
d'un bleu sombre, donnait à la fois l'impression de la douceur et de l'énergie. Très sobrement vêtue d'une robe de
couleur grise que recouvrait une légère pèlerine cachant
les épaules, elle était coiffée d'un chapeau de voyage à
bords ronds qui laissait voir, encadrant la figure, de
longues boucles de cheveux cendrés, sans aucune poudre,
qui tombaient jusqu'au ras du col.

« Vous m'excuserez, madame, dit le marquis après avoir
avancé un siège à la jeune femme qui y prit place ; vous
m'excuserez de la rapidité avec laquelle je me suis permis
de vous convoquer ici... Mais j'ignorais votre présence à
Bruxelles, et ce matin seulement je me suis souvenu tout
à coup que M. le chevalier de La Jardie m'avait dit vous
avoir rencontrée un jour au parc de Laeken, il y a environ

six semaines ou deux mois. Je l'ai prié alors de s'enquérir de votre adresse et de vous faire savoir que j'avais le plus pressant besoin de vous entretenir.

Un instant après, la comtesse Aurore de Puiseaux était devant lui.

— Vous êtes tout excusé, monsieur, répliqua la jeune femme avec douceur. Il est d'autant plus naturel que vous ayez ignoré ma présence en cette ville, que j'y vis très seule et n'ai jamais sollicité aucun secours... Puis-je vous demander maintenant les raisons qui vous ont fait désirer me voir ?

— Je vais vous les exposer, dit le marquis. Auparavant, madame, vous me permettrez quelques questions qui peut-être vous sembleront indiscrètes au premier abord, mais dont vous sentirez bientôt toute l'importance.

— Je suis à votre disposition, monsieur, » dit la comtesse.

M. de Laqueuille demanda :

« Depuis quand êtes-vous à Bruxelles ?

— Il y a un an, à pareille époque. Mon mari, M. le comte de Puiseaux, était alors garde du corps au service du roi, et j'étais moi-même attachée à la maison des enfants de France depuis 1787.

— Dans quelles circonstances avez-vous émigré ?

— Voici, monsieur. Quelque temps avant la fuite du roi, si lamentablement échouée à Varennes dans les conditions que vous savez, Sa Majesté la reine avait fait partir quelques-unes des dames de sa maison pour l'abbaye d'Orval, dans les environs de Luxembourg, où celles-ci devaient attendre l'arrivée de la famille royale et tout préparer pour l'y recevoir. Sa Majesté, qui m'a toujours témoigné la sympathie la plus vive, je dirai même l'affection la plus touchante, avait bien voulu me désigner pour faire partie de cette mission. Je quittai donc Paris, en compagnie de M. de Puiseaux, au commencement de juin de l'autre année. Je ne vous rappellerai pas, monsieur, comment les événements arrivés quelques semaines après, et qui ont amené le retour de la famille royale à Paris, rendirent ces préparatifs inutiles et notre présence dans le Luxembourg devenue sans objet...

— Hélas! » fit le marquis avec un long soupir, tandis que son regard se dirigeait vers un portrait de Louis XVI qui surmontait le manteau de la vaste cheminée au foyer vide.

Puis, ramenant ses yeux sur la jeune femme assise devant lui :

« Et comment avez-vous vécu depuis cette époque?

— M. de Puiseaux avait emporté quelque argent : nous avons vécu de ces ressources aussi longtemps que cela nous a été possible. Enfin, quand celles-ci ont été épuisées, vers le commencement de février, nous nous sommes vus forcés de nous séparer. M. de Puiseaux est allé prendre du service au cantonnement d'Ath, et moi je suis demeurée dans cette ville, donnant des leçons de clavecin ou essayant de placer des aquarelles.

— Mais, interrompit M. de Laqueuille, comment n'avez-vous point songé à solliciter de la gouvernante un secours qui très certainement ne vous aurait pas été refusé? L'archiduchesse se serait fait, au contraire, un devoir de venir en aide à l'une des plus dévouées servantes de sa bien-aimée sœur la reine. »

La jeune femme eut un léger haussement d'épaules; puis, avec une expression de hauteur :

« J'ai préféré vivre de privations et d'expédients que de faire appel à la commisération étrangère. »

Le marquis enveloppa Aurore de Puiseaux d'un regard où se lisait quelque surprise et murmura :

« Vous êtes fière, madame !

— Je suis Française, monsieur, dit la comtesse.

— En ce cas, nous pourrons nous entendre, et je ne doute pas que vous soyez précieuse dans l'entreprise déli-

2

cate dont il s'agit. Inutile d'ajouter que la chose doit demeurer secrète, et que personne autre que vous ne saurait y être initiée tant que l'heure de la faire connaître publiquement ne sera pas venue.

— Ma discrétion vous est acquise, monsieur le ministre.»

Le marquis avait rapproché son fauteuil du siège où la jeune femme se trouvait assise, et, après s'être recueilli quelques instants, il se décida à aborder le sujet de leur entrevue.

« Voici ! dit-il. En présence des événements qui se succèdent et revêtent chaque jour un caractère plus sérieux, plus alarmant, le roi a pris une décision grave : c'est de faire sortir le dauphin de France et de l'envoyer à l'étranger. Il a compris que, dans le cas où la destinée voudrait que lui-même et la reine fussent emportés un jour par la tourmente révolutionnaire, il fallait du moins que le duc de Normandie, l'objet de tant d'espoirs, fût ravi à la haine des patriotes et placé à l'abri de toute atteinte. Les dispositions pour favoriser le départ clandestin du Dauphin sont arrêtées d'ores et déjà, et c'est moi, madame, ainsi que le marquis de Marcillac, mon neveu, que Leurs Majestés ont bien voulu agréer pour en assurer l'exécution. A un jour dit, à une heure fixée à l'avance, le royal enfant doit être remis entre nos mains aux Tuileries mêmes, et de mon côté j'ai pris toutes les mesures pour que cet enlèvement puisse s'opérer de la façon la plus rapide. »

Aurore de Puiseaux avait joint ses deux mains l'une contre l'autre et murmurait, toute frémissante d'émotion :

« Le Dauphin !... le Dauphin !... Oh! si cela pouvait réussir !

— J'en ai la conviction, poursuivit froidement le mi-

nistre. Maintenant, madame, si j'ai cru devoir vous initier
à ce projet et faire appel à votre dévouement à Leurs
Majestés, c'est qu'il m'a paru indispensable, en une aventure où il s'agit d'un enfant aussi jeune, de nous adjoindre
une femme, et une femme connue de cet enfant, capable
de lui prodiguer pendant la route les soins nécessaires
et d'atténuer en même temps par sa présence les craintes
qu'une brusque séparation d'avec les siens pourrait lui
causer. Nous avions eu la pensée tout d'abord de nous
adjoindre l'une des personnes qui se trouvent encore auprès
de Mme de Tourzel, soit Mme de Rambaud, soit Mme Thi-
baut ou Mme de Jarjayes. Mais vous n'ignorez pas quelle
surveillance étroite enserre la famille royale aux Tuileries,
et, dans de telles conditions, il était à craindre que la disparition d'une de ces dames risquât de donner l'éveil et fît
naître des soupçons parmi l'entourage. Il fallait donc chercher ailleurs la femme dont nous avions besoin. C'est alors
que j'ai songé à vous... Vous êtes suffisamment connue du
dauphin?

— Oh! monseigneur ne peut m'avoir oubliée! s'écria la
jeune femme. Durant plus de trois années, je n'ai peut-être
pas été deux semaines sans le voir.

— Ainsi, vous consentez à être cette femme? demanda
Laqueuille.

— Si j'accepte?... En pouvez-vous douter, monsieur?
Quel plus grand honneur, quelle joie plus douce pourraient
m'être offerts que ceux de me dévouer pour Sa Majesté la
reine en une entreprise aussi noble! »

Et tendant résolument ses mains au ministre :

« Faites œuvre de moi, dit-elle ; je suis prête à vous
obéir.

— Il suffit, madame, répondit le marquis de Laqueuille;
et cette résolution de votre part est celle à laquelle je
m'attendais. Je n'ai plus qu'à vous renouveler ma recommandation première : c'est que personne, entendez-vous
bien, personne, — pas même le comte de Puiseaux votre
mari, — ne soit mis au courant de ce que je viens de vous
faire connaître!

— M. de Puiseaux est à l'armée des princes, dit Aurore;
nos communications sont des plus rares, et, dans la dernière lettre que j'ai reçue de lui, il me disait se trouver au
camp de Hillesheim, dans le pays de Trèves. Je suis donc
entièrement libre, vous le voyez.

— C'est au mieux.

— A présent, monsieur, que puis-je faire pour votre
service? »

Le ministre s'était assis devant sa table de travail; il
prit une plume et se mit à tracer rapidement quelques
lignes.

Lorsqu'il eut terminé, il tendit le papier à la jeune
femme.

« Voici un ordre de payement pour le chevalier de La
Jardie : vous le trouverez dans son cabinet, au rez-de-
chaussée, et il vous remettra un somme de trois cents
livres, — un simple acompte qui vous permettra de parer
aux nécessités les plus urgentes. »

La comtesse glissa le papier dans son corsage et
demanda :

« Quand devrai-je revenir vous voir?

— Je vous le ferai dire. Vous habitez, n'est-ce pas, à
l'hôtellerie de la *Croix-Rouge*, derrière Sainte-Gudule?

— Oui, monsieur.

— Eh bien, ne vous éloignez pas, et d'ici trois ou quatre jours, peut-être avant, vous recevrez de moi un mot qui vous fixera la date du départ et l'endroit où nous devrons nous rencontrer. »

Dix minutes après, la comtesse Aurore de Puiseaux quittait l'hôtel de M. le marquis de Laqueuille, toute troublée encore de l'aventure qui venait bouleverser sa vie, tout émue de la joie si douce qui allait lui être offerte, sans qu'elle l'eût cherchée, de pouvoir se dévouer pour assurer le salut de l'enfant royal.

II

AURORE DE PUISEAUX

L'événement en face duquel la jeune femme se trouvait
placée tout à coup était à la fois si grave, si imprévu, que,
durant plusieurs heures, elle ne put se figurer qu'il était
réel. Ce projet d'enlèvement du Dauphin, ce choix qu'on
avait fait de sa personne pour y coopérer, tout ce que
venait de lui exposer le marquis de Laqueuille, se heurtait
dans son âme et y laissait cette confusion que l'on éprouve
quelquefois, à l'heure du réveil, en s'efforçant de recons-
tituer un rêve de la nuit, de renouer ensemble les lambeaux
à demi déchirés d'un cauchemar.

Avide de mouvement, éprouvant le besoin de se secouer,
de rassembler ses idées éparses, elle s'était mise à errer
par les rues de la ville, sans but, au hasard, et, après une
assez longue marche, elle se trouva sous les arbres sécu-
laires de Laeken, en ce même parc où, deux mois auparavant, le chevalier de La Jardie, un ancien ami de sa famille,
l'avait rencontrée et reconnue. Oui, c'était bien là, sur l'un
de ces bancs de pierre, qu'elle s'était entretenue avec le

chevalier, lui avait appris sa situation difficile, sans se douter alors que de cette rencontre devait résulter pour elle
un événement qui la tirerait de sa détresse et de son obscurité. Mais ne vivait-on pas en un temps où les choses les
plus imprévues, les plus invraisemblables, devenaient possibles? Aussi, le premier moment de surprise évanoui,
Aurore ne songea plus à la singularité de l'aventure et
s'abandonna tout entière à la joie que lui apportait la
perspective de se voir mêlée à l'entreprise qui était sur
le point de s'accomplir.

En dépit de la vie effacée qu'elle avait eue, depuis son
entrée dans la maison des enfants de France, en 1787,
jusqu'au mois de juin 1791, où, sur l'ordre de la reine,
elle avait dû partir pour l'abbaye d'Orval, au pays de
Luxembourg, Aurore de Puiseaux était une de ces natures
généreuses, combatives, auxquelles il ne faut qu'une occasion pour s'affirmer et qui, si cette dernière vient à s'offrir,
s'en emparent avec d'autant plus d'ardente passion, que
leur besoin de sacrifice a été plus étroitement comprimé.

Hostile à l'émigration dès l'origine, parce qu'elle la sentait imprudente et impolitique, ce n'était que sur les injonc-
tions de sa souveraine, à qui elle ne pouvait désobéir, que
la jeune femme s'était décidée à quitter la France. Aussi,
en apprenant la catastrophe de Varennes et le retour de la
famille royale aux Tuileries, Aurore avait-elle manifesté
le désir de la rejoindre, afin de reprendre auprès de celle-
ci, avec les autres dames de service, la place que sa fidélité lui faisait un devoir d'occuper. Malheureusement, elle
avait dû s'incliner devant la volonté inébranlable du comte
de Puiseaux, bien résolu, lui, à ne point rentrer en
France, et, soumise, résignée, la jeune femme s'était pliée

à l'existence plus que modeste à laquelle son exil en pays
étranger la condamnait. Mais aujourd'hui que l'occasion
si vainement espérée, si longuement attendue, de revoir
les horizons aimés et de se dévouer pour ses souverains
s'offrait à elle, refuser de la saisir était impossible. Sans
doute, en franchissant cette frontière qui lui était interdite
désormais de par les lois jacobines, Aurore de Puiseaux
risquerait sa tête : qu'importait cela, si du moins elle avait
la consolation d'assurer le salut de l'héritier du trône en
même temps que celui de la monarchie !

Dès le jour suivant, la jeune femme commença à se préparer en vue du départ dont l'ordre pouvait lui parvenir
d'un moment à l'autre. Grâce aux trois cents livres remises
par le chevalier de La Jardie, elle éteignit d'abord quelques
dettes pressantes, paya ce qu'elle devait à sa logeuse et se
précautionna d'un costume de voyage, ainsi que des menus
objets qui lui étaient nécessaires. Puis, afin de ne paraître
rien changer à ses habitudes, elle continua de se rendre
à l'heure accoutumée dans les maisons bourgeoises de la
ville où elle donnait des leçons de solfège et de clavecin.

Le surlendemain, en rentrant le soir à son domicile, elle
s'informa s'il n'était rien venu pour elle en son absence.
On lui remit une lettre arrivée dans l'après-midi. La jeune
femme crut aussitôt à un avis du marquis de Laqueuille ;
mais, ayant jeté les yeux sur la suscription, elle reconnut
l'écriture de son mari, le comte de Puiseaux. Ce dernier
lui écrivait du camp de Hillesheim, dans le pays de Trèves,
où sa compagnie se morfondait depuis trois semaines dans
l'inaction, immobilisée sans qu'on sût pourquoi, attendant
toujours un ordre de marche en avant qu'on ne voyait
jamais venir. Il l'entretenait de ses besoins, de l'insuffi-

sance de sa solde qui lui permettait à peine de se nourrir, de dettes contractées à droite et à gauche; enfin il priait Aurore de lui faire passer quelques subsides.

Des subsides! Où la pauvre femme les eût-elle déterrés, elle qui peinait lamentablement pour gagner juste de quoi vivre, et qui, sans la somme inattendue touchée l'avant-veille, eût peut-être été congédiée du taudis où elle habitait par une hôtesse impitoyable qui l'en menaçait depuis près d'un mois? Sur-le-champ, elle répondit à son mari qu'il ne lui était pas possible de lui rien envoyer pour le moment, mais qu'elle comptait trouver avant peu une situation avantageuse et que, s'il pouvait patienter encore, elle serait bientôt en mesure de lui faire parvenir quelque argent.

Trois jours s'écoulèrent sans que la comtesse eût reçu aucune communication du marquis de Laqueuille, et déjà elle désespérait d'en recevoir, quand un matin, à l'heure où elle s'apprêtait à sortir, on lui remit un pli cacheté qu'un inconnu était venu déposer à son adresse. Aurore l'ouvrit, en parcourut le contenu, et, subitement, devint toute pâle. La lettre renfermait ces simples lignes :

« Madame,

« Le projet dont je vous avais entretenu, et pour lequel j'avais sollicité votre concours, n'aura pas de suite. En présence d'observations qui lui ont été faites à ce sujet, dans son entourage, la personne que vous savez y a renoncé. Je vous rends donc votre liberté et vous prie d'agréer l'assurance de mon respect.

« LAQUEUILLE. »

A la lecture de ce billet, Aurore fut anéantie. Le roi avait renoncé à faire partir le Dauphin! Pourquoi? D'où

venaient ce changement, cette reculade? A quels mobiles
secrets avait-il obéi en cette circonstance, ou quels con-
seillers néfastes l'avaient poussé à abandonner une résolution si prudente et si sage à la fois? Avait-il cédé aux
larmes de la reine, fléchi devant les supplications de
Madame Élisabeth? Mais non, c'était impossible! Et d'ailleurs, cette tante, cette mère, chérissaient trop le royal
enfant pour s'être opposées à une séparation qui devait,
à défaut de trône, lui assurer du moins la vie sauve!...
Cependant, cette première impression dissipée, la jeune
femme se ressaisit et se prit à réfléchir. En somme, le projet conçu par le roi n'était peut-être que momentanément
abandonné, différé seulement de quelques jours, en raison
d'événements particuliers ignorés d'elle, et rien n'indiquait
que celui-ci ne pût être repris avant peu dans des conditions plus favorables. Il n'y avait donc qu'à attendre.

Bien qu'elle n'eût revu ni le marquis de Laqueuille ni
le chevalier de La Jardie, Mme de Puiseaux se figurait encore
qu'un beau matin elle trouverait un mot de l'un ou de
l'autre lui annonçant que l'on comptait toujours sur son
dévouement et que l'instant d'agir était venu. Mais deux
mois se passèrent sans que cet espoir se fût réalisé, et,
brusquement, la nouvelle de la prise des Tuileries au
10 août, du massacre des Suisses et des gardes du corps,
de l'arrestation de la famille royale, en lui parvenant à
Bruxelles, vint lui faire comprendre que toute tentative
était désormais inutile, et qu'il n'y avait plus qu'à accepter
les faits accomplis.

Pendant ce temps, sa gêne s'était accrue. Elle avait vu
se réduire le nombre des leçons qui jusqu'à ce jour l'avaient
aidée à vivre; bientôt il ne lui en resta plus qu'une seule,

fort peu rétribuée. Alors, devant l'impossibilité de suffire à ses besoins avec cette unique ressource, Aurore dut se résoudre à quitter Bruxelles, où elle ne trouvait pas à s'employer, et chercher une occupation ailleurs. Elle vendit quelques vêtements afin de payer ses dettes, et, munie d'une lettre qui la recommandait à une marchande de modes françaises établie à Tournai, la comtesse de Puiseaux prit la diligence pour cette dernière ville.

Une nouvelle déconvenue l'y attendait : à la suite de mauvaises affaires, la marchande de modes avait fermé boutique et quitté l'endroit depuis près d'un mois. Aurore se trouvait donc une fois de plus toute seule au milieu d'une ville inconnue, ayant juste dans sa poche de quoi manger sept ou huit jours. Que faire? Où aller? A différents propos recueillis à l'entour d'elle, à des mots entendus au cours de la route, dans la diligence, à l'auberge où elle était descendue, la jeune femme avait compris que les émigrés étaient vus de façon très défavorable en cette ville frontière, et que les sympathies inavouées de la population allaient plutôt aux « patriotes ». Dans ces conditions, sa situation de royaliste et de fugitive n'était pas pour lui faire ouvrir les portes toutes grandes ou lui mériter quelque intérêt.

Durant plusieurs jours, la comtesse de Puiseaux battit les rues de la vieille cité flamande sans réussir à se faire admettre en aucun magasin ni en aucune maison bourgeoise, soit comme institutrice, soit même en qualité d'ouvrière. Partout elle fut évincée, quelquefois de façon brutale, le plus souvent simplement remerciée, sous prétexte qu'on n'avait pas besoin de ses services. Un moment, elle eut la pensée de retourner à Bruxelles et de s'adresser

au marquis de Laqueuille; mais cette démarche répugnait
à sa fierté naturelle. Elle savait fort bien que depuis le
10 août et l'emprisonnement de Louis XVI à la tour du
Temple, le ministre ne recevait plus de fonds prélevés sur
la cassette royale, et que le seul argent dont il pouvait disposer devait provenir des cours étrangères. Or, à cette seule
idée, l'âme toute française de la jeune femme s'emplissait
d'un dégoût qu'elle ne se sentait pas la force de surmonter.

Dans son angoisse, son désespoir, l'épouvante de l'avenir qu'elle entrevoyait, le désir lui vint de rentrer en
France, — en cette France qu'elle n'aurait pas dû fuir et
dont elle ne serait, certes, jamais sortie, si cela n'eût
dépendu que de sa volonté. Sans doute, elle n'y retrouverait rien de sa fortune : la terre de Puiseaux avait dû être
saccagée, morcelée, vendue par les « patriotes »; elle-
même tomberait sous le coup de la loi qui frappait tous
les émigrés, et ce qui la guettait à son retour, c'était l'incarcération à la Force, aux Carmes ou à l'Abbaye, en
attendant la condamnation et l'échafaud. Mais, mort pour
mort, autant valait verser son sang pour la défense du
trône renversé, de la monarchie expirante, que de finir
misérablement dans quelque coin perdu de la terre étrangère, victime obscure et inutile. Enfin, en regagnant cette
patrie désertée, elle risquait une chance dernière : celle
d'y rencontrer des amis, des parents, auprès desquels elle
pourrait, sans avoir à rougir, solliciter quelque secours et
quelque appui. Mais, outre que la jeune femme manquait
d'argent pour entreprendre un aussi périlleux voyage,
rentrer en France et regagner Paris toute seule était chose
impraticable. Pour la tenter, il lui aurait fallu l'escorte
d'un homme, et il n'y avait que son mari qui eût pu l'ac-

compagner en une pareille circonstance. Aurore se résolut donc à lui écrire.

La dernière lettre qu'elle avait reçue du comte, avant son départ de Bruxelles, était datée des environs de Luxembourg, où le régiment de Puiseaux se trouvait cantonné. Elle renfermait toujours les mêmes doléances : plaintes contre la lenteur des opérations, l'inertie des princes coalisés, et réclamations de subsides; mais, dans l'impuissance où elle était de satisfaire à ces demandes de fonds, la comtesse n'y avait pas répondu. Cette fois pourtant, ne pouvant demeurer davantage dans la misère qui l'étreignait chaque jour plus étroite, elle écrivit à son mari pour lui exposer la gêne profonde où elle était et la résolution prise par elle de rentrer en France, coûte que coûte, plutôt que de mourir à l'étranger. En même temps, elle le conjurait de quitter l'armée des princes et de venir la rejoindre à Tournai, à l'hôtel du *Cygne,* où ils tiendraient conseil et verraient à prendre une résolution définitive.

Cependant, huit jours s'étaient à peine écoulés depuis son arrivée à l'hôtel du *Cygne,* que déjà Aurore de Puiseaux sentait qu'elle y était vue d'un mauvais œil. Ses vêtements modestes, son maigre bagage, enfin ses allées et venues, ainsi que les renseignements demandés par elle à droite et à gauche, avaient suffi pour éveiller les méfiances de l'hôte, un gros Flamand rougeaud, rustaud, à la face dure et soupçonneuse. Aussi, le soir même du jour où elle était allée porter à la diligence sa lettre pour le comte de Puiseaux, comme la jeune femme rentrait à l'heure du souper, l'aubergiste lui demanda si elle comptait demeurer longtemps chez lui.

« Une huitaine de jours encore, répondit-elle. J'attends

mon mari, qui est en ce moment aux environs de Luxembourg et doit venir me retrouver.

— Alors il faudra voir à régler ce que vous devez, répliqua l'hôte; car les temps sont durs, les affaires difficiles, et je ne peux pas faire de long crédit! »

C'était une mise en demeure de payer. Aurore le comprit et s'informa de ce qu'elle devait : son compte se montait à dix-huit livres; il lui en restait vingt, toute sa fortune. Néanmoins elle pouvait faire face à la réclamation qu'on formulait; elle aligna donc les dix-huit livres devant l'aubergiste, qui les rafla de sa main large et rapace. Puis, lorsque ce dernier eut fait glisser les pièces d'argent dans la poche de son long gilet à fleurs, il ajouta :

« Maintenant, madame, je vous demanderai de vouloir bien me verser d'avance, en garantie, une somme égale pour les huit jours que vous demeurerez encore ici; faute de quoi, je me verrais dans la nécessité de vous prier d'aller loger autre part. »

La comtesse de Puiseaux devint très pâle, tandis qu'une flamme de colère s'allumait dans son regard bleu. Elle se contint toutefois et murmura simplement, en enveloppant l'aubergiste d'un coup d'œil écrasant de mépris :

« Je suis honorée de cette confiance, bonhomme; mais n'ayez point de crainte, je vais chercher de ce pas un gîte ailleurs. »

Et, de son allure digne, hautaine, elle monta dans sa chambre prendre les quelques objets qu'elle y avait laissés. Un instant après, elle franchissait le seuil de l'hôtellerie.

Ce dernier coup la terrassait. Aurore avait espéré qu'elle pourrait continuer de loger à l'auberge du *Cygne* jusqu'à l'arrivée de son mari; et voici que ce dernier refuge lui était fermé. Où trouverait-elle un abri à présent? Comment réussirait-elle à vivre, en attendant le comte, avec les deux livres qui restaient en sa possession? Elle se mit à cheminer par les rues, inconsciente, suivant une direction, puis une autre, sans but, sans idée, marchant au hasard; et comme la nuit descendait lentement sur la ville qu'elle enveloppait déjà de ténèbres, la jeune femme se trouva tout à coup près de l'Escaut, qui étalait à ses pieds sa large nappe clapotante.

L'Escaut!... Dans la situation d'esprit où était Aurore, parmi le déséquilibrement de sa pauvre âme en tourmente, cette coulée lente l'attira, comme une molle caresse qui lui glissait peu à peu le désir de s'y enfoncer doucement. Elle se laissa tomber sur un parapet de pierre, au bord du fleuve, et, fixant du regard l'eau qui passait, rapide, muette, elle se dit que là était le repos suprême, la fin de ses misères et de ses angoisses. La jeune femme ne réfléchit même pas; elle céda à l'attirance inconnue montant du fleuve, et, sans se demander si elle était vue, s'il lui serait possible d'exécuter son dessein, elle se leva, se dirigea vers un étroit escalier qui descendait jusque dans l'eau même. Déjà, elle atteignait les derniers degrés. Croisant les bras, fermant les yeux, elle allait se précipiter en avant, lorsqu'une main, sortie de l'ombre et qui s'était allongée vers elle, la saisit brutalement par l'épaule, en même temps qu'une voix rude lui demandait :

« Que faites-vous? »

Aurore eut un mouvement pour se dégager de l'étreinte; mais la main la tenait toujours. Alors, tournant la tête, elle distingua la silhouette d'un homme qui répétait avec insistance :

« Que faites-vous ? »

La jeune femme essaya de le repousser en criant :

« Laissez-moi, laissez-moi !... Je veux mourir !

Une main sortant de l'ombre la saisit brutalement.

— Je le vois bien ! répliqua l'homme sans la lâcher. Mais pourquoi ?

— Parce que j'en ai assez de la misère, répondit Aurore d'une voix coupée, toute haletante ; parce que je n'ai plus

3

de ressources, plus rien, à peine de quoi manger deux jours peut-être ! »

L'homme dit :

« Quand on a de quoi manger deux jours, on ne se tue pas ! »

Aurore le regarda dans les ténèbres et demanda :

« Qui êtes-vous ?

— Je suis palefrenier aux *Trois-Couronnes*, reprit l'inconnu. Or il y a en ce moment-ci une place de servante qui est vacante ; si vous consentez à me suivre, je vous présente au patron comme une parente à moi, ma belle-sœur ou ma cousine, et l'on vous engage. La position n'est pas brillante ; mais, dame ! quand on a faim... Ça vous va-t-il ? »

La comtesse de Puiseaux tressaillit. Si misérable que fût la condition qui lui était offerte, si basse qu'elle apparût à ses yeux, elle y voyait du moins comme un dernier espoir de salut que lui apportait le hasard, que lui envoyait peut-être la Providence. Elle dit à l'homme :

« C'est que vous ne me connaissez pas... Je suis Française, émigrée... »

L'autre répliqua :

« Je n'ai pas besoin de savoir qui vous êtes. Moi, je m'appelle Pernyn. Vous serez ma belle-sœur, Jane Pernyn ; cela suffit pour que le patron vous prenne, les yeux fermés. Encore une fois, acceptez-vous ? »

Aurore de Puiseaux saisit la main de l'homme, et, la serrant violemment entre les siennes, dans le geste instinctif de la créature qui avait entrevu la mort et se rattachait à l'existence, elle dit simplement :

« Je vous suis. »

III

UN COUPLE ROYALISTE

C'était vers le milieu de septembre, entre Thionville et Verdun, pendant la marche des armées coalisées sur la Champagne, que le comte de Puiseaux avait reçu la dernière lettre de la comtesse.

Le début de la campagne avait été assez heureux. Bien qu'on eût mis sans succès le siège devant Thionville, où Monsieur, comte de Provence, s'était couvert de gloire et avait eu son chapeau traversé d'une balle en visitant les glacis, on avait obligé Longwy à capituler, puis Verdun à ouvrir ses portes, et nul ne doutait qu'à la première affaire un peu sérieuse les « patriotes » fussent culbutés. « Ceux-ci n'étaient pas si terribles, et on en viendrait à bout ! » Monsieur lui-même l'avait déclaré en passant en revue les régiments des gardes du corps, de Royal-Allemand, des hussards de Saxe et de la coalition d'Auvergne. Puiseaux était donc rempli de confiance, comme tous les autres, et devant la perspective d'une restauration que chacun jugeait prochaine et qui permettrait aux émigrés de rentrer en France, il ne s'était ému qu'à demi au tableau des souffrances que supportait si héroïquement la comtesse.

Mais bientôt la victoire de Valmy, en arrêtant le mouvement des envahisseurs et déterminant leur retraite, avait rendu toutes leurs angoisses aux émigrés. Profitant alors d'un hasard qui avait amené son régiment à quelques lieues de Montmédy, où les princes tenaient leur quartier général, Puiseaux s'était décidé à adresser une demande de secours au comte de Provence. Pas de réponse. Après quelques jours d'attente, il s'était rendu lui-même au quartier général et avait essayé de voir le premier gentilhomme de la chambre de Monsieur, le comte d'Avaray. Efforts inutiles. Aigri, la rage au cœur, il s'était tristement remis en route avec ses compagnons qui battaient en retraite par la boue, la pluie, les rafales, à travers un pays dévasté, jusqu'au jour où, à Arlon, on leur avait signifié leur licenciement sans leur allouer un sou d'indemnité.

C'était un désastre. Pour toutes ressources, Puiseaux n'avait plus que ses armes et son cheval. Résolument, il était allé trouver son ancien chef, le comte de La Châtre, à qui il avait exposé sa propre situation et le dénuement où se trouvait la comtesse.

« Je ne puis rien pour vous, avait répondu ce dernier. Voyez Monsieur, ou le comte d'Artois !

— Il m'est impossible de les approcher, avait répliqué Puiseaux.

— Tout ce que je puis faire, avait ajouté La Châtre, c'est de vous donner un mot d'introduction pour d'Avaray ; vous y joindrez votre supplique. »

Muni de cette recommandation, le comte était parti à la recherche des princes; mais déjà ceux-ci avaient fait du chemin, et, ne pouvant regagner Coblentz ni les autres villes riveraines du Rhin, qu'on disait menacées, ils s'étaient retirés dans les États de Liège, où l'évêque souverain avait offert l'hospitalité à cette cour ambulante dans une abbaye des bords de la Meuse.

Ce fut là que, par une grise et froide soirée d'octobre, Gérard de Puiseaux, brisé, exténué, encore souffrant d'une atteinte de fièvre qui l'avait retenu couché plusieurs jours dans une auberge, vint demander M. d'Avaray. Par malheur, ce dernier se trouvait absent, obligé qu'il avait été de partir, en compagnie de Monsieur et du comte d'Artois, pour aller chasser le coq de bruyère. Ayant renouvelé le lendemain sa visite sans plus de succès, Puiseaux laissa sa supplique ainsi que la lettre que lui avait remise M. de La Châtre. Cependant, une semaine entière se passa sans que l'ancien garde du corps, dénué de tout, réduit à se serrer le ventre pour nourrir son cheval, eût la bonne fortune d'être accueilli. Un samedi enfin, comme il se présentait à l'abbaye, l'officier de service lui fit savoir que M. d'Avaray le recevrait le jour même, à six heures du soir. A l'heure dite, Puiseaux se trouvait au rendez-vous, et, après avoir gravi un large escalier, suivi tout un dédale de couloirs, il était introduit dans le cabinet de travail du premier gentilhomme de la chambre.

M. le comte d'Avaray, un homme de trente-six ans environ, d'allure délicate, au visage pâle et fatigué, empreint d'une expression de mélancolie, se tenait allongé dans un fauteuil, devant un feu vif et clair qui illuminait de ses reflets mouvants les hautes murailles lambrissées du cabi-

net. En voyant entrer le visiteur, il se leva et s'avança
à sa rencontre.

« Vous me voyez désolé, monsieur de Puiseaux, dit-il
avec courtoisie, de vous avoir obligé à revenir jusqu'à
trois fois; mais je suis en ce moment accablé de besogne. »

Et, d'un geste plein d'aisance, il avait indiqué un siège
au comte. Puis, sans préambule, allant au-devant de la
question qu'il devinait sur les lèvres de son interlocuteur :

« Eh bien, monsieur de Puiseaux, fit d'Avaray, j'ai
remis à Son Altesse Royale votre requête; malheureusement j'ai le regret de vous annoncer qu'elle n'a pas été
accueillie. »

Puiseaux eut un mouvement, et sa face devint toute
blême.

« Depuis le licenciement d'Arlon, continua d'Avaray,
Son Altesse est débordée de suppliques et de demandes
de toutes sortes. Or, en dépit de son bon vouloir, il lui est
matériellement impossible, dans les circonstances douloureuses que nous traversons, d'accorder satisfaction à toutes
celles qui lui parviennent, vous le comprenez?

— Sans doute, sans doute, murmura l'ancien garde du
corps d'une voix étranglée; cependant j'espérais que mes
services...

— M. le comte de Provence rend pleine justice à votre
dévouement et à votre courage, monsieur de Puiseaux,
interrompit d'Avaray; toutefois il a estimé que, parmi les
solliciteurs si nombreux qui le harcèlent, il y en avait de
plus particulièrement dignes d'intérêt.

— Aussi n'est-ce pas pour moi-même que je l'avais
sollicité, monsieur, déclara le comte. Si je me suis décidé

à cette pénible démarche, c'était uniquement afin de pouvoir venir en aide à Mme de Puiseaux, qui se trouve en ce moment à Tournai, et dont la situation est des plus difficiles, des plus précaires. »

Il y eut un silence entre les deux hommes, silence pesant, embarrassé, que le premier gentilhomme de la chambre se décida enfin à rompre en disant :

« Monsieur le comte, me permettrez-vous la franchise?

— Je suis homme à tout entendre, fit Puiseaux.

— Eh bien! vous saurez donc que c'est précisément parce qu'il s'agissait de la comtesse de Puiseaux, votre femme, que Son Altesse Royale a repoussé votre requête.»

Puiseaux avait redressé sa haute taille, et, fixant sur d'Avaray un long regard interrogateur :

« En vérité, dit-il, je ne comprends pas. En quoi la comtesse, ma femme, aurait-elle démérité de la sympathie que Son Altesse doit porter à chacun de ses serviteurs?

— L'ignorez-vous donc?

— Je n'ai pas vu Mme de Puiseaux depuis le mois de février, époque à laquelle je l'ai quittée pour aller prendre du service au cantonnement d'Ath, sous les ordres de M. de La Châtre.

— Eh bien, monsieur de Puiseaux, poursuivit d'Avaray, je vous apprendrai donc que la comtesse s'est gravement compromise, au mois de juin dernier, en acceptant d'entrer dans un complot organisé par le marquis de Laqueuille en vue d'enlever le Dauphin des Tuileries pour le conduire à l'étranger. Ce projet impraticable n'a pas eu de suites; mais M. le comte de Provence en a été informé, et cette folle aventure, qui n'avait d'autre but que de substituer l'influence de son neveu, — ou du moins de ses con-

seillers, — à celle qui lui revenait de droit dans les affaires
de l'émigration, n'a pas été du goût de Son Altesse et a
suffi pour jeter à ses yeux une défaveur sur toutes les personnes qui s'y sont trouvées mêlées, de près ou de loin. »

Devant cette révélation inattendue, Gérard de Puiseaux
demeura muet. Il se leva pourtant, en balbutiant quelques
mots confus dans lesquels il essayait d'excuser son ignorance; puis, au moment de se retirer :

« Ainsi, monsieur le comte, demanda-t-il d'une voix
qui tremblait un peu, vous ne supposez pas que Son
Altesse puisse revenir sur sa décision?

— Hélas! elle est formelle, déclara d'Avaray, et je la
crois irrévocable. Après l'imprudence qu'elle a commise,
Mme de Puiseaux n'a plus rien à espérer de M. le comte
de Provence. »

Puiseaux s'inclina respectueusement et dit :

« Il suffit, monsieur; je ne l'oublierai pas! »

Et, très digne, sans même se retourner vers le premier
gentilhomme de la chambre qui l'accompagnait jusqu'à la
porte, l'ancien garde du corps se retira.

Il descendit l'escalier en proie au même affolement, au
même vertige que doit éprouver le joueur qui quitte le tri-
pot où il vient de perdre son dernier louis, de voir s'envo-
ler sa chance suprême. En cette minute, il ne songeait pas
à l'énormité de la raison politique qui avait fait écarter sa
demande, — le ressentiment du comte de Provence vis-
à-vis de ceux qui avaient eu la noble pensée de sauver le
Dauphin, son propre neveu, — il ne voyait qu'une chose,
l'impossibilité où il allait être à la fois, et de vivre lui-
même, et de faire parvenir aucun secours à la comtesse.
Alors, à la pensée que tout crédit lui était fermé désor-

mais et qu'il s'était aliéné sans retour la faveur et les
bonnes grâces de Son Altesse Royale, M. de Puiseaux sentit monter en lui une poussée d'indignation contre la créature frivole qui, par son imprudence, venait de le perdre
dans l'esprit du prince et de compromettre à jamais sa
fortune politique et son avenir.

« Parbleu, songea le comte, elle se repentira de cette
maladresse ! »

Sans perdre de temps en lamentations vaines, ni s'attar-
der à menacer du poing la vieille demeure abbatiale où le
comte de Provence abritait son égoïsme et ses intrigues
parmi un simulacre de cour en déroute, Gérard de Puiseaux résolut de quitter Liège et de gagner immédiatement
Tournai, afin d'y interroger la comtesse. Si celle-ci parvenait à se disculper de toute participation à la tentative
d'enlèvement dont lui avait parlé d'Avaray, Puiseaux se
faisait fort de démontrer l'innocence de sa femme et de
reconquérir, pour elle et pour lui, les sympathies du comte
de Provence ; si, au contraire, il acquérait la certitude de
l'accusation portée contre elle, il verrait à trouver un
moyen, quel qu'il fût, de sortir de l'impasse où cette folie
coupable les avait acculés.

De Liège à Tournai, la distance n'est pas considérable ;
mais, à cette époque, un tel voyage n'était point sans
offrir quelque danger. Depuis que les coalisés battaient en
retraite devant la marche de l'armée française, qui s'avançait pas à pas, longeant la frontière, les populations
inquiètes se détachaient des émigrés, se montraient favorables aux « patriotes » ; et s'il existait encore un peu de
sécurité dans les villes, sous l'œil des garnisons autrichiennes, le péril devenait plus grand dans la campagne,

où les habitants se transformaient en pillards et rançon-
naient les fugitifs. Sans doute, Puiseaux n'avait pas grand'-
chose à perdre; néanmoins il lui restait ses armes et son
cheval, qui eussent pu tenter quelques maraudeurs. Aussi
s'empressa-t-il de les vendre, les premières chez un armu-
rier de la ville, qui les lui acheta au poids, le second au
maître de l'hôtel où il était descendu, qui lui en donna
trente-cinq livres. Le lendemain, il se mettait en route
pour Tournai.

Il descendit par bateau jusqu'à Namur, où il arriva vers
le soir, et là, quittant la Meuse, il s'engagea à travers les
terres dans la direction de Charleroi.

Aux abords de la frontière, une grosse animation emplissait les bourgs et les villages, dans lesquels on rassemblait
à la hâte des troupes autrichiennes, en prévision d'une
attaque décisive qu'on devinait proche. A la faveur de ce
tumulte, le comte parvint donc à poursuivre son chemin
sans être inquiété. Rien, du reste, en son allure, n'était
pour attirer l'attention. Dans les endroits où il s'arrêtait,
sa dépense était modique; il se contentait pour dormir,
à défaut de lit, d'une paillasse étendue dans une grange
ou un grenier. Très réservé, parlant peu, il répondait aux
gens qui le questionnaient sur son état qu'il était domestique et allait rejoindre ses maîtres à Bruxelles.

A Mons, où l'on exécutait de grands travaux de défense
sous les ordres du mari de l'archiduchesse, il faillit pourtant lui arriver malheur. Dénoncé par un cabaretier chez
lequel il avait séjourné quelques heures, comme un espion
des « patriotes », il fut arrêté par les soldats et allait être
conduit à la citadelle, lorsqu'il eut la chance de rencontrer
en chemin le patron de la *Femme-Sauvage,* l'hôtel où il

avait logé avec la comtesse de Puiseaux dix-huit mois auparavant, au moment de leur sortie de France. Ce brave homme le reconnut, intercéda près de l'officier commandant la patrouille et put obtenir de le faire relâcher séance tenante ; la nuit même, enfin, il mettait à la disposition de Puiseaux un guide et une voiture qui, le lendemain, le déposaient sain et sauf devant les remparts de Tournai.

Tout aussitôt le comte se fit indiquer l'hôtellerie du *Cygne*, et, s'y étant rendu, il demanda Mme de Puiseaux. On lui répondit qu'on ne la connaissait pas.

« Cette dame a pourtant habité ici, observa le comte. Elle y était, du moins, il y a six semaines. J'ai une lettre dans laquelle elle me donnait cette adresse. »

L'aubergiste haussa les épaules et répliqua :

« C'est bien possible ! Mais s'il fallait que je me rappelle !... Il a passé tant de monde ici depuis ce temps-là ! »

Puiseaux eut beau insister, préciser, dépeindre le physique de la personne dont il s'agissait, l'hôte n'en avait conservé aucun souvenir. Devant cette ignorance réelle ou feinte, le comte n'avait plus qu'à se retirer. Il redescendit par la ville, songeur, inquiet, se demandant comment il retrouverait la jeune femme. Si celle-ci habitait quelque autre auberge, pensait Gérard, il suffirait de les explorer toutes pour arriver à la découvrir. Mais si elle était logée dans une maison particulière ou en pension chez des étrangers, qui lui fournirait une indication de l'endroit où elle pouvait être ?

A la tombée du jour, Puiseaux avait visité successivement toutes les hôtelleries de Tournai, sans avoir réussi à recueillir aucun indice, aucune trace de la personne qu'il cherchait. Affamé, brisé de fatigue, il ne se sentait plus la force de pousser ses investigations plus avant; aussi, au moment de quitter le dernier hôtel où il s'était présenté, il résolut d'y souper et d'y prendre gîte ce soir-là.

En attendant qu'on lui eût préparé une chambre, le comte était entré s'asseoir dans l'une des salles communes où se trouvaient déjà quelques buveurs, et, appelant le patron, il avait demandé qu'on lui apportât un verre d'eau-de-vie.

A cheval sur une chaise, ses jambes chaussées de bottes allongées devant le poêle, il se tenait depuis un instant accoudé, pensif, sans prêter attention aux gens qui allaient et venaient autour de lui, quand tout à coup il fut tiré de sa rêverie par une voix très douce, et dont le timbre ne lui était pas inconnu, qui disait :

« Voici, monsieur. »

C'était une servante qui, debout à ses côtés, lui présentait sur un plateau le flacon d'eau-de-vie qu'il avait demandé. Le comte leva les yeux, dévisagea la servante, et, brusquement, il se redressa d'un bond, stupéfié. Cette fille d'auberge n'était autre que la comtesse Aurore de Puiseaux !

Dans la première minute, l'émotion que ressentirent à la fois l'ancien garde du corps et sa femme, en se retrouvant face à face, fut si profonde, qu'ils demeurèrent muets, atterrés; sans pouvoir proférer une parole capable d'exprimer les sentiments multiples qui étaient en eux. Si le comte éprouvait une sorte de stupéfaction douloureuse en revoyant la femme élégante et jolie qu'était la sienne sous la jupe grossière, le tablier de toile et la coiffe blanche d'une servante du pays flamand, Aurore n'était pas moins confuse et humiliée de ne pouvoir masquer à '

son mari l'état de domesticité où la cruauté du sort l'avait
réduite.

« Aurore, est-ce bien vous? demanda enfin Puiseaux
en enveloppant la jeune femme d'un regard effaré, comme
s'il n'eût pu croire à la réalité de la vision qui s'offrait
à lui.

— Hélas! oui, Gérard, c'est bien moi! murmura doucement Aurore. Je n'espérais plus vous revoir; il me fallait vivre, et je n'ai pas eu le courage de mourir! »

Puis, voyant qu'il allongeait les mains vers les siennes,
elle ajouta vivement :

« Prenez garde, nous ne sommes pas seuls!... Je ne
m'appelle ici que Jane Pernyn, et tout le monde doit igno-
rer mon nom véritable! »

Le comte retint un geste de malédiction, et d'une voix
sourde, vibrante de colère :

« Vous allez quitter ces vêtements sordides et me suivre!
Je ne tolérerai pas que vous restiez ici une heure de
plus! »

Aurore demanda froidement :

« Êtes-vous en situation de m'emmener ailleurs? »

Et comme Puiseaux, très pâle, ne répondait rien à cette
question, elle ajouta :

« Vous voyez donc qu'il faut que je demeure ici et continue à gagner mon pain. »

Le comte s'affaissa sur un siège, anéanti. Du reste, au
même instant, une voix rude, impérieuse, s'élevait au
fond de l'hôtellerie, vers les cuisines, en criant :

« Jane! Jane! »

Aussitôt, laissant son mari, Aurore sortit de la salle et
se rendit à la voix du maître qui l'appelait.

Maintenant Puiseaux n'avait plus qu'un désir, violent, impétueux : c'était d'interroger sa femme et de savoir enfin par suite de quelles déchéances successives elle était descendue à cette situation misérable. Malheureusement, outre que toute conversation avec Aurore était impossible à l'heure actuelle, un long entretien eût risqué de trop attirer l'attention sur elle et sur lui. Tout ce que le comte put faire, au cours de cette soirée, tandis que la jeune femme passait et repassait, alerte et vive, allant d'une table à l'autre pour les nécessités du service, ce fut de lui demander en quel endroit il aurait la facilité de lui parler. Aurore se pencha vers son mari et lui glissa :

« Après que l'hôtellerie sera fermée, venez me rejoindre dans ma chambre, par l'escalier au fond de la cour... Je vous attendrai ! »

Un peu après onze heures, tout étant déjà clos et endormi dans l'hôtel, Puiseaux quitta sa chambre, traversa la cour intérieure et se dirigea sans bruit vers l'escalier que lui avait indiqué la comtesse. Celle-ci l'attendait en effet au haut des marches, tenant une lumière à la main. Elle le guida jusqu'à sa chambre, l'y introduisit, en referma la porte ; puis, déposant le chandelier sur une table près de laquelle étaient deux chaises :

« A présent, dit-elle, nous sommes chez nous ! J'habite seule en ce coin des communs ; les autres domestiques couchent en face ; personne ne pourra nous entendre. »

Les premières paroles échangées entre le mari et la femme furent tout entières d'explications et d'éclaircissements réciproques. Puiseaux exposa à la comtesse ce qu'avait été sa vie à l'armée des princes depuis son départ du cantonnement d'Ath jusqu'à l'époque du licenciement d'Arlon. Aurore, de son côté, raconta sans en rien omettre quelle avait été son existence à Bruxelles, puis à Tournai ; enfin, sa tentative de suicide entravée par un

La comtesse attendait son mari au haut des marches, une lumière à la main.

palefrenier des *Trois-Couronnes*, le brave Pernyn, grâce à qui elle avait pu entrer dans la maison comme domestique et s'était trouvée momentanément sauvée du besoin.

L'accent de franchise et de sincérité avec lequel la jeune

femme avait retracé devant son mari la longue série d'infortunes qu'il lui avait fallu traverser était si réel, que, pas
un instant, Gérard ne fut tenté de mettre en doute la
véracité de son récit. Lorsqu'elle eut terminé, il se décida
pourtant à lui dire :

« Je vois que vous avez beaucoup souffert, Aurore, et
la misérable condition où je vous retrouve aujourd'hui
en est la preuve. Mais êtes-vous bien certaine de n'avoir
pas, au cours de ces longs mois de gêne cruelle, commis
quelque imprudence susceptible de vous faire tort et d'aggraver votre situation? »

La jeune femme avait redressé la tête, et, considérant
son mari :

« Je ne le suppose pas !

— Eh bien, reprit Puiseaux, c'est ce qui vous trompe !
Vous en avez commis une, et une des plus graves, puisqu'elle nous a porté à l'un et à l'autre un coup terrible
dont ni vous ni moi ne pourrons peut-être nous relever !

— Que voulez-vous dire? demanda Aurore, anxieuse.

— Il y a six semaines, poursuivit Puiseaux, au reçu
de la dernière lettre où vous me dépeigniez votre misère, j'avais adressé une demande de secours à M. le
comte de Provence. N'ayant pas obtenu de réponse, je
réitérai ma démarche, et il y a huit jours, à Liège,
où sont en ce moment les princes, j'ai pu être enfin
reçu par le comte d'Avaray... Savez-vous ce qu'il m'a
répondu?

— Je ne m'en doute pas.

— D'Avaray m'a déclaré en propres termes qu'il ne
pouvait être donné aucune satisfaction à ma requête,
attendu que Son Altesse Royale Monsieur ne voulait plus

entendre parler de la comtesse de Puiseaux ni de son mari. »

Aurore eut un mouvement de stupeur et s'écria : ·

« Il a osé dire cela? Mais... quelles raisons?... »

Le comte ajouta d'une voix lente, en appuyant sur chaque mot :

« A l'en croire, la comtesse de Puiseaux aurait consenti, au commencement de juin dernier, à prêter son concours dans une tentative ayant pour but d'enlever le Dauphin des Tuileries. »

Et, fouillant du regard la jeune femme, il demanda encore :

« Est-ce vrai? »

Aurore demeura très calme et répondit :

« Parfaitement. C'est exact! »

Alors, très simple, en quelques mots, elle avoua à son mari la façon dont elle avait été mise en relations avec le marquis de Laqueuille, la proposition qui lui avait été faite et ce qui en était résulté.

« Pourquoi, demanda Puiseaux, ne m'avez-vous pas informé de la chose, quand elle s'est produite?

— M. de Laqueuille m'avait fait promettre le secret, une divulgation du plan arrêté pouvant empêcher celui-ci de réussir.

— Et l'idée ne vous est pas venue, une seule minute, que le fait même de vous mêler à cette aventure risquait d'entraîner les plus sérieuses conséquences pour vous et pour moi?

— Comment aurais-je supposé que mon dévouement à la famille royale pouvait un jour m'être reproché comme une faute?

4

— Il est des choses qui se devinent, madame ! répliqua Puiseaux avec emportement. Et vous auriez dû songer, par cela même que vous serviez les intérêts du Dauphin, que cette entreprise porterait ombrage à ceux dont l'influence pouvait s'en trouver atteinte, — Son Altesse Royale Monsieur et le comte d'Artois !

— Je n'entends rien à la politique, monsieur de Puiseaux ! répondit Aurore avec fierté. Je ne suis qu'une femme : on a fait appel à mon cœur de femme en faveur d'un enfant que j'avais bercé, tenu dans mes bras ; j'ai accepté !

— Sentimentalisme ridicule ! riposta le comte en se levant. Et maintenant, après cette belle équipée au profit de gens dont nous n'avons plus rien à attendre et qui nous a fait perdre la sympathie de ceux qui pouvaient encore quelque chose pour nous, il ne nous reste plus, à vous et à moi, que la ressource de crever de faim à l'étranger ou de rentrer en France pour y porter notre tête !... Joli résultat !

— C'est ce que je comptais faire, vous le savez bien, dit lentement Aurore, puisque c'est dans ce but que je vous avais écrit de venir me chercher ici même, à Tournai, pour m'y conduire.

— Vous conduire en France ? Mais vous êtes folle ! s'écria le comte en haussant les épaules, tandis qu'il marchait à grands pas à travers la pièce. Mme de Lamballe aussi y est retournée, au lieu de demeurer à Aix-la-Chapelle, où elle se trouvait en toute sûreté !... A quoi lui a servi son sacrifice ?... A se faire massacrer par des bandits, à donner à un ramassis d'assassins, d'égorgeurs, sortis des abattoirs ou des galères, l'ignoble joie de déchirer son corps et d'en promener les lambeaux au bout des piques, jusque sous les fenêtres de la reine pour qui elle s'était si inutilement dévouée !...

— Si tout le monde avait suivi son exemple, dit Aurore; si tous les nobles qui ont passé la frontière, depuis deux ans, étaient demeurés en France et s'étaient hardiment rangés autour du roi, nous n'en serions ni les uns ni les autres où nous en sommes !

— On en aurait égorgé davantage, voilà tout !

— Peut-être ! Mais il en serait resté assez pour mettre un terme aux crimes des patriotes et les réduire à l'impuissance. Au lieu de cela, chacun s'est enfui; alors il en est résulté ce qui devait arriver : quand tous les honnêtes gens quittent un endroit, les voleurs y entrent et s'y installent ! »

Le comte se mit à ricaner.

« En vérité, madame, vous ne raisonnez pas mal, pour une femme qui n'entendez rien à la politique !... Cela n'empêche point que vous ayez commis une faute irréparable en vous jetant dans cette ridicule équipée du mois de juin !

— Je ne le regrette pas, et, si c'était à refaire, j'agirais de même !

— Vous n'avez oublié qu'une chose, dit enfin Puiseaux, dont l'exaspération grandissait de minute en minute et qui s'asseyait, se relevait, en faisant sonner ses éperons sur le plancher; vous n'avez oublié qu'une chose, c'est que vous n'étiez point seule, que vous dépendiez de moi, que votre attitude engageait la mienne, et que votre imprudence pouvait me ruiner dans l'esprit des princes ! »

Aurore dit avec simplicité :

« J'ignorais leur âme ténébreuse et la profondeur de leur égoïsme.

— Voici une parole qui pourrait vous coûter cher, madame, insinua Puiseaux, si elle parvenait aux oreilles de Leurs Altesses !

— Je vous permets de la leur porter, si bon vous semble ; leur colère ne me fera pas tomber plus bas que je suis !

— Votre résignation est admirable !...

— Quant à vous, monsieur, poursuivit Aurore, vous êtes soldat ! Les rangs des armées prussiennes ou autrichiennes vous sont ouverts : retournez-y... A moins que vous ne préfériez revenir en France et courir les risques qui nous y attendent.

— Oh ! cela, jamais, jamais ! déclara le comte avec un geste de fureur sourde et concentrée.

— Vous êtes libre ! » dit froidement la jeune femme.

Puis, prenant le flambeau qui se trouvait sur la table :

« Maintenant, monsieur, je vous prierai de me laisser reposer. Voici qu'il est tard, et, aux *Trois-Couronnes*, les filles de service doivent être debout de bon matin. »

En même temps, elle allait ouvrir la porte donnant sur le couloir qui conduisait à l'escalier.

Puiseaux était demeuré immobile à sa place, le visage pâle et contracté, en proie à une agitation fébrile. Il se décida pourtant à prendre son chapeau, et d'un pas lent, comme à regret, il se dirigea vers le seuil. Au moment de le franchir, il s'arrêta une dernière fois devant la comtesse et lui tendit la main.

« Bonsoir, madame. »

Celle-ci ne fit pas un geste et répondit simplement :

« Bonsoir, monsieur. »

Puis, précédant Aurore qui tenait la lumière haute pour éclairer les ténèbres du couloir, le comte gagna l'escalier qu'il descendit avec précaution, afin de ne point faire craquer les marches. Un instant après, la jeune femme entendit la porte d'en bas se refermer. Alors elle rentra dans sa chambre froide, dénudée, et se prépara à se mettre au lit. Pour la première fois de sa vie, elle se sentait véritablement seule et comprenait qu'elle n'avait plus à compter que sur elle-même ou à n'espérer qu'en la protection de Dieu.

IV

L'HOMME DE LA CONVENTION

En traversant la cour intérieure de l'hôtellerie, Puiseaux crut distinguer derrière lui un bruit de pas. Il s'arrêta net, se retourna; mais, ayant fouillé l'ombre du
regard, il ne remarqua rien. Sans doute, il s'était trompé.
Le comte poursuivit donc son chemin, se dirigeant vers
la porte qui donnait accès dans le corps de logis prin-
cipal. Déjà il y atteignait et allongeait la main vers le
loquet, lorsqu'il sentit une main qui se posait brusquement sur son épaule. D'un bond, il fit volte-face et
demanda :

« Qui va là?... »

Une haute silhouette, — celle d'un homme, — se profilait tout près de lui, le touchant presque, et comme il
demandait une seconde fois : « Qui va là?... » une voix
lui répondit sur un ton très bas :

« Quelqu'un qui désire vous entretenir, monsieur le
comte. »

Puiseaux était brave. Néanmoins, cette main qui l'avait touché, cette voix qui venait de se faire entendre, cette appellation de « comte », enfin, dénotant qu'on l'avait reconnu, n'étaient pas sans lui causer une certaine appréhension. Il dit nettement :

« Au large ! Je n'ai pas pour habitude de converser avec les gens dont je ne vois pas le visage !

— Aussi, répliqua l'homme, n'ai-je point l'intention de vous demander audience en cet endroit. Mais j'habite comme vous aux *Trois-Couronnes*, je suis même un de vos voisins, et s'il vous était agréable de m'accompagner jusque chez moi, je m'empresserais de vous exposer ce que je ne puis vous dire à cette place.

— Prenez garde ! riposta Puiseaux d'une voix sifflante. J'ai l'esprit peu porté à la plaisanterie, et en voici une que je ne saurais tolérer davantage !

— Plus bas, monsieur le comte, plus bas, je vous en conjure !... C'est trop, déjà, que vous ayez élevé la voix tout à l'heure chez Mme de Puiseaux et que j'aie pu saisir quelques-unes de vos paroles. Songez que d'autres pourraient vous entendre encore qui, peut-être, n'offriraient pas les mêmes garanties de discrétion que votre serviteur !

— Comment ! Vous me guettiez ? Vous m'espionniez ? rugit le comte entre ses dents.

— Détrompez-vous, fit l'autre avec calme. Je ne suis qu'un homme qui désire et qui peut vous être utile ! »

En dépit des assurances pacifiques énoncées par cet inconnu, Gérard de Puiseaux avait reculé prudemment, pas à pas, jusque vers la porte ; il la poussa d'un coup d'épaule, et, tirant un briquet de sa poche, il alluma un chandelier qu'il avait déposé à terre, en sortant, contre la muraille.

Une lueur se projeta qui permit enfin à l'ancien garde du corps de voir le mystérieux personnage qui l'avait abordé de façon si cavalière, et tout aussitôt, dans ce même homme vêtu modestement d'un habit et d'une culotte de drap marron foncé, avec un chapeau rond sur la tête, Puiseaux reconnut l'un des buveurs qui se tenaient assis dans la salle commune, à une table voisine de la sienne, au moment où Aurore était venue lui apporter un verre d'eau-de-vie.

« En effet, balbutia-t-il, je vous remets à présent !... Ne vous trouviez-vous pas, ce soir, en un coin de la salle où j'ai soupé ? »

L'homme sourit et répliqua :

« Précisément. Et maintenant, monsieur le comte, il ne tient qu'à vous que nous fassions plus ample connaissance. »

Très intrigué, un peu inquiet, mais résolu néanmoins à en terminer avec le personnage énigmatique, le comte répondit brièvement :

« Soit !... »

Guidé par l'inconnu, Puiseaux gagna le premier étage et pénétra dans la chambre de ce dernier, qui se trouvait effectivement presque mitoyenne avec la sienne. L'homme avait allumé une seconde lumière ; puis, dès que le comte se fut assis, sur l'invitation qui lui en avait été faite :

« Avant toute chose, monsieur, dit-il, permettez-moi de me laver à vos yeux de cette accusation d'espionnage à votre égard que vous avez formulée tout à l'heure... Je dois en convenir, je me trouvais dans le couloir sur lequel donne la chambre de Mme la comtesse de Puiseaux, et c'est grâce à cette circonstance que j'ai pu entendre une partie de la conversation que vous avez eue avec votre femme. Mais je n'y étais point venu dans l'intention de surprendre vos secrets à l'un ou à l'autre, croyez-le bien.

— Alors, quel motif vous y avait conduit? » demanda le comte.

L'homme répondit :

« La curiosité, tout simplement. »

Et voyant que Puiseaux esquissait un geste d'étonnement, il ajouta :

« Vous allez comprendre... Arrivé il y a huit jours à Tournai, pour mes affaires, et descendu à cette même hôtellerie des *Trois-Couronnes*, mon attention avait été attirée par l'une des servantes attachées à la maison, dont la démarche, la grâce discrète, et j'ajouterai la beauté, m'avaient fait vaguement pressentir une personne de condition fort au-dessus des grossières occupations auxquelles elle était astreinte. A différentes reprises, j'essayai de lui adresser la parole; mais je dois avouer que mes avances furent accueillies avec un dédain qui me fit voir que mes présomptions ne m'avaient pas trompé. J'étais donc décidé plus que jamais à continuer mes observations, pensant bientôt les mettre à profit pour une cause qui m'intéresse, lorsque hier soir, au moment où cette Jane Pernyn vint vous servir à boire dans la salle commune, je crus m'apercevoir d'une intimité existant entre elle et vous. Je remarquai dans votre attitude à l'un et à l'autre des signes d'une gêne réciproque, et, éclairé par un soupçon, devinant en vous un proscrit, un époux peut-être, je résolus de vous surveiller tous les deux.... Un peu après onze heures, vous ayant entendu ouvrir votre porte et descendre l'escalier, je vous ai suivi jusque dans la cour; je vous ai vu pénétrer dans les communs; je m'y suis engagé à votre suite..., et vous savez le reste!

— Je ne vois qu'une chose, monsieur, reprit Gérard de Puiseaux quand l'inconnu eut fini de parler, c'est que vous avez commis une indélicatesse dont je serais en droit de vous demander compte!

— Je ne le nie point. Ma seule excuse, je le répète, est dans l'intérêt de la cause que je sers.

— En ce cas, repartit Puiseaux, vous devez être complètement renseigné à cette heure sur l'honorabilité de la servante que vous remarquiez et les droits que celle-ci pouvait avoir à m'accueillir; et, ceci étant donné, je me demande quelles raisons ont bien pu vous pousser à solliciter de moi un entretien?

— Mon Dieu, monsieur le comte, vous le savez, répondit l'homme d'un ton très calme, la vie, — notre vie à tous, — est faite de hasard et d'imprévu. Où je n'avais entrevu tout d'abord qu'une distraction futile, j'ai cru découvrir ensuite l'occasion de traiter une plus grave affaire.

— Qu'avez-vous donc à me proposer? demanda Puiseaux avec une nuance de dédain.

— Ce que vous proposait, il y a une heure, Mme de Puiseaux : de rentrer en France!

— En vérité?... Eh bien, monsieur, si vous avez entendu, comme vous le prétendez, ma conversation avec la comtesse, vous devez savoir aussi la réponse que j'ai faite à l'invitation de cette dernière.

— Celle que je vous apporte est plus avantageuse, répliqua l'homme. Mme de Puiseaux vous conseillait de revenir en France au péril de votre vie, qui y aurait couru, en effet, d'assez gros risques. Moi, je viens vous offrir d'y rentrer et d'y vivre en toute sécurité.

— De quelle façon? interrogea le comte.

— En vous ralliant à la Révolution.

— Vous vous moquez de moi!

— D'autres, qui vous valaient, sont venus à nous. Pourquoi ne suivriez-vous pas leur exemple?

— Ceci veut dire que vous cherchez à m'acheter? »

L'homme secoua la tête et dit :

« Pas le moins du monde!

— Alors, je ne comprends plus.

— C'est pourtant bien simple. Vous vous trouvez sans ressources, à bout d'expédients : je vous offre un moyen de sortir des embarras où vous êtes!

— En me déclarant pour les jacobins, comme le misérable Égalité?... Ah çà! pour qui me prenez-vous donc? » riposta le comte en toisant l'homme avec hauteur.

Celui-ci répondit sans s'émouvoir :

« Monsieur le comte, je vous prends pour ce que vous êtes : un partisan dévoué de la monarchie, un fidèle serviteur du roi et de la reine, qui avez compromis votre avenir pour défendre leur cause et qui, aujourd'hui que ces derniers ne peuvent plus rien pour vous et que les princes, leurs parents, qui pourraient quelque chose, ne veulent rien faire, vous trouvez acculé, ainsi que votre femme, à la plus misérable situation! Or, sur quoi comptez-vous, et que pouvez-vous bien espérer encore?... Le

trône s'est écroulé sans chances de relèvement possibles ;
le roi est prisonnier au Temple avec sa famille, et, à
l'heure où nous parlons, il est question de le mettre en
jugement, vous le savez. Votre fidélité à une cause irré-
médiablement perdue n'a donc plus aucune raison d'être.
Vous aviez cru à Monsieur, au comte d'Artois : vous avez
pu juger par vous-même de l'appui qu'ils apportent à ceux
qui se sont dévoués pour leur famille... L'étranger?...
Qu'en attendez-vous?... Lille a repoussé les Autrichiens ;
Dumouriez a écrasé les Prussiens à Valmy ; Spire, Worms,
Mayence ouvrent leurs portes devant les bataillons de nos
sans-culottes ! La France entière est debout et prend les
armes ! Pour fabriquer des canons, on fond les cloches ;
des volontaires s'engagent en masse pour courir à la
défense de la patrie en danger ; un souffle d'héroïsme a
soulevé ce peuple qui se rue en chantant vers la frontière,
et avant huit jours, — vous entendez bien, avant huit
jours, — toute cette armée, grossie en chemin, balayera
comme des fétus de paille vos retranchements établis en
avant de Mons, ainsi que les troupes coalisées qui les pro-
tègent ! Que deviendrez-vous à ce moment? Aujourd'hui
vous pouvez encore rentrer en France, et je m'engage à
vous y procurer le pain assuré et la vie sauve ; dans une
semaine les patriotes seront ici, et vous ne serez plus,
vous, qu'un émigré mûr pour le peloton d'exécution, —
ou autre chose !... A vous de choisir ! »

Devant cette véhémente sortie de l'inconnu, le comte
de Puiseaux s'était senti légèrement troublé. Sous l'enthousiasme de son interlocuteur, — enthousiasme que la
passion grossissait, sans aucun doute, — il croyait démêler cependant une part de vérité : c'est-à-dire la consta-

tatation de la ruine définitive des royalistes et le néant de leurs espérances entêtées.

Évidemment, en se plaçant au point de vue purement pratique, cet homme avait raison, et la fidélité à une royauté expirante, même déjà morte, était absurde, surtout quand cette fidélité aboutissait à la situation où la comtesse de Puiseaux et lui se trouvaient réduits. Que faire pourtant? Accepter du service dans les armées républicaines, lui, dont les camarades avaient été massacrés au 10 août, et qui, dans la tragique matinée du 6 octobre 1789, avait vu tuer à ses côtés le chevalier de Miomandre en défendant le seuil des appartements de la reine? C'était impossible! Et tout ce qui survivait d'honneur en lui se révoltait à cette pensée que le comte Gérard de Puiseaux, un ancien garde du corps, irait combattre dans les rangs de ces mêmes soldats qui avaient assassiné ses frères d'armes, ou qu'un hasard, peut-être, le placerait un jour de faction sous les fenêtres grillées de l'infortunée souveraine dont Aurore, sa propre femme, avait jadis bercé l'enfant entre ses bras!

Il se retourna vers l'étranger et lui dit :

« Inutile, monsieur! Jamais je n'accepterai de service aux armées jacobines.

— Je le supposais bien, répliqua l'autre avec courtoisie; aussi n'est-ce pas ce que je comptais vous proposer. Une épée de plus ou de moins, qu'est-ce que cela nous fait, à une époque où les soldats surgissent des sillons, drus comme l'herbe! Mais il est d'autres situations, plus délicates, où un homme de qualité comme le comte de Puiseaux pourrait s'employer et se rendre utile...

— Un agent secret? interrompit le comte d'une voix brève. Il suffit, monsieur..., brisons là !

— Comme il vous plaira ! dit l'homme en se levant. Du reste, vous avez tout le temps de la réflexion : je ne quitterai pas les *Trois-Couronnes* avant deux jours ! »

Et, après s'être incliné avec respect devant Gérard de Puiseaux qui se dirigeait vers le seuil de la chambre, droit et hautain, l'inconnu le reconduisit jusqu'à l'escalier.

Le comte de Puiseaux regagna sa chambre, tout remué par les deux longs entretiens qu'il venait d'avoir. S'il éprouvait un douloureux déchirement à la pensée qu'Aurore dormait sur un mauvais grabat, à quelques pas de lui, dans le corps de logis réservé aux domestiques, il ressentait aussi une gêne pesante en songeant que cette même hôtellerie abritait le tentateur inconnu et mystérieux qui venait de se dresser en face de sa misère et de ses illusions dissipées. Et, tout naturellement, en évoquant à la fois ces deux figures dissemblables, il en arrivait à se dire : « Si j'avais écouté cet homme et consenti à ce qu'il m'offrait, Aurore, dès demain, serait affranchie de son humiliante servitude ! » Mais cette acceptation était impossible. Plus il l'envisageait, plus elle lui apparaissait monstrueuse, et lui, qui connaissait si bien les sentiments d'honneur et les délicatesses d'âme de la jeune femme, se rendait parfaitement compte que celle-ci eût frémi d'indignation, si elle avait pu soupçonner un pacte semblable, et préféré sans nul doute une domesticité éternelle à l'horreur de redevenir libre au prix d'un marchandage aussi odieux.

Toute la nuit, Puiseaux roula ces pensées dans sa tête, sans réussir à s'arrêter à une résolution quelconque, pris qu'il était entre la pitié très réelle que lui inspirait l'état de sa malheureuse femme et la honte de se vendre, de renier tout son passé de gentilhomme et de soldat. Il se leva enfin au petit jour.

Déjà, l'hôtellerie bruissait d'allées et de venues, de claquements de portes, de jurements de palefreniers, de tintements de casseroles ou de vaisselle, et, à deux ou trois reprises, Puiseaux crut distinguer, parmi le tumulte confus emplissant la cour intérieure et les salles basses, la voix du maître qui appelait : « Jane!... Jane!... » Sa femme était debout, elle aussi, et commençait sa journée.

Alors, éprouvant le besoin de prendre l'air, de s'évader un moment de dessous ces plafonds dont les poutres lui écrasaient la tête, le comte s'enveloppa de son manteau, descendit à pas muets, et, avisant une porte dérobée afin d'éviter la rencontre d'Aurore qui devait vaquer à cette heure matinale aux gros ouvrages, il gagna la rue et se dirigea vers les bords de l'Escaut.

Longtemps il marcha devant lui, en suivant la rive du fleuve à demi noyé dans le brouillard, sans rien remarquer de ce qui se passait alentour, uniquement obsédé par la double vision qu'il ne pouvait écarter de ses yeux : sa femme, en jupe courte, en tablier de grosse toile, servant à boire à des postillons ou à des rouliers ; et l'homme, — l'homme énigmatique, — avec lequel il avait eu pendant la nuit une entrevue si étrange et si troublante... Et, toujours, il se heurtait à cette même interrogation qui hantait son esprit comme un problème insoluble : « Que devait-il faire ? »

Pour l'instant, la comtesse était à l'abri du froid et de la faim ; lui-même possédait encore quelques écus qui lui permettaient de subvenir momentanément à ses besoins.

Mais après, quand il aurait mangé le peu d'argent qui lui restait, comment, auprès de qui trouverait-il aide et secours, pour vivre d'abord, et pour arracher ensuite Aurore au misérable métier qu'elle était réduite à exercer ?... Et instinctivement, comme malgré lui, en face de cette question demeurée sans réponse, Puiseaux croyait entendre à nouveau le personnage qui lui avait dit : « Je vous apporte les moyens de subsister ! »

Cependant il se faisait tard, et, depuis longtemps, le pâle soleil d'automne avait déchiré peu à peu les brumes couvrant la surface du fleuve, quand Puiseaux fut tiré de ses songeries douloureuses par douze coups graves et sonores qui s'envolaient de la tour d'une église voisine. Midi !... C'était l'heure où l'on dînait aux *Trois-Couronnes*. Lentement, le comte reprit le chemin de l'hôtellerie. Un instant, devant la gêne qu'il éprouvait à revoir Aurore, il eut l'idée d'aller manger dans une autre auberge. Mais un remords le prit d'agir de la sorte, et, si pénible que fût pour lui la vue de la comtesse de Puiseaux transformée en servante, il crut de son devoir de retourner quand même là où elle était, quitte à se faire servir par un autre domestique.

Arrivé aux *Trois-Couronnes*, le comte pénétra dans un petit cabinet attenant à la salle commune, et, s'asseyant à l'écart, il appela un garçon à qui il commanda son repas. Deux ou trois voyageurs inconnus de Puiseaux étaient assis également dans un angle de la même pièce ; mais, par la porte de communication demeurée ouverte, on apercevait l'intérieur de la salle voisine où se trouvait la table d'hôte encombrée de dîneurs, parmi lesquels plusieurs officiers autrichiens appartenant à la garnison de Tournai.

Deux femmes servaient à cette dernière table : Aurore et une autre fille de l'hôtellerie. Tout naturellement, la comtesse avait aussitôt reconnu son mari ; mais, ne pouvant lui adresser la parole devant le monde, elle s'était contentée de lui envoyer de loin un sourire navré, continuant de circuler alerte et vive à l'entour de la table, allant de l'un à l'autre convive au hasard des voix qui l'appelaient, répondant à chacun, sans se troubler des réclamations familières ou des apostrophes brutales que les gens ne se gênaient point pour lui adresser.

Silencieux, Puiseaux se mit à manger, en la regardant.

Vers la fin du repas, l'attention des convives fut attirée par des sons d'instruments venus du dehors : c'étaient deux musiciens ambulants dont l'un tenait une harpe, l'autre un violon, qui jouaient devant la porte de l'hôtellerie des morceaux de Grétry et de Mozart. Les officiers autrichiens, qui paraissaient amateurs, prêtèrent l'oreille ; mais comme on entendait mal, ils donnèrent l'ordre à l'une des servantes d'introduire les musiciens. On leur obéit, et les pauvres diables aux mains rougies, aux vêtements loqueteux, dépenaillés, entrèrent dans la salle et se rangèrent au bout de la table. A ce moment, un jeune lieutenant ayant trouvé facétieux de demander à l'homme qui jouait de la harpe s'il avait pris des leçons avec Mme de Genlis, un énorme éclat de rire accueillit cette plaisanterie de table d'hôte ; puis, les musiciens ayant attaqué les premières mesures de *Richard Cœur-de-Lion* :

> O Richard, ô mon roi !
> L'univers t'abandonne !...

deux majors interrompirent en criant :

« Non, non! pas cet air, braves gens!... C'est bon pour les émigrés, cela!... Nous voulons quelque chose de plus gai, de plus nouveau! L'*Hymne des Marseillais!*... la *Carmagnole!*

— Oui! oui! hurlèrent tous les autres. L'*Hymne des Marseillais!*... la *Carmagnole!* »

Les musiciens durent entamer l'*Hymne des Marseillais*, que tous les Autrichiens accompagnèrent en reprenant au refrain; mais, lorsqu'on en fut venu à la *Carmagnole*, ils s'exaltèrent, scandant le rythme en frappant de leurs bottes sur le plancher ou de leurs couteaux sur la vaisselle et les gobelets d'étain :

> Dansons la Carmagnole !
> Vive le son
> Du canon !

Puis ce fut le tour d'un Anglais, qui pria poliment les musiciens de vouloir bien jouer l'air du *Ça ira*.

« Oui! oui!... Bravo! bravo! répétèrent les officiers. Voilà de la vraie musique française! »

Et deux fois, trois fois, les musiciens recommencèrent l'air demandé au milieu d'un enthousiasme qui confinait au délire :

> Ah! ça ira! ça ira! ça ira !
> Les aristocrates à la lanterne !

Puiseaux était devenu tremblant, tandis que ses yeux suivaient sa malheureuse femme toute pâle, presque défaillante, contrainte d'assister, muette, indignée, à ce débordement de joie et à ce déluge d'invectives à l'adresse de ceux qui avaient été si chers à son cœur. Songeant alors que, depuis plusieurs semaines déjà, Aurore était obligée d'être témoin de scènes analogues, de supporter ce douloureux martyre, et que, durant de longs jours peut-être encore, il lui faudrait subir même déchirement, une rage monta en lui. Il se leva de table, se rua dans la salle commune, et courant à la comtesse, qu'il saisit par le bras devant les assistants stupéfaits, il la poussa vers la porte de la rue.

« Venez avec moi, dit froidement Puiseaux, dès qu'il fut dehors avec elle. Je ne tolérerai pas que vous soyez exposée davantage à la grossièreté de ces gens-là !

— Hélas ! Gérard, c'était la nécessité qui m'y forçait, vous le savez aussi bien que moi, fit Aurore, tandis qu'elle s'éloignait à pas rapides, aux côtés de son mari. Avez-vous donc découvert quelque moyen de sortir de l'embarras où nous nous trouvons ? »

Puiseaux répondit :

« Peut-être ! »

Après avoir marché quelque temps dans les rues de Tournai, le comte avisa une hôtellerie de modeste apparence à l'enseigne du *Soleil-d'Or,* y entra, retint une chambre, et, lorsqu'il y eut installé la comtesse, il prit congé d'elle en disant :

« Attendez-moi ici. J'ai quelqu'un à voir dans ce quartier. Je viendrai vous retrouver ensuite. »

Puis, rebroussant chemin, il regagna les *Trois-Couronnes.*

En pénétrant dans le cabinet où il avait pris son repas, le comte aperçut l'homme rencontré par lui la nuit précédente, qui était assis à une table isolée et paraissait faire sa correspondance. Il alla droit à lui, se pencha légèrement, et, à demi-voix :

« Je vous cherchais, monsieur.

— Ah! ah! fit l'inconnu en levant les yeux ; c'est vous, monsieur le comte? Asseyez-vous donc là, je vous en prie ! »

Et, dès que Puiseaux se fut assis de l'autre côté de la table, il s'informa :

« Qu'y a-t-il pour votre service? »

Le comte fit un effort sur lui-même et répondit :

« C'est moi qui suis venu me mettre au vôtre ! Mais, auparavant, j'ai besoin d'une somme de trois cents livres pour payer une dette impérieuse. Pouvez-vous me la donner sur-le-champ? »

L'homme regarda Puiseaux bien en face, parut le scruter du regard et dit enfin :

« La voici ! »

Fouillant alors dans l'une des poches de son habit marron, il en tira les trois cents livres, qu'il aligna devant le comte.

Puiseaux dit :

« C'est bien ! »

Aussitôt, prenant une plume, du papier, l'ancien garde du corps se mit à tracer ces quelques lignes :

« Madame,

« Une mission imprévue et particulièrement délicate, au sujet de laquelle je ne puis vous fournir de détails, en ce moment du moins, m'appelle pour quelques jours dans les environs de Cologne. J'ai tout lieu de croire que les conséquences en seront avantageuses et pour vous et pour moi. Mais, me trouvant dans la nécessité de quitter Tournai sur l'heure même et ne pouvant aller vous dire au revoir, comme je l'aurais souhaité, je joins à la présente une somme de deux cents livres qui vous permettra de faire face à vos besoins immédiats en attendant mon retour auprès de vous qui ne saurait tarder, je l'espère. A bientôt donc, madame, et croyez à mon inaltérable affection.

« PUISEAUX. »

Cette lettre écrite, il la plia, glissa deux cents livres à l'intérieur, cacheta le tout, et, appelant l'un des garçons de l'hôtel, il le chargea de porter ce pli à Mᵐᵉ la comtesse de Puiseaux, au *Soleil-d'Or*. Au bout d'un quart d'heure environ, ce dernier était de retour aux *Trois-Couronnes*.

« Eh bien? demanda le comte en le voyant entrer.

— J'ai remis votre missive en mains propres, déclara le valet.

— Cette personne n'a rien dit?

— Non, monsieur.

— Il suffit! »

Revenant alors vers l'inconnu, qui tranquillement avait repris sa correspondance :

« A présent, monsieur, je suis à vos ordres, fit Puiseaux.

— Mais je n'en ai point à vous donner, monsieur le comte! répondit l'homme plein de courtoisie. Je vous prierai seulement de vous tenir prêt à partir avec moi par la diligence de cinq heures; dès ce soir, nous serons en France! »

V

C'était sans grande surprise qu'Aurore avait reçu le
billet et les deux cents livres que le comte lui avait fait
tenir à l'hôtellerie du *Soleil-d'Or*. Elle avait bien trouvé
un peu singulier que son mari eût chargé un valet de cette
commission et ne fût pas venu en personne lui annoncer
son départ ; mais on ne songe guère à rechercher les causes
d'un bonheur quand il vous arrive, et, dans la joie que
la jeune femme éprouvait à se sentir délivrée de sa hon-
teuse servitude, elle ne pensa qu'à se réjouir du hasard
qui venait de l'arracher aux promiscuités de toutes sortes
que, depuis près de deux mois, elle avait été obligée de
subir. Elle crut simplement deviner qu'en présence de sa
détresse et de la condition humiliante où il l'avait vue
réduite, le comte de Puiseaux avait dû se mettre en quête
de fonds et que, sans doute, il avait réussi à s'en procurer
auprès de quelques-uns des émigrés qui se trouvaient
à Tournai en si grand nombre.

Cette supposition était d'autant plus vraisemblable que,

depuis quelques jours, Aurore avait cru voir passer dans
la rue plusieurs personnes de marque qu'elle avait connues
autrefois, notamment la Saint-Huberti, l'ancienne chanteuse de l'Opéra, avec son mari, le comte d'Antraigues;
et, au *Soleil-d'Or* même, elle avait croisé dans un escalier
le prince de Lambesc, l'ancien commandant de Royal-
Allemand, sous les ordres duquel avait servi le comte
avant l'émigration. Rien de surprenant, donc, à ce que les
deux hommes se fussent rencontrés, à ce que le prince eût
chargé Puiseaux d'une mission secrète; de là, sans doute
aussi, la raison de son brusque départ et la source de l'argent qu'il lui avait envoyé. Sans pousser plus avant ses
conjectures à ce sujet, la jeune femme résolut de demeurer
au *Soleil-d'Or* en attendant le retour que son mari lui avait
fait pressentir; mais huit jours ne s'étaient pas écoulés,
que de graves événements vinrent replonger la comtesse
dans ses terreurs et ses angoisses.

En descendant de sa chambre, un matin, Aurore apprit
avec épouvante qu'une sanglante bataille avait eu lieu la
veille, au bourg de Jemmapes : les Autrichiens avaient
été culbutés, taillés en pièces, et les « patriotes » étaient
dans Mons. Des gens qui revenaient de par là affirmaient
les avoir vus entrer dans cette ville, tambours battant,
fifres sonnant, enseignes déployées, et, si rien n'entravait
leur marche victorieuse, il était à prévoir qu'ils péné-
treraient dans Tournai le soir même.

A cette nouvelle, Aurore de Puiseaux fut atterrée. Si
le pays était envahi par les Français, jamais son mari ne
pourrait venir la rejoindre en cet endroit. Et elle-même,
que deviendrait-elle au milieu de cette inondation de
« patriotes »? Sa première idée fut de s'enfuir; mais tout

aussitôt elle y renonça, tant cela lui paraissait difficile,
presque impossible. La panique qui s'était emparée des
étrangers et des émigrés réfugiés à Tournai était si vive,
que les diligences étaient prises d'assaut, les voitures
particulières réquisitionnées à prix d'or, et ni les unes ni
les autres n'étaient suffisantes pour transporter les fuyards
affolés qui se ruaient en masse hors de la ville, afin d'essayer de gagner la mer ou la Hollande. Dans ces conditions, le mieux que la jeune femme eût à faire était de
demeurer où elle se trouvait, en s'efforçant d'attirer le
moins possible l'attention de son entourage.

Ce fut parmi ces indécisions et ces craintes que la comtesse vécut toute une longue semaine, claquemurée dans
sa chambre du *Soleil-d'Or*, sans oser sortir. Un moment,
elle avait espéré qu'un revers subit des sans-culottes for-
cerait ceux-ci à rétrograder et à repasser la frontière. Mais
bientôt on apprenait leur entrée à Bruxelles, la fuite
éperdue de l'archiduchesse Marie-Christine et de ses
ministres; chacun comprit alors que l'occupation était
définitive et qu'il n'y avait plus qu'à se résigner. Du même
coup, tous les dangers qu'Aurore avait pu s'exagérer, à
l'origine, devenaient réels. Le bruit se répandait que la
Convention allait envoyer des commissaires dans la ville;
ces derniers se livreraient certainement à une inquisition
féroce; ils pratiqueraient des visites domiciliaires, et si
la fatalité voulait que la comtesse de Puiseaux fût reconnue, c'en était fait d'elle, — à moins qu'un hasard improbable ne vînt à son aide.

Ce hasard se présenta.

Un soir, comme elle entrait acheter des pâtes chez un
droguiste dont la boutique était située à peu de distance

du *Soleil-d'Or,* Aurore se croisa, devant la porte, avec
une dame qui en sortait. Bien que le jour fût déjà bas,
que la dame baissât la tête et parût éviter les regards, la
comtesse la reconnut immédiatement : c'était Mme de Genlis, la gouvernante des enfants du duc d'Orléans, qu'elle
avait eu l'occasion de voir plusieurs fois, avant la Révolution, dans l'atelier de Mme Vigée-Lebrun, alors qu'elle
y prenait des leçons de peinture.

Devant l'inattendu de cette rencontre, la jeune femme
ne put retenir un mouvement de surprise qui n'échappa
pas à Mme de Genlis ; car, après un moment d'hésitation,
celle-ci s'arrêta, dévisagea Aurore avec fixité, et, l'ayant
reconnue à son tour, elle s'approcha en disant :

« Je ne me trompe pas... C'est bien à Mme de Puiseaux
que j'ai l'honneur de parler ?

— Hélas ! oui, madame. »

Et, saisies d'une commune émotion en se retrouvant
tout à coup dans la tristesse de cette ville morte, parmi
d'aussi tragiques circonstances, les deux femmes s'élan-
cèrent l'une vers l'autre et se pressèrent les mains dans
une étreinte affectueuse et désolée.

« Que d'événements !... Que de malheurs !... Quelle abominable époque !... »

Et chacune de se questionner sur les causes qui les
avaient amenées en cet endroit.

Mme de Genlis exposa qu'elle était de passage à Tournai,
en compagnie de sa filleule Paméla et de deux de ses
élèves, attendant le rétablissement de l'une de celles-ci,
tombée malade, pour gagner la Suisse. Aurore, de son
côté, lui apprit de quelle façon misérable elle avait vécu en
cette ville depuis deux mois et comment le départ de son

mari, envoyé en mission secrète elle ne savait où, la plaçait en ce moment dans la situation la plus fâcheuse.

Tout en marchant à petits pas, le long de la rue solitaire, Mme de Genlis avait prêté l'oreille au récit des infortunes de la jeune femme. Lorsque cette dernière eut achevé, elle dit enfin :

« Si j'étais seule, je vous aurais bien proposé de m'accompagner. Par malheur, je ne suis pas libre ; et avec trois jeunes filles, vous comprenez... »

Puis, brusquement, sous le coup d'une idée subite, elle demanda :

« Consentiriez-vous à aller à Londres ?

— Oh ! bien volontiers, fit Aurore. Si cela se pouvait !... Je crois qu'on y est en sûreté plus que partout ailleurs. Mais je n'ai ni les moyens ni la facilité de m'y rendre !

— Je puis vous les procurer, moi ! reprit avec vivacité Mme de Genlis. Un de mes amis, lord Fitz-Gérald, part après-demain pour l'Angleterre. Il se chargera de vous avoir un passeport, et je ne doute pas qu'il se fasse un véritable plaisir de vous accompagner jusque là-bas.

— Oh ! madame, que je vous aurais de reconnaissance ! répondit Aurore de Puiseaux. Mais, à Londres, pensez-vous que j'aie chance de trouver une occupation ?

— Je vous donnerai une lettre de recommandation pour un libraire de Piccadilly, M. Burns, avec lequel j'ai été en relations lors de mon dernier voyage ; j'espère qu'il pourra vous être utile. Où logez-vous ?

— Ici, tout près, au *Soleil-d'Or*.

— Eh bien, dès demain vous recevrez la visite de lord Fitz-Gérald, qui vous remettra mon billet, et vous prendrez avec lui vos dispositions pour le départ. »

Durant cette conversation, on était arrivé jusque devant la porte du logis habité par Mme de Genlis. Là, les deux femmes se séparèrent, et après avoir remercié une dernière fois avec effusion sa protectrice inattendue, la comtesse de Puiseaux regagna son hôtellerie.

Le jour suivant, en effet, Aurore recevait la visite de lord Édouard Fitz-Gérald, qui lui apportait la lettre d'introduction promise par Mme de Genlis, ainsi qu'un passeport au nom de « Mlle Jenny Forster » qu'il avait réussi à se procurer pour la jeune femme. Puis il fut convenu qu'ils se retrouveraient le lendemain, vers dix heures, à l'hôtel de la *Poste*, où stationnait la voiture conduisant à Gand.

Le lendemain, exacte au rendez-vous, Aurore de Puiseaux rejoignait lord Fitz-Gérald à l'hôtel de la *Poste* et prenait place avec lui dans une diligence remplie de voyageurs, hommes et femmes, qui allaient comme eux dans la direction de Gand ou d'Ostende. Malgré les craintes que l'on eût pu concevoir à cet égard, le trajet s'effectua sans incidents. A chaque relais pourtant, une escouade de patriotes environnait la voiture, tandis que le chef se faisait remettre les passeports qu'il examinait avec un soin tout particulier. Mais, soit que ceux-ci fussent en règle ou qu'aucune des physionomies entrevues ne parût de nature à faire naître les soupçons, les voyageurs arrivèrent à Ostende sans avoir eu à subir de vexations.

En descendant à l'auberge, lord Fitz-Gérald se préoccupa aussitôt de savoir s'il y avait un navire en partance pour Douvres. Sur l'affirmation de l'aubergiste qu'un petit brick devait lever l'ancre dans la matinée du lendemain, il se rendit au port dès que le jour fut venu, et prit passage

avec la jeune femme à bord du bâtiment. Ce dernier était
tellement encombré de monde, émigrés en fuite, familles
anglaises que l'envahissement des Pays-Bas par les patriotes obligeait à regagner l'Angleterre, qu'ils eurent
beaucoup de mal à s'y procurer deux cabines. Cependant
un prêtre voulut bien céder la sienne à la comtesse, et lord
Fitz-Gérald se résigna à demeurer sur le pont. Ce fut dans
ces conditions que s'effectua la traversée, — une traversée un peu houleuse, mais favorisée par un vent d'est
qui permit de débarquer à Douvres à la fin de la nuit
suivante.

Aurore, qui avait à peine dormi cinq ou six heures
depuis deux jours, commençant à sentir une vive fatigue,
son compagnon de voyage jugea nécessaire de la laisser
se reposer une journée entière à Douvres; après quoi ils
remontaient en *stage-coach* pour ne plus s'arrêter, et,
vers le soir, ils descendaient de voiture au bureau des diligences de Piccadilly.

La mission toute gracieuse de lord Fitz-Gérald était
terminée.

Toutefois, ce dernier eût considéré comme indigne de
lui d'abandonner la comtesse de Puiseaux dans cette ville
inconnue d'elle, sans lui avoir trouvé un logis et fourni
quelques indications qui l'aideraient à s'orienter. Il la con-
duisit donc dans un hôtel de Bishopsgate Street, qu'il
savait bien tenu et honorablement fréquenté; puis, lorsqu'il l'y eut installée, il prit congé d'elle, non sans lui avoir
donné son adresse et renouvelé ses offres de service pour
le cas où elle se trouverait à nouveau dans une situation
difficile.

Bien qu'Aurore de Puiseaux fût encore toute brisée du

voyage et éprouvât un besoin de se remettre, elle ne voulait pas trop tarder à se rendre chez le libraire de Piccadilly, munie de la lettre de Mme de Genlis. Aussi, dès le
surlendemain de son arrivée à Londres, la comtesse se
présentait chez M. Burns. Le libraire était sorti ; mais la
jeune femme ayant insisté pour le voir, en ajoutant que
c'était à lui-même qu'elle désirait parler, on la pria de
vouloir bien attendre son retour.

Elle s'assit dans un coin de la boutique, aux parois cou-
vertes de longues rangées de livres, et se mit à suivre du
regard les allées et venues de clients qui entraient, feuille-
taient des volumes, achetaient, s'en retournaient, ou
demeuraient à causer avec les commis ou des personnes
de leur connaissance que le hasard avait amenées là en
même temps qu'eux. Sur une table, à côté d'elle, un vieux
monsieur, le nez surchargé de grosses lunettes, se faisait
montrer différentes éditions de Shakespeare ; ailleurs, de
jeunes misses, accompagnées d'une gouvernante, deman-
daient les dernières nouveautés parues ; plus loin, une
dame blonde se lamentait de ne pouvoir se procurer une
édition originale de la *Paméla* de Richardson ; enfin, tout
au fond de la boutique, et s'entretenant à voix basse,
deux hommes se tenaient assis, dont la physionomie
captiva l'attention d'Aurore, en raison de cette affinité
particulière et mystérieuse qui nous fait deviner parfois,
même sans que nous les ayons entendus parler, ceux qui
sont de notre race, de notre sang.

Ces hommes, jeunes tous les deux, étaient effectivement des Français. L'un, qui pouvait avoir de vingt-sept
à vingt-huit ans, était de tournure élégante, avec un
visage aux traits délicats, plein de finesse et de distinc-

tion. Il portait un costume de drap gris foncé et tenait
dans sa main droite gantée de peau une canne en jonc
à pomme d'argent dont il tapotait le bout de sa botte,

Ces hommes, jeunes tous deux, étaient effectivement des Français.

tout en prêtant l'oreille à ce que lui disait son interlocuteur.

Celui-ci, à peu près du même âge, mais d'aspect plus
mâle, plus énergique, avait la taille mince, bien prise,

avec un visage noble et fier que voilait une expression de
mélancolie ; enfin, son attitude un peu hautaine se remar-
quait d'autant plus qu'elle tranchait violemment avec ses
habits qui étaient râpés, presque misérables. Si le premier
de ces hommes était plus séduisant d'apparence, le second
laissait deviner une force et une volonté irréductibles ; aussi,
durant tout le temps qu'Aurore de Puiseaux demeura
assise, il lui fut presque impossible de détacher son regard
du groupe de ces deux jeunes gens, vers qui elle se sentait
attirée.

Un peu avant quatre heures, un gros homme fit irruption dans la boutique, et tout de suite, à son assurance,
Aurore devina que ce dernier se trouvait chez lui. C'était
en effet le libraire. Dès en entrant, il avait aperçu les deux
messieurs qui causaient ; il alla vers eux, les salua, et,
s'adressant à celui dont les vêtements élimés trahissaient
la gêne secrète :

« Vous m'apportez vos traductions ?

— Les voici, monsieur Burns ! répondit le jeune homme
en tirant de sa poche un rouleau de papiers qu'il remit au
libraire.

— Très bien !... Je les attendais ! »

Mais, à ce moment, l'un des commis vint le prévenir
qu'une dame était là depuis assez longtemps, qui demandait à le voir, et celui-ci ayant désigné Aurore, M. Burns
s'approcha de la jeune femme et s'informa de ce qui l'ame-
nait.

« Je suis chargée de vous remettre cette lettre, monsieur ! » répondit la comtesse.

Le libraire prit la missive, la décacheta, et, après l'avoir
parcourue des yeux, il dit tout haut :

« Ah! c'est Mme de Genlis qui vous envoie?

— Oui, monsieur! » murmura doucement Aurore.

A ce nom de Genlis, les deux Français avaient tourné la tête, curieusement, cherchant à voir la personne qui se présentait sous les auspices de la gouvernante des enfants du duc d'Orléans. Pendant ce temps, M. Burns relisait une seconde fois la lettre des yeux, tout en paraissant réfléchir. Lorsqu'il eut achevé, il murmura :

« Une place! une place!... Je serais très heureux de pouvoir vous procurer cela, madame. Malheureusement, il y a tant de monde à Londres en ce moment, et si peu d'emplois!... Néanmoins, je verrai..., je verrai... »

Puis, se ravisant tout à coup et se tournant vers l'un des deux Français qui étaient là :

« Monsieur de Rochemeuse, vous ne connaîtriez pas par hasard, à Londres, quelque famille où l'on aurait besoin d'une institutrice? »

Le gentilhomme interpellé hocha la tête et répondit :

« Ma foi, non!

— Et vous, monsieur de Lamoignon? » demanda le libraire en s'adressant alors au jeune homme vêtu avec élégance.

Ce dernier s'approcha, d'un air d'intérêt.

« Une institutrice, fit-il, je ne vois pas... Mais s'il s'agit d'une simple lectrice ou d'une dame de compagnie, je connais quelqu'un qui en cherchait une hier encore! »

Et, enveloppant Aurore d'un coup d'œil investigateur, il ajouta :

« Je ne doute pas, d'ailleurs, que madame possède toutes les qualités requises et qu'elle puisse faire admirablement l'affaire.

6

— Je m'y emploierai de mon mieux, monsieur, répondit timidement la comtesse.

— Voilà qui va tout seul! s'écria M. Burns. Et quelle est cette personne, monsieur de Lamoignon? »

Le jeune homme répondit :

« C'est la baronne de Saint-Firmin. Vous savez? cette vieille dame émigrée, des environs de Saint-Malo, qui demeure dans Kensington... Je dois la voir ce soir même; je lui parlerai de la personne qui vous est recommandée, monsieur Burns, et si madame veut bien se présenter chez la baronne demain matin, j'ai tout lieu de croire qu'elle y recevra un excellent accueil. »

Puis, questionnant la jeune femme :

« Qui devrai-je lui annoncer? »

Aurore répondit très vivement :

« Mlle de Baujeu! »

Le marquis de Lamoignon tira de sa poche un petit carnet, en détacha une feuille sur laquelle il écrivit quelques lignes au crayon, et, la remettant à la jeune femme :

« Voici l'adresse de la baronne, mademoiselle.

— Oh! monsieur! s'écria Aurore toute tremblante de joie. Comment vous remercier... et reconnaître...

— Inutile, mademoiselle! répondit M. de Lamoignon avec un sourire. Vous êtes Française, je suis Français : ne devons-nous pas nous prêter un mutuel appui? »

VI

LE COMTE DE ROCHEMEUSE

Dès le lendemain matin, la comtesse Aurore de Puiseaux, sous le nom de Mlle de Baujeu, se présentait
chez la baronne de Saint-Firmin et y était immédiatement
agréée.

Aurore avait enfin trouvé un refuge, et ce fut là, dans
la calme retraite où vivait Mme de Saint-Firmin, à quelques
pas seulement des ombrages de Hyde-Park, que la jeune
femme, encore meurtrie de sa vie misérable, se sentit
renaître peu à peu à l'espérance de jours meilleurs, délivrée qu'elle était des inquiétudes torturantes qui l'avaient
assaillie durant tant de mois.

Tout de suite elle avait eu le don de plaire à la vieille
dame, autant par les grâces de sa personne que par les
qualités de son esprit, et lorsque cette dernière avait
su qu'Aurore appartenait jadis à la maison des Enfants
de France, qu'elle avait vécu dans l'intimité du roi, de la
reine, que ses mains avaient bercé le petit Dauphin, sa
sympathie déjà si vive s'était presque changée en admi-

ration, et la comtesse de Puiseaux lui était devenue profondément chère, par cela même qu'elle avait servi cette
famille auguste sur les infortunes de laquelle elle se lamentait à cette heure, sans que pourtant il lui eût jamais été
donné de la voir et de l'approcher.

Mais, si la personnalité d'Aurore avait séduit la vieille
châtelaine émigrée, si elle lui avait apporté parmi la froide
cité brumeuse, sur cette terre de Grande-Bretagne,
comme un reflet lumineux de l'étincelante cour de France
aujourd'hui balayée, disparue, la jeune femme n'avait pas
moins intéressé la baronne de Saint-Firmin par le récit de
son existence pleine de tristesse, de ses misères si vail-
lamment supportées, enfin par la situation terrible où
l'avait réduite, en dernier lieu, la disparition inexplicable
du comte, son mari.

Mme de Saint-Firmin s'était donc ingéniée à rendre la
vie de cette dernière aussi douce que possible, traitant
Aurore plus en amié qu'en personne salariée, tenant à
l'avoir constamment près d'elle, non seulement dans l'intimité quotidienne, mais encore au milieu de ses réceptions, où, suivant le désir exprimé par la comtesse, la
vieille dame ne l'appelait jamais de son nom véritable et
la donnait pour une jeune Française, Mlle de Baujeu, que
le malheur des temps avait obligée de se réfugier en
Angleterre.

Du reste, le nombre de personnes qui fréquentaient la
maison de Kensington était assez restreint. En dehors de
ses deux nièces et de leurs maris, — ses seuls parents, —
qui habitaient avec elle, la baronne ne voyait guère que
deux ou trois familles émigrées, installées à Londres, un
ancien conseiller au parlement, deux officiers du régiment

d'Artois, démissionnaires depuis 1789, et, par-ci, par-là, quelques autres Français établis momentanément dans la ville : un professeur de musique, deux précepteurs sans emploi, des prêtres; enfin le marquis de Lamoignon, ce jeune homme élégant qu'Aurore avait rencontré chez le libraire de Piccadilly, M. Burns, et dont la recommandation auprès de Mme de Saint-Firmin, une vieille amie de sa famille, avait ouvert à la jeune femme les portes de cette demeure hospitalière.

Les réceptions, qui avaient lieu le soir, deux ou trois fois chaque semaine, étaient le plus souvent mornes, attristées. On se contentait d'y commenter les dernières nouvelles de France apportées par les gazettes, d'y échanger ses espérances, de supputer les chances probables qui restaient de voir la Restauration s'accomplir et la Convention anéantie. Parfois, des discussions violentes, passionnées, s'engageaient entre tous ces gens, victimes des mêmes proscriptions, frappés des mêmes maux, mais qui, dans leur commune douleur, en arrivaient à se reprocher mutuellement les fautes commises : les uns, accusant l'inertie de Louis XVI et les légèretés de Marie-Antoinette qui avaient compromis la monarchie; d'autres, prenant fait et cause pour la reine, que l'on calomniait à plaisir, et que seules les odieuses machinations ourdies par ses beaux-frères et le misérable « Égalité » avaient suffi à perdre dans l'esprit public. Mais où chacun se retrouvait d'accord dans une clameur de réprobation unanime, c'était quand il s'agissait de blâmer l'émigration : non pas cette émigration due à la peur, qui avait conduit à l'étranger tous ceux qui ne se sentaient plus à l'abri dans leurs foyers respectifs, mais l'émigration armée,

celle qui, en rangeant des gentilshommes français, des fils
des anciens preux, sous les drapeaux prussiens ou autrichiens, avait exaspéré le pays, déchaîné les haines populaires et rendu les batailles implacables.

Ce fut dans ce coin de Londres, parmi cet entourage
de fidèles éplorés et impuissants, qu'Aurore de Puiseaux apprit coup sur coup les funestes événements qui
s'accomplissaient dans le pays qu'elle avait quitté : la
condamnation à mort du roi, son exécution, les luttes
ouvertes entre la Gironde et la Montagne, la création
du tribunal révolutionnaire, l'établissement de la Terreur.

Cependant, si la nouvelle de chaque forfait était
accueillie par les émigrés avec des malédictions et des
cris de rage, on n'avait pas abandonné tout espoir de voir
ce régime de sang promptement disparaître. Déjà l'Europe entière se soulevait contre la France, et l'Angleterre
elle-même, demeurée jusque-là spectatrice et oubliant
qu'elle aussi, jadis, avait tranché la tête à l'infortuné
Charles Stuart, se jetait à son tour dans la coalition,
moins pour venger la mort du malheureux Louis XVI,
qu'afin d'arracher un morceau de la proie que les nations
s'apprêtaient à déchirer. Aussi, vers le milieu du mois
de mars, lorsqu'on avait connu l'insurrection de la Vendée, sous les ordres de Stofflet et de Cathelineau, une
ardeur nouvelle s'était emparée de tous ces cœurs prêts
à défaillir. Cette fois, avait déclaré chacun, on allait
rire, et les paysans allaient tailler des croupières aux
« patriotes ».

« Et votre ami M. de Rochemeuse, que devient-il
donc? avait demandé un jour Mme de Saint-Firmin au

marquis de Lamoignon, qui se trouvait chez elle en
visite.

— Il fait le coup de feu en Vendée, avec le prince de
Talmont et M. de La Rochejaquelein, avait répondu le
marquis. Vous connaissez sa nature ardente, aventureuse...
Il ne pouvait tenir ici! »

Cette simple nouvelle, jetée comme par hasard au milieu
d'une conversation, avait rappelé subitement à Aurore
de Puiseaux la physionomie mâle et énergique du gentilhomme aperçu par elle, au fond de la boutique du libraire
de Piccadilly, le jour où elle s'y était présentée, et qu'elle
n'avait jamais revu depuis cette époque. Aussi, bien
qu'elle ne connût ce comte de Rochemeuse que par ce
qu'on en avait dit devant elle dans le salon de Mme de
Saint-Firmin, Aurore avait éprouvé une joie secrète à la
pensée que cet homme était là-bas, rampant derrière les
haies ou embusqué dans les taillis du Bocage, prêt à
verser son sang, mort déjà peut-être, mais tombé du
moins parmi ses frères d'armes, nobles, prêtres, paysans,
tous Français comme lui, pour la défense d'une cause
héroïque et sainte que la lâcheté de tant d'autres avait
perdue.

Ce souvenir s'imposait avec d'autant plus de force à
l'esprit de la jeune femme, que celle-ci se sentait plus seule,
plus isolée, plus privée d'affection. Sans doute, la baronne
et les membres de sa famille lui témoignaient une touchante sympathie; mais ces gens n'étaient que des étrangers, et, en dépit de leurs prévenances discrètes et de
l'estime qu'ils lui portaient, Aurore ne rencontrait chez
aucun d'eux cette communauté d'idées, de sensations,
dont son âme avide d'épanchements, son cœur sevré

d'amitié, avaient besoin. Or, dans la silhouette énergique
et hautaine du comte Alain de Rochemeuse, cette figure
à peine entrevue dans le demi-jour d'une boutique pou-
dreuse et enfumée, la comtesse de Puiseaux, soit par
observation, soit par instinct, avait cru deviner l'homme
dont le cœur battait à l'unisson du sien, une nature semblable à la sienne, faite pour se complaire aux mêmes
espérances, se réjouir des mêmes joies, pleurer et com-
patir aux mêmes douleurs.

De longues semaines s'écoulèrent encore pourtant, sans
que la jeune femme entendît parler de ce comte de Rochemeuse, ni qu'elle osât s'inquiéter de lui, questionner quelqu'un à son sujet. Ce fut seulement au cours de l'été, vers
la fin du mois de juillet, qu'en se promenant avec Mme de
Saint-Firmin le long des pelouses de Hyde-Park, Aurore
de Puiseaux crut le voir surgir brusquement, comme une
apparition inattendue, au détour d'une allée ombreuse et
discrète.

A vrai dire, dans le premier instant, elle eut quelque
peine à le reconnaître. Le visage du comte était, en effet,
pâli, fatigué ; sa démarche semblait chancelante, et c'était
d'une allure extrêmement lente qu'il s'avançait à petits
pas, en s'appuyant de la main sur une lourde canne.
L'homme qui s'approchait n'était plus que l'ombre de celui
que la jeune femme avait pu voir sept mois auparavant,
dans la boutique de Piccadilly, et, devant le grand état de
faiblesse où elle le retrouvait, Aurore sentit une pitié profonde lui serrer le cœur.

Cependant Mme de Saint-Firmin, elle aussi, l'avait
aperçu, et, en le reconnaissant, une exclamation lui
échappa :

« Monsieur de Rochemeuse!... Mais oui, c'est bien lui!... Bon Dieu! que le pauvre jeune homme a l'air malade!... »

En même temps elle s'était arrêtée, et, lorsque le gentilhomme, qui suivait justement la même allée couverte, ne se trouva plus qu'à une faible distance des deux femmes, la baronne se porta au-devant de lui en s'écriant :

« Monsieur de Rochemeuse!... Vous voilà donc!... Mais d'où venez-vous?... Seriez-vous souffrant ou blessé? »

Le comte Alain de Rochemeuse s'inclina, baisa la main de la vieille dame et répondit :

« Effectivement, madame. Je souffre encore d'une blessure à la jambe droite. Mais cela va mieux, et j'ai été beaucoup plus bas que vous ne me voyez. »

Aussitôt la baronne l'invita à s'approcher, à prendre place sur un banc, à l'ombre des arbres; puis, ayant cru remarquer que le jeune homme enveloppait Aurore d'un regard interrogateur et méfiant, elle ajouta vivement :

« Oh! vous pouvez parler en toute confiance, monsieur de Rochemeuse!... Mademoiselle est ma lectrice... Mlle de Baujeu, une Française, émigrée comme moi. »

On s'assit alors, et l'on causa. Le comte raconta à Mme de Saint-Firmin comment il était parti pour la Vendée à la nouvelle du soulèvement de Saint-Florent, afin de rejoindre son compatriote et ami, le prince de Talmont; comment il avait pris part aux combats de Chemillé, des Aubiers, à la bataille de Fontenay, à la prise de Thouars; comment enfin, grièvement blessé à l'attaque de Saumur, au mois de juin précédent, et laissé pour mort parmi les cadavres, il n'avait dû la vie qu'au dévouement d'un

brave prêtre angevin qui l'avait recueilli et soigné durant
quelques jours, puis l'avait aidé à gagner la côte et l'île de
Jersey, d'où il avait pu revenir en Angleterre.

« Eh bien, demanda la baronne, quand le comte eut
achevé son récit, quelle impression rapportez-vous de
là-bas?... Croyez-vous que l'insurrection ait chance de
triompher enfin de ces brigands? »

Rochemeuse hocha la tête en signe de doute et dit simplement :

« Ça sera dur ! »

Puis, comme répondant à ses propres pensées, il
ajouta :

« Certes, tous les combattants ont le courage et la foi !
Nobles, prêtres, paysans, chaque homme isolément est
un héros, les officiers sont remplis d'intelligence et d'ardeur ; mais, ce qui manque, c'est la cohésion, l'unité de
vues, l'impulsion unique, d'où des tiraillements, des
fautes, qui compromettent le succès !... Il faudrait un
grand chef, un seul, sinon pour commander, — nous
n'en manquons pas, — du moins pour incarner l'idée
qui mène tout ce monde à la bataille !. Ces gens-là
crient : « Vive le roi ! » et il n'y en a plus ! Il faudrait
un prince, dont la présence relèverait les énergies, impo-
serait silence aux rivalités, aux compétitions qui se pro-
duisent !... Oui, un prince !... Je ne parle pas de Monsieur, qui est podagre et ne saurait se tenir à cheval ;
ni du comte d'Artois, qui a vendu une épée enrichie de
diamants pour en distribuer le prix aux émigrés nécessi-
teux, mais qui aurait mieux fait de ne vendre que les
brillants et de descendre dans le Bocage avec l'épée nue,
pour s'en servir !... »

Poussant alors un profond soupir :

« Ah! si le Dauphin avait seulement dix ans de plus!... »

Mais des promeneurs s'étant approchés, des inconnus, des passants, dont on n'était pas sûr et qui auraient pu saisir quelques phrases, le comte Alain de Rochemeuse cessa de parler.

A dater de cette rencontre, Mme de Saint-Firmin et Aurore revirent presque chaque jour le comte de Rochemeuse à Hyde-Park, où la baronne venait se reposer quelques heures en regardant passer les jeunes misses à cheval, les ladies aux jupes bouffantes assises dans leurs chaises à porteurs, les musiciens ambulants, les crieurs de papiers publics, les petites marchandes en châles blancs, en chapeaux de paille, qui circulaient avec des fleurs ou des fruits dans leurs corbeilles. Si la baronne se trouvait seule avec sa lectrice, le comte s'approchait de ces dames et engageait la conversation; si, au contraire, Mme de Saint-Firmin avait de la compagnie ou que M. de Rochemeuse fût de son côté avec des amis, on se contentait d'échanger des salutations au passage. Avec le temps, d'ailleurs, la santé du comte se rétablissait peu à peu, et lorsque arriva la fin d'août, celui-ci paraissait complètement remis.

« Eh bien, monsieur de Rochemeuse, que comptez-vous faire à présent? lui demandait fréquemment la vieille baronne.

— Hélas! madame, je ne sais trop, répondait le jeune homme avec tristesse. J'aurais voulu retourner en Vendée; mais le docteur prétend que je ne suis point encore en état de supporter les fatigues d'une telle campagne. Pourtant cette inaction me pèse; j'en souffre, et en pré-

sence de toutes les infamies, de tous les crimes qui ensan-
glantent la France à l'heure actuelle, il y a des instants
où j'ai honte de mon inutilité !

— Espérez, mon ami, disait doucement Mme de Saint-
Firmin. Toutes ces horreurs auront un terme.

— Oui, répliquait Rochemeuse, la face assombrie, lorsqu'il n'y aura plus de victimes à immoler. Mais Dieu
seul sait quand luira ce jour !... N'avez-vous donc pas lu
les dernières nouvelles? Ne savez-vous pas que la reine
a été transférée, voilà trois semaines, du Temple à la
Conciergerie, et qu'elle va passer en jugement?

— Ils n'oseraient la condamner. Une femme !...

— Est-ce que ces brigands connaissent la pitié?... »

Et, toutes les fois qu'ils se retrouvaient en présence,
les mêmes craintes, les mêmes espérances étaient agitées
entre Mme de Saint-Firmin et le comte Alain de Rochemeuse, sans que ni l'un ni l'autre réussissent à se persuader et à faire taire leurs appréhensions si légitimes.

Vers la fin de septembre, ils cessèrent de se voir, la
vieille dame ayant été prise d'un refroidissement qui l'obligeait à garder la chambre. Mais, comme elle ne voulait
pas que son indisposition privât Aurore des promenades
quotidiennes dont celle-ci avait l'habitude, chaque jour
elle autorisait la jeune femme à se promener une couple
d'heures.

Or, par une après-midi d'octobre, froide, embrumée,
qu'éclairait à peine un pâle rayon de soleil, la comtesse
de Puiseaux s'était rendue comme de coutume à Hyde-
Park, et, après une assez longue marche, elle s'apprêtait
à rentrer chez Mme de Saint-Firmin, quand son attention
fut attirée par les voix glapissantes de crieurs publics qui

vendaient des journaux fraîchement parus. Les nouvelles qu'ils contenaient devaient offrir quelque intérêt particulier, car la foule des promeneurs, des désœuvrés, le plus

La malheureuse jeune femme s'abattit en travers d'une allée.

souvent indifférente, semblait s'être émue, et chacun se précipitait vers les vendeurs dont les feuilles, enlevées à vue d'œil, s'arrachaient et volaient de mains en mains.

Surprise d'un tel mouvement de curiosité, Aurore

s'était approchée, comme tous les autres, et, ayant réussi à se procurer une de ces gazettes, elle se mit à la parcourir du regard. Mais elle avait à peine eu le temps de jeter les yeux sur la première page, qu'un cri étranglé sortit de sa gorge et qu'elle s'arrêta, toute droite, au milieu du chemin, pareille à une créature frappée de la foudre.

Cette feuille annonçait la condamnation à mort et l'exécution de la reine !

Le coup était si brutal, si rudement porté, que la malheureuse jeune femme ne put le soutenir. D'un geste brusque, elle avait porté ses deux mains crispées contre sa poitrine ; puis celles-ci se détendirent, ses yeux cessèrent de voir, et lourdement, semblable à une masse inerte, elle s'abattit en travers d'une allée.

Des passants l'avaient vue tomber : on accourut aussitôt, on s'empressa autour d'elle ; mais tous les efforts tentés pour la tirer de son évanouissement demeuraient sans résultats. Soudain, le cercle s'écarta devant un promeneur qui cherchait à savoir ce qui se passait. On lui répondit que c'était une dame qui venait de perdre connaissance. Le promeneur fit quelques pas en avant, se pencha, regarda, et reconnut la jeune femme.

« Mademoiselle de Baujeu ! » s'écria-t-il.

C'était, en effet, le comte de Rochemeuse, que le hasard avait amené, ce jour-là, dans ce côté de Hyde-Park et qui, ayant aperçu de loin un rassemblement, était venu s'informer de ce qui l'avait provoqué.

Bien qu'il ne connût pas personnellement Aurore, il lui suffisait de savoir que celle-ci était attachée à Mᵐᵉ de Saint-Firmin pour qu'il s'intéressât à elle plus qu'à une autre.

Il se baissa vers le corps de la jeune femme, toujours évanouie, mais dont le cœur battait encore, et, la soulevant dans ses bras, il s'efforça de la ranimer, tandis que, sur son ordre, quelqu'un courait chercher une voiture.

Lorsque celle-ci fut arrivée, le comte, aidé de quelques personnes, y porta Aurore, qui commençait à rouvrir faiblement les yeux ; puis il prit place sur la banquette à côté d'elle. Mais, ne voulant pas la conduire chez Mme de Saint-Firmin dans l'état où elle se trouvait, ce qui eût risqué d'émotionner trop vivement la vieille dame, elle-même très souffrante, Alain de Rochemeuse résolut de la transporter à son propre domicile, et, se tournant vers le cocher, il lui commanda d'un ton bref :

« 21, Saint-George Street !... »

VII

LA MAISON DE SAINT-GEORGE STREET

L'immeuble qui portait le numéro 21 de Saint-George Street, dans le quartier de Marylebone, était une construction d'aspect modeste, composée d'un rez-de-chaussée et de deux étages divisés en plusieurs logements séparés. Ce n'était pas un hôtel, car il ne s'y trouvait pas de table ouverte ; c'était plutôt une sorte de maison meublée, que tenait une ancienne actrice, Mrs Neale, qui en était à la fois la propriétaire et la gérante, et dont la plupart des locataires étaient étrangers.

Le comte Alain de Rochemeuse y logeait depuis son arrivée en Angleterre, c'est-à-dire depuis plus d'un an, et il n'en était demeuré absent que durant les quelques mois passés par lui en Vendée sous les ordres du prince de Talmont et du comte de La Rochejaquelein. Néanmoins il n'y connaissait personne et ne fréquentait chez aucun de ses voisins, tous pauvres gens, fugitifs comme lui, sans doute, qui vivaient, discrets, retirés, évitant le bruit et cherchant aussi peu à se faire voir que lui-même

7

se préoccupait peu de les rencontrer. Les seuls locataires
de la maison qu'il eût occasion de coudoyer quelquefois
étaient ceux qui habitaient le logement proche du sien, —
le frère et la sœur, deux jeunes gens à l'air triste, à la
mine souffreteuse, des Suédois, lui avait-on dit, mais sur
lesquels il ne possédait aucun renseignement et à qui il se
contentait de rendre, au passage, dans le couloir ou l'escalier, le salut silencieux qu'ils lui adressaient.

Ce fut devant la porte de cette maison que s'arrêta,
après une course de vingt minutes, la voiture dans laquelle
Alain de Rochemeuse ramenait Aurore de Puiseaux à
demi évanouie. Lestement, le comte sauta à terre et appela
Mrs Neale, à qui il expliqua qu'une jeune Française de
sa connaissance s'était trouvée subitement indisposée à la
promenade et que, ne pouvant l'abandonner en pleine rue,
il l'avait ramenée chez lui pour y attendre qu'elle fût
remise et en état de regagner son domicile. Puis, tandis
que la logeuse allait ouvrir la porte de sa chambre, Alain
soulevait la jeune femme, l'enlevait entre ses bras et s'engageait dans l'escalier. Arrivé chez lui, au premier étage,
il la déposa dans un grand fauteuil, et, avec l'aide de Mrs
Neale, réussit à lui faire avaler quelques gouttes de cordial. Enfin, lorsqu'il crut remarquer qu'elle sortait de son
évanouissement et promenait à l'entour d'elle ce regard
indécis et inquiet de la personne qui cherche à deviner où
elle se trouve, Alain congédia son hôtesse après l'avoir
remerciée de ses bons soins.

En reconnaissant le visage du comte de Rochemeuse
qui se tenait penché sur elle et l'observait avec des yeux
où se lisait une sympathie presque affectueuse, Aurore eut
un faible sourire qui éclaira d'une courte lueur sa face

encore toute livide, et ce fut d'une voix très basse, à peine distincte, qu'elle balbutia :

« Vous, monsieur, vous !... Mais où suis-je, mon Dieu ! et que m'est-il donc arrivé ? »

Le comte répondit avec douceur :

« Soyez sans crainte, mademoiselle, et remettez-vous ! Tant que vous serez ici, auprès de moi, aucun danger ne vous menace, et vous n'avez rien à redouter ! »

Puis, s'apercevant que la jeune femme remuait les lèvres comme si elle eût éprouvé le besoin de boire, il lui demanda si elle avait soif.

« Oh ! oui, fit-elle. Oui, monsieur ! »

Le comte remplit une seconde fois le verre de la même liqueur, et, le présentant à Aurore :

« Tenez, buvez ceci ! »

Elle saisit le verre, en but avidement le contenu, et, avec un soupir qui soulevait sa poitrine, elle dit ensuite :

« Oh ! cela me fait du bien, et je vous remercie !... »

Cependant, la lucidité de son esprit se faisant plus complète à mesure que ses forces revenaient et que son sang se remettait à circuler de façon normale, elle répéta :

« Mais où suis-je, monsieur ?... Je ne connais point cet intérieur, cette chambre... Et comment est-ce que je m'y trouve... et avec vous ? »

S'asseyant alors auprès de la jeune femme, le comte lui expliqua ce qui était arrivé : comment, en se promenant dans Hyde-Park, il avait remarqué un rassemblement ; comment il s'était approché, l'avait aperçue étendue sur le sol, évanouie, et, reconnaissant en elle la demoiselle de compagnie de Mme de Saint-Firmin, il avait cru devoir la

ramener à son domicile afin qu'elle pût s'y reposer et
se remettre avant de retourner chez la baronne.

Tandis que M. de Rochemeuse parlait, Aurore essayait
de rassembler ses souvenirs, de se remémorer ce qu'elle
faisait, où elle était, à l'instant où cette soudaine indisposition l'avait surprise. Elle murmurait :

« Oui, oui... Hyde-Park!... En effet, j'étais en train de
me promener... Mais ensuite?... Qu'ai-je éprouvé, res-
senti? »

Et subitement, la vérité se faisant jour dans sa mémoire,
elle eut ce cri :

« Ah! je me souviens, je me souviens! Les vendeurs...,
ce journal..., la reine! La reine! ma bien-aimée souveraine! Ah! Dieu! Dieu!... Je me souviens, je me souviens! »

En même temps, dans un affaissement subit de tout son
être, la tête penchée jusque vers ses genoux, la malheureuse jeune femme fondit en un déluge de pleurs que cou-
paient çà et là de longs sanglots.

Le comte se tenait debout devant Aurore, tout interdit,
profondément ému de cette immense douleur dont la cause
ne lui était plus un mystère, mais qui lui paraissait extrême
néanmoins, étant donnée la condition modeste de celle qui
s'y abandonnait. Rochemeuse, lui aussi, avait frémi d'indignation et de rage en apprenant la condamnation à mort
de l'infortunée Marie-Antoinette; mais, en cette minute,
il ne parvenait pas à s'expliquer comment la nouvelle de ce
forfait avait pu provoquer, chez Mlle de Baujeu, une explo-
sion de désespoir et de regrets si violente, qu'elle avait
failli lui être funeste.

Quoi qu'il en fût, Rochemeuse n'essaya point d'abord

d'arrêter ce flot de larmes, cet épanchement douloureux qui secouait la jeune femme de longs frissonnements. Cependant, lorsqu'il la vit à nouveau brisée, défaillante, il s'efforça de la calmer avec de très douces paroles, et, prenant une de ses mains entre les siennes, il lui dit :

« Hélas! mademoiselle, je comprends tout ce que votre cœur a pu souffrir à l'annonce de ce crime abominable. Tous les Français dignes de ce nom doivent le maudire, en ce moment même, comme vous et moi!... Mais vous avait-il donc été donné d'approcher notre malheureuse souveraine, pour que la nouvelle de sa fin tragique ait produit en votre âme un si cruel déchirement? »

Aurore de Puiseaux leva vers le comte sa jolie tête éplorée et répondit :

« Si je l'ai connue, monsieur? si je l'ai connue?... Mais, pendant quatre années, quatre années entières, j'ai vécu presque à ses côtés, la voyant tous les jours! »

Rochemeuse demanda avec intérêt :

« Vous étiez à Versailles? En service au château, peut-être?

— Je faisais partie de la maison des Enfants de France, dit Aurore, et j'étais attachée au service particulier de monseigneur le Dauphin, sous la direction de Mme de Tourzel. »

Le comte Alain eut un geste de stupéfaction.

« Comment! Vous ne vous appelez donc pas Mlle de Baujeu, ainsi que vous dénommait la baronne de Saint-Firmin? »

Aurore répondit :

« Non, monsieur de Rochemeuse... Mon mari était garde du corps à la compagnie de Luxembourg, et je m'appelle la comtesse de Puiseaux! »

La comtesse de Puiseaux!... Alain de Rochemeuse n'en
revenait pas de découvrir tout à coup en cette jeune
femme, qu'il avait à peine remarquée jusqu'alors et avait
toujours considérée comme une simple demoiselle de compagnie de la baronne, une ancienne dame de Versailles,
une familière du château, une fidèle servante de la malheureuse reine que les jacobins venaient d'assassiner...
Comment se trouvait-elle à Londres? Par suite de quelle
série d'infortunes en était-elle réduite aujourd'hui à une
situation si modeste, si effacée?... Autant de questions
qui se pressaient sur les lèvres du comte et que ce dernier
éprouvait un ardent désir d'adresser à la jeune femme.
Mais celle-ci lui apparut si souffrante, si désolée, si abat-
tue par l'effroyable catastrophe, qu'il ne se sentit pas le
courage de l'interroger en un moment pareil.

Aussi, lorsqu'il la jugea un peu plus forte et capable de
s'aventurer au dehors, il lui offrit seulement de l'accompagner jusqu'au domicile de Mme de Saint-Firmin, qui devait
attendre son retour et qu'une absence prolongée, de sa
part, aurait pu jeter dans l'inquiétude. Aurore y consentit,
et, appuyée sur le bras du comte, elle regagna le petit
hôtel de Kensington, devant la porte duquel elle prit congé
d'Alain de Rochemeuse après l'avoir remercié une fois de
plus du généreux secours qu'il lui avait apporté.

Deux semaines environ s'écoulèrent sans que le comte
eût une seule occasion de rencontrer Aurore de Puiseaux.
C'était en vain qu'il était retourné chaque jour à Hyde-
Park : la jeune femme n'y avait plus reparu. Assez intrigué d'une absence qui lui semblait étrange, il avait fini par
se présenter chez Mme de Saint-Firmin, à l'heure de ses
réceptions habituelles; mais là, il avait appris d'un domes-

tique que la baronne était plus souffrante, son état s'étant
particulièrement aggravé sous le coup des affreuses nouvelles venues de France, et que son entourage n'était pas
sans éprouver d'assez vives alarmes à son sujet. Le comte
ayant demandé encore si Mlle de Baujeu était toujours chez
Mme de Saint-Firmin, on lui répondit qu'elle y était en
effet, mais que la baronne se trouvant dans l'impossibilité
de sortir, la lectrice ne quittait pas sa chambre, afin de lui
tenir compagnie.

Sur cette assurance formelle que la comtesse de Puiseaux n'avait point quitté Londres et continuait à demeurer chez la baronne, Rochemeuse s'était retiré, moins
inquiet.

Cependant, au bout d'une huitaine de jours, n'ayant
pas entendu parler de la jeune femme, le comte allait se
décider à retourner chez Mme de Saint-Firmin, lorsqu'un
matin, en descendant l'escalier de sa maison, il crut apercevoir Aurore qui se glissait dans le couloir de l'hôtellerie.

« Je ne me trompe pas, madame de Puiseaux ! s'écria-t-il
en courant aussitôt à sa rencontre.

— Monsieur de Rochemeuse, répondit la comtesse,
vous me pardonnerez de me présenter à une heure aussi
matinale ; mais j'avais le plus pressant besoin de vous rencontrer !

— Quelques minutes plus tard, et vous ne me trouviez
pas, en effet, repartit le comte ; j'allais sortir !... Mais rien
de sérieux ne m'appelle au dehors, et si vous voulez bien
monter... »

M. de Rochemeuse fit passer Mme de Puiseaux devant
lui, la guida dans le couloir demi-obscur, et, quand il
l'eut fait entrer dans cette même chambre où, trois

semaines auparavant, il l'avait ramenée sans connaissance, le comte l'invita à s'asseoir tout en s'excusant de la modestie de l'intérieur où il la recevait.

« Hélas! monsieur de Rochemeuse, fit Aurore après qu'elle se fut assise, la dernière fois que je vous ai vu, c'était en un jour de deuil à jamais inoubliable, au moins pour moi. Or la destinée a voulu que ce fût encore une circonstance douloureuse qui me ramène en cette maison! »

Alain s'était assis près de la jeune femme; il lui demanda:

« Que vous est-il arrivé?

— Mme de Saint-Firmin est morte! répondit Aurore.

— Morte?

— Hélas! oui, poursuivit la comtesse, il y a deux jours, emportée par la maladie qui la tenait alitée depuis près d'un mois. Et, outre la peine très vive que j'ai ressentie de la perte de cette excellente femme, qui s'était montrée si tendrement affectueuse à mon égard, je me trouve acculée par le fait de sa disparition à la même situation embarrassée dans laquelle j'étais à l'époque où la recommandation de M. de Lamoignon me fit admettre auprès d'elle en qualité de lectrice. Vous le voyez, monsieur, ce n'est pas seulement une amie que je perds; c'est l'unique moyen que j'avais de vivre qui m'est subitement enlevé! »

Rochemeuse était atterré de cette nouvelle infortune qui venait de s'abattre sur la jeune femme. Il répondit:

« Je crains fort qu'il vous soit difficile de retrouver une place équivalente à celle que vous occupiez chez Mme de Saint-Firmin. Londres est encombré d'émigrés dont les trois quarts sont dans la plus profonde misère, et le comité de secours établi par les princes est débordé de demandes auxquelles il ne lui est pas permis de faire accueil... »

Puis, au bout d'un instant de réflexion :

Le comte crut apercevoir Aurore qui se glissait dans le couloir.

« Mais le comte de Puiseaux, votre mari? Où donc se trouve-t-il à l'heure présente, et comment n'est-il pas en Angleterre, auprès de vous?

— M. de Puiseaux m'a quittée, il y a un an, alors que

j'étais à Tournai, pour remplir une mission secrète dont il avait été chargé à cette époque; depuis, je n'ai plus eu de ses nouvelles!

— Voilà qui est singulier! fit Rochemeuse. Et vous ne soupçonnez pas où il est allé, ni qui l'avait chargé de cette mission?

— Je l'ai toujours ignoré, dit Aurore. Mais j'ai tout lieu de supposer qu'il aura été arrêté, reconnu, au moment de l'invasion de la Belgique, et fusillé par les patriotes! »

Le comte esquissa un geste qui signifiait : « Tout est possible; » puis, après quelques moments de silence, il s'enquit :

« Et il ne vous reste aucun parent, soit du côté de M. de Puiseaux, soit du vôtre, qui pourrait s'intéresser à votre sort?

— Mon mari n'avait plus de famille, répondit la comtesse. Quant à moi, il ne me restait qu'un oncle et une tante, M. et Mme de La Trémeur, qui étaient demeurés en France, dans les environs de Versailles, avec leur fille unique, et n'avaient point consenti à émigrer. Mais qui sait ce qu'ils sont devenus? Peut-être même sont-ils déjà montés sur l'échafaud?

— Mais pourquoi ne pas vous adresser au comité de secours établi à Londres? demanda enfin Rochemeuse. Étant donnés votre nom, votre qualité, la situation que vous avez occupée autrefois près de la famille royale, il est certain que votre requête serait prise en sérieuse considération.

— Cette démarche serait inutile, répondit froidement Aurore. L'an dernier déjà, M. de Puiseaux avait fait par-

venir une demande analogue au comte de Provence, par
l'entremise de M. d'Avaray ; elle a été repoussée.

— En vérité ! fit Alain. Et pour quel motif ?

— Oh ! cela serait bien long à vous raconter, dit la
jeune femme, et je craindrais...

— Mais du tout, madame, je vous en prie ! insista le
comte. Soyez persuadée que tout ce qui vous touche ne
peut que me causer le plus vif intérêt ! »

Encouragée par ces paroles, la comtesse de Puiseaux se
mit à exposer alors devant Rochemeuse, qui l'écoutait
avec attention, les péripéties tragiques et douloureuses
traversées par elle depuis son départ de France, au mois
de juin 1791 : la vie besogneuse et misérable qu'elle avait
menée en compagnie de son mari, à Bruxelles ; le départ
de celui-ci pour l'armée des princes ; le rôle qui lui avait
été dévolu à elle-même dans le plan d'enlèvement du Dauphin concerté entre Louis XVI et le marquis de Laquéuille ;
enfin, la fureur éprouvée par le comte de Provence en
apprenant cette tentative et sa résolution nettement expri-
mée de ne jamais venir en aide à ceux qui y avaient prêté
la main.

En entendant ce récit, Alain de Rochemeuse s'était
redressé soudain, les poings crispés, la face toute pâle
d'indignation. Il ne put se retenir de crier :

« Le malheureux !... Et voilà celui que les Vendéens
acclament en marchant au feu ! un assassin de sa famille,
pour lequel tant de braves gens sont déjà morts et se font
tuer encore à l'heure présente ! »

Et, sous le coup d'une agitation fébrile, le jeune homme
s'était mis à arpenter la chambre à grands pas, en laissant
échapper de violentes invectives contre le prince qui, non

content d'avoir abandonné son frère aux haines jacobines, vilipendé sa belle-sœur, imploré l'intervention de
la force étrangère, poussait l'égoïsme et la lâcheté jusqu'à
poursuivre de ses rancunes des serviteurs dont le seul
crime était de s'être dévoués pour sa famille ! Le sinistre
personnage !

Puis, s'arrêtant brusquement, comme saisi d'une idée
subite, et se tournant vers la jeune femme, il lui dit :

« Mais ce projet d'enlèvement du Dauphin, que des
raisons que nous ignorons, vous et moi, ont empêché
d'aboutir, comment n'a-t-il pas été repris depuis cette
époque ? Comment n'a-t-on pas essayé de le réaliser ?

— Les événements seuls s'y sont opposés, c'est très
probable, répondit Aurore. Et puis, ce qui était praticable
au mois de juin 1792, alors que la famille royale habitait
encore aux Tuileries, ne l'était plus après le 10 août et
l'incarcération des infortunés souverains à la tour du
Temple. N'a-t-on pas raconté, il y a quelques mois, que
diverses tentatives avaient été faites en vue de délivrer la
reine ? Toutes ont échoué, vous le savez bien !

— Hélas ! oui, fit Rochemeuse devenu songeur. Mais,
pour la reine, il y avait des obstacles de tous genres, des
difficultés insurmontables. La reine était connue. Son
image était familière à la foule, tandis que le duc de Normandie, un enfant ! un enfant de neuf ans à peine ! Pourquoi n'arriverait-on pas à l'arracher de cette geôle où il
étouffe, pour le conduire au sein de populations soulevées
qui l'acclameraient ? »

Aurore s'était dressée à son tour, toute secouée d'un
tremblement d'émotion :

« Vous croyez donc que cela serait possible ?

— Je crois qu'il suffirait de le vouloir pour que cela pût être ! » déclara le comte.

A ces mots, un silence s'était fait entre Alain et la jeune femme. Mais, si leurs bouches demeuraient muettes, une communion venait de s'établir entre leurs âmes, et tous deux à la fois avaient eu la même pensée, rêvé la même entreprise, frissonné de la même espérance. Dans une lueur jaillie de leur regard, ils avaient compris que leurs passions étaient communes, leur besoin de sacrifice aussi profond, et que leur courage serait à la hauteur de l'œuvre à laquelle ils se dévoueraient l'un et l'autre.

D'une voix un peu sourde, toute brisée de l'émotion qui était en lui, Rochemeuse dit à la comtesse :

« Vous m'avez deviné, n'est-ce pas? Ce projet d'enlèvement du Dauphin, auquel vous avait associée le marquis de Laqueuille et que les circonstances ont entravé, il y a dix-huit mois, pourquoi ne le reprendrions-nous pas à cette heure? S'il avait pu réussir alors, il eût sans doute été un bonheur pour la monarchie ; aujourd'hui ses conséquences ne seraient pas moindres, elles seraient plus importantes encore peut-être ! Pour moi, je suis prêt à tenter l'aventure : consentez-vous à m'y aider? »

Dans un élan, Aurore de Puiseaux s'était précipitée vers le jeune homme, frémissante, la figure illuminée d'enthousiasme, et, lui tendant hardiment la main :

« Rien ne m'attache à ce monde, monsieur de Rochemeuse, et ma vie est à qui voudra la prendre ! S'il vous plaît d'accepter l'aide de cette main pour toute œuvre que vous jugerez bonne et salutaire, elle est à vous, et je vous suivrai jusque dans la mort ! »

VIII

Le jour même, la comtesse de Puiseaux s'installait dans la maison de Saint-George Street, en une modeste chambre du second étage que Rochemeuse avait louée à son intention.

En tout autre temps, Aurore eût refusé cette hospitalité du jeune homme. Mais, dans les circonstances présentes, le fait d'être logée dans la même maison que l'émigré et de vivre à ses dépens ne risquait de les compromettre ni l'un ni l'autre, puisque tous deux étaient inconnus des gens du voisinage. En acceptant en outre d'habiter auprès du comte, la jeune femme ne faisait que se plier aux nécessités du moment, se conformer au rôle de servante qui allait lui être dévolu dans l'entreprise dont Alain de Rochemeuse devait être la tête et le bras.

Pour édifier les bases du plan d'enlèvement concerté, une première chose était nécessaire : l'argent. Or le comte n'en avait pas. Des quelques milliers d'écus emportés de France, lors de son émigration, il ne lui restait qu'une

faible somme; et si le peu qu'il avait, joint au prix de traductions mal payées, pouvait l'aider à vivre quelques mois
encore, ces ressources devenaient insuffisantes pour subvenir aux besoins d'une seconde personne, d'une femme
surtout, et lui permettre de tenter avec celle-ci un voyage
coûteux, plein de dangers, dont la durée était incertaine
et où il faudrait être en mesure, le cas échéant, d'acheter
des dévouements, de payer des complicités.

S'il s'était agi d'un but différent, Rochemeuse se fût
adressé directement aux princes ou à leurs représentants
à Londres; mais, après ce qui était arrivé à la comtesse
de Puiseaux, toute espérance d'obtenir des subsides du
comte de Provence ou du comte d'Artois était chimé-
rique. Le premier voulait régner avant tout. Son frère
avait deux fils, Angoulême et Berry; ils eussent donc
impitoyablement refusé tout concours pour aider à l'évasion du duc de Normandie, l'héritier légitime, de qui la
liberté pouvait entraver leur ambition, devenir un obstacle
à leurs convoitises. C'était ailleurs que dans la propre
famille du malheureux enfant que l'on voulait sauver qu'il
fallait chercher les moyens de procéder à ce sauvetage.

Durant plus d'un long mois, par la pluie, les rafales, les
brouillards glacés de décembre, Rochemeuse battit tous
les quartiers de Londres, en cherchant à se procurer les
fonds indispensables à son entreprise. Ce fut en vain.
Chaque soir, lorsque, au retour de ses courses à travers
la cité et les faubourgs, le comte rentrait dans le logis de
Saint-George Street où l'attendait Aurore, à l'heure du
souper, la jeune femme levait ses grands yeux tristes sur
Alain et demandait :

« Eh bien?

— Rien ! répondait Rochemeuse. Je n'ai rien trouvé ! »

Avec cela, les nouvelles apportées de France étaient de jour en jour plus inquiétantes. En Bretagne, en Vendée, la situation devenait critique. Les insurgés, d'abord vainqueurs en plusieurs endroits, avaient été repoussés à l'attaque de Granville, malgré les efforts de La Rochejaquelein. Rejetés sur la Loire, ils avaient été battus devant Angers, puis refoulés jusqu'au Mans, où les « patriotes » les avaient presque totalement écrasés vers le milieu de décembre. Enfin, dans les derniers jours du mois, on apprenait que les débris de leur armée venaient d'être anéantis à Savenay. Seul, Charette était demeuré dans le Marais, inexpugnable.

En même temps, la Terreur se faisait plus féroce, plus monstrueuse, fauchant les têtes, ensanglantant Paris et la province, où presque partout la hideuse machine se dressait maintenant en permanence. Dans la séance du 11 décembre, à la Commune, Hébert, l'ancien marchand de contremarques, avait demandé aux jacobins pourquoi la sœur de « Capet » n'avait pas été jugée immédiatement après Antoinette. A s'en tenir à ce seul fait, le Comité de salut public ne reculerait pas devant un nouveau crime, et l'on était en droit de se demander si, après avoir exécuté Madame Élisabeth, ces gredins n'en viendraient pas à faire disparaître à son tour le « petit louveteau », le rejeton de « l'infâme Capet ».

« Un enfant ! s'écriait Aurore toute saisie d'épouvante. Oh ! non, non, monsieur de Rochemeuse ! Ils n'oseraient commettre un forfait aussi exécrable !

— Ils ne tueraient pas l'enfant, parbleu ! ripostait le comte. Mais, à force de privations, de mauvais traitements

8

et de cruautés, ils réussiraient à le faire lentement mourir ! »

Dans ces conditions, il n'y avait donc pas de temps à perdre si l'on voulait empêcher cette nouvelle infamie de se perpétrer. Malheureusement, par une sorte de fatalité désespérante, les efforts de Rochemeuse pour se procurer de l'argent demeuraient toujours sans résultats. Il avait bien un oncle maternel, réfugié à Genève, auquel il avait écrit de lui envoyer, dans le délai le plus rapproché, une somme assez forte, et il ne doutait pas que ce dernier répondît favorablement à sa demande. Seulement, étant donnés l'éloignement et la difficulté des communications, il était impossible de prévoir à quelle époque cet argent lui parviendrait.

Dans les premiers jours du mois de janvier, une circonstance imprévue vint le tirer de son embarras.

Comme il rentrait un soir à son domicile de Saint-George Street en compagnie d'Aurore, avec qui il était allé souper dans un pauvre cabaret du voisinage, à raison de un shelling par tête, Alain trouva, sur le seuil de la maison, Mrs Neale, la propriétaire, tout en émoi. Aux questions qu'il lui adressa, cette dernière répondit qu'elle était inquiète au sujet de ses locataires du premier, les Deppen, ces jeunes Suédois qui habitaient le logement voisin de celui du comte ; elle ne les avait pas vus depuis la veille au soir, et pourtant elle était sûre que ceux-ci n'étaient point sortis de la journée. Alain s'informa si elle avait frappé à leur porte.

« Oui, monsieur de Rochemeuse, à plusieurs reprises ; mais rien n'a bougé, on n'a pas répondu !

— Et vous êtes bien certaine qu'ils soient chez eux ?

— Certaine... Leur clef est sur la porte, à l'extérieur. Or, s'ils étaient sortis, ils ne l'eussent certainement pas laissée !

— En ce cas, vous n'aviez qu'à ouvrir et à vous assurer du fait.

— Je n'ai pas osé.

— Eh bien, montez avec moi, dit Alain ; nous allons tirer la chose au clair ! »

La logeuse prit un flambeau, et, laissant le comte passer devant, elle s'engagea dans l'escalier, suivie d'Aurore de Puiseaux.

Au premier étage, ils s'arrêtèrent en face la porte du logis occupé par les Suédois et à la serrure de laquelle la clef se trouvait effectivement. Rochemeuse frappa aussitôt plusieurs coups vigoureux et attendit, en prêtant l'oreille : aucun bruit ne vint de l'intérieur.

Surpris, Rochemeuse demanda en élevant la voix :

« Monsieur Deppen ! monsieur Deppen ! Êtes-vous là ? »

On ne répondit pas. Le comte prit le flambeau des mains de Mrs Neale.

« Donnez-moi la lumière. Je vais entrer ! »

D'un tour de main, il ouvrit la porte et pénétra dans la chambre. Mais il s'était à peine avancé de quelques pas, qu'il s'arrêta sur place, immobile, le regard fixé devant lui. Tout au fond de la pièce, sur un lit appuyé contre la muraille, il venait d'apercevoir, à la lueur vacillante de la bougie, les deux jeunes gens, le frère et la sœur, allongés côte à côte, la face livide, dans la rigidité de la mort. Il se retourna vers Aurore et dit :

« N'entrez pas, comtesse, je vous en supplie ! »

Mais déjà la jeune femme s'était approchée, avait entrevu le tableau funèbre, et tout de suite elle s'était agenouillée sur le plancher, en faisant le signe de la croix.

« Vous croyez qu'ils sont morts, monsieur? murmura la propriétaire toute bouleversée.

— Je vais m'en assurer, » dit le comte.

Et il alla droit vers le lit. Mais un simple coup d'œil suffit à le persuader que, depuis plusieurs heures, la mort avait accompli son œuvre. D'ailleurs, un flacon vide, roulé sur le tapis, laissait deviner le moyen auquel avaient eu recours les deux jeunes gens pour se détruire. Se tournant alors vers la logeuse, Alain lui conseilla d'envoyer quelqu'un sur-le-champ ou de se rendre elle-même au poste le plus proche, afin d'aviser les gens de police qui viendraient faire les constatations d'usage. Lui demeurerait auprès de ces malheureux en attendant son retour.

« Oui, monsieur le comte, j'y vais de suite!

— Quant à vous, ma chère amie, poursuivit Alain en aidant Aurore à se relever, votre présence ici est inutile. Regagnez votre chambre; j'irai vous y rejoindre tout à l'heure. »

La jeune femme ne crut pas devoir insister, et, lentement, elle se retira après s'être signée une dernière fois.

Le premier soin de Rochemeuse, dès qu'il se trouva seul, fut de promener un regard autour de lui pour voir si ces malheureux n'avaient pas laissé, avant de mourir, quelque lettre expliquant les motifs de leur funeste résolution. Il n'eut pas longtemps à chercher. Sur un vieux portefeuille en cuir fané, placé en évidence au bord de la table, une étroite feuille de papier était posée, tout ouverte, et, en y jetant les yeux, le comte put déchiffrer ces quelques lignes :

« Expulsés de Suède depuis près de deux ans, sous prétexte de complicité dans l'assassinat du roi Gustave III, et n'ayant aucun espoir de pouvoir jamais rentrer dans notre patrie, nous avons pris la résolution de mourir ensemble. Que nul ne s'inquiète de notre disparition. On trouvera dans le portefeuille ci-joint de quoi payer ce que nous devons à notre hôtesse et faire face à nos funérailles.

« Londres, 6 janvier 1794.

« RICHARD DEPPEN, CHARLOTTE DEPPEN. »

Curieux de vérifier l'exactitude de cette déclaration, Rochemeuse ouvrit le portefeuille, où, parmi différents papiers, il trouva en effet deux passeports au nom de *Richard Deppen* et de sa sœur *Charlotte Deppen*, sujets suédois, âgés le premier de trente et un ans, la seconde de vingt-sept. Puis, ayant écarté une autre poche un peu plus grosse, il y découvrit trois rouleaux de guinées de la valeur de mille livres chacun. A cette vue, le comte eut un frissonnement... Avec tout cela il pouvait quitter l'Angleterre, gagner la France, mettre son projet à exécution !

Mais cette pensée l'eut à peine effleuré, qu'un scrupule se leva en sa conscience. Avait-il bien le droit de s'emparer de ces papiers, de cet argent, et n'y aurait-il pas là, de sa part, une sorte de rapt honteux et lâche, indigne d'un homme de sa qualité, quelque chose d'analogue à la sombre besogne de ces flaireurs de cadavres qui rampaient dans la nuit sur les champs de bataille, afin d'y détrousser les morts? Puis, se ressaisissant, il réfléchit. Bah! qui lèserait-il? A qui serviraient ces papiers? Entre quelles mains retournerait cet argent? Au consulat de Suède ou à la police anglaise, qui n'avaient que faire d'un pareil héritage! Comment saurait-on, d'ailleurs, qu'il se les serait appropriés, puisque les quelques lignes de la main du défunt ne précisaient point ce qu'il y avait de contenu dans le portefeuille? Enfin, cette occasion était unique, elle ne se représenterait jamais. En la mettant à profit, Rochemeuse ne faisait tort à personne, et l'œuvre qu'il voulait accomplir, — œuvre belle entre toutes, — ne l'absolvait-elle pas, en quelque sorte, du moyen auquel il avait recours pour l'exécuter? Alors, n'hésitant plus, il prit les passeports et les trois rouleaux, dont il laissa glisser quelques guinées dans le portefeuille. Il était temps, du reste, car un bruit de pas venant de l'escalier annonçait l'arrivée des gens de police.

L'enquête ne fut pas longue. On se trouvait en présence d'un double suicide, de l'aveu même des défunts : il n'y avait donc aucune obscurité dans l'affaire. L'officier municipal se contenta de saisir les différents objets qui leur avaient appartenu, ainsi que le portefeuille et ce qu'il contenait encore; après quoi, le procès-verbal étant dressé, ces messieurs se retirèrent.

Quand Rochemeuse alla retrouver la comtesse de Puiseaux, il lui avoua aussitôt comment il s'était emparé des passeports et des trois mille livres, en lui demandant si elle jugeait cet acte répréhensible.

« Je ne le crois pas, répondit Aurore, puisque le but que nous poursuivons est noble et juste, et que cet argent, sans utilité désormais pour ceux auxquels il appartenait, peut nous permettre de le réaliser.

— C'est bien, dit Rochemeuse, et ceci m'enlève mes derniers remords. »

Il s'agissait maintenant d'examiner si les papiers, que le comte avait à peine eu le temps de parcourir tout à l'heure, pouvaient s'appliquer à Aurore ainsi qu'à lui sans trop d'inexactitude. Alain les tira donc de sa poche, et, lisant une à une, à voix haute, les désignations portées sur les deux pièces, il reconnut que l'âge de Richard et celui de Charlotte Deppen étaient, à quelques mois près, les mêmes que le sien et celui de Mme de Puiseaux ; enfin, les signalements physiques concernant la taille, le visage, la couleur des yeux ou des cheveux, s'adaptaient parfaitement à la comtesse et à lui-même. Cette certitude établie, Rochemeuse et sa compagne ne songèrent plus qu'à combiner l'exécution de leur entreprise.

A vrai dire, il était assez difficile, presque impossible, d'arrêter à l'avance la ligne que l'on devrait suivre dans une pareille aventure. Il n'y avait qu'à marcher devant soi, les yeux fixés sur le but à atteindre, s'en remettre au hasard, à la fortune, et se tenir prêt à saisir les occasions qui s'offriraient, les complicités imprévues que la destinée ferait surgir. Tout ce que le comte et la jeune femme décidèrent de prime abord, ce fut de se rendre à Jersey, d'où il leur serait ensuite plus aisé de débarquer soit sur les côtes de Bretagne, soit sur celles de la presqu'île bas-normande ; une fois là, sur terre de France, on aviserait aux moyens de gagner Paris.

En quelques jours, Aurore de Puiseaux eut terminé ses préparatifs ; Rochemeuse, de son côté, avait procédé à divers achats nécessaires; puis, par une soirée froide et brumeuse des derniers jours de janvier, ils quittaient la maison meublée de Saint-George Street et allaient prendre, au bureau de Piccadilly, la diligence pour Southampton.

Ils y arrivaient le lendemain.

Sans perdre de temps, le comte courut aux informations afin de savoir si quelque bâtiment était en partance à destination de Jersey. Or, étant entré dans une taverne, il eut la chance de rencontrer le capitaine Whistley, sur le bateau duquel il avait accompli déjà la traversée, au printemps précédent, alors qu'il se rendait en Bretagne. Les deux hommes se reconnurent, et Rochemeuse ayant demandé au capitaine s'il s'en retournait à Jersey, celui-ci répondit qu'il y allait en effet et comptait lever l'ancre le jour suivant, si le vent était favorable.

« Est-ce que vous avez beaucoup de monde à bord?

— Sept à huit passagers seulement, des émigrés qui se rendent dans l'île.

— Diable! fit Rochemeuse, un peu contrarié. C'est que je voyage en compagnie d'un dame qui tient à n'être pas rencontrée, et je craindrais que parmi ces émigrés...

— Eh bien! monsieur le comte, dit Whistley, pour vous je ferai l'impossible et trouverai un coin où vous ne serez pas dérangés. Je vous conseillerai seulement de vous embarquer dès ce soir, car demain matin il me serait peut-être plus difficile de vous accueillir.

— Entendu! Ce soir même nous serons à bord. »

L'après-midi du même jour, vers quatre heures, Alain de Rochemeuse et la comtesse de Puiseaux mettaient le pied sur le pont du brick *l'Éridan*. Au moment de s'inscrire sur le registre des passagers, Alain remarqua en

« Mme de Puiseaux... à Jersey ! s'écria le paysan. Voilà un hasard ! »

effet, parmi ceux qui y figuraient déjà, plusieurs noms
d'émigrés qui ne lui étaient pas inconnus. Or, si sa personnalité à lui importait peu, il n'en allait pas de même de la
femme qui l'accompagnait, et il eût suffi qu'un agent des
princes reconnût Mme de Puiseaux, l'ancienne dame
attachée à la maison des Enfants de France, pour que leur
passage à tous deux fût signalé, qu'on les suivît à la piste,
qu'on leur ménageât quelque embûche et que la réussite
de leur projet s'en trouvât compromise. Rochemeuse
écrivit donc simplement les noms de Richard et de Charlotte Deppen, que lui et Aurore ne devaient plus quitter;
puis, cette formalité accomplie, ils se retirèrent dans les
deux cabines, voisines l'une de l'autre, que le capitaine
leur avait fait aménager.

Contrairement à leurs appréhensions, la traversée ne
fut ni longue, ni dangereuse. Le brick, il est vrai, n'était
point seul et marchait de conserve avec un long convoi à
destination du Portugal, que protégeait une frégate armée
en guerre. Mais, à la hauteur de Weymouth, l'*Éridan* se
détacha des autres bâtiments qui continuaient leur route
vers l'ouest, et, inclinant plus au sud, il s'avança dans
la direction des îles de la Manche. Le soir du second jour,
un peu avant la nuit, on arrivait en vue du phare de Saint-
Hélier.

A peine rendu à terre, le comte se mit à la recherche
d'une hôtellerie. Il n'en manquait pas dans la ville; mais,
comme celle-ci était encombrée d'émigrés, Rochemeuse
craignait, en choisissant la première venue, de tomber
précisément sur des gens de connaissance, ou même des
étrangers de qui la curiosité pouvait être mise en éveil et
devenir gênante pour lui et la comtesse de Puiseaux. Aussi

eût-il préféré pour plus de sûreté une maison meublée, discrète, retirée, dans le genre de celle qu'il avait habitée à Londres.

Pendant une heure environ, Rochemeuse et sa compagne parcoururent le port et les rues qui y aboutissaient, questionnant à droite, à gauche, afin d'obtenir quelque renseignement utile, quand subitement, au coin d'un carrefour, ils se trouvèrent en face d'un homme du peuple, vêtu comme un paysan, qui passait en roulant une brouette chargée d'outils.

Le comte se décida à l'interpeller :

« Hé! l'ami, vous ne connaîtriez pas, dans le voisinage, une maison meublée ou particulière, où deux personnes trouveraient à se loger pendant quelques jours? »

L'homme s'arrêta, déposa sa brouette à terre, et, regardant celui qui lui avait adressé la parole, il répondit :

« Mais c'est dans les choses possibles, monsieur. Et c'est pour vous que vous cherchez cela?

— Pour madame et moi! » fit Rochemeuse en désignant la jeune femme qui l'accompagnait.

Le paysan tourna les yeux vers celle-ci, en homme qui tient à juger de la physionomie des gens qu'on lui présente, deviner à qui il a affaire, et, presque aussitôt, il eut un tressaillement de tout le corps en même temps qu'il esquissait un geste de surprise.

« Oh! Mᵐᵉ de Puiseaux! » s'écria-t-il.

Rochemeuse et sa compagne eurent un mouvement de recul. Comment cet homme pouvait-il connaître la comtesse? Déjà ils s'apprêtaient à tourner le dos, à s'éloigner, quand le paysan reprit :

« Mᵐᵉ de Puiseaux... à Jersey! Voilà un hasard! »

Aurore s'efforça de demeurer calme.

« Mais vous faites erreur, mon garçon!... Je ne vous connais pas! Qui donc êtes-vous? »

L'homme se mit à rire et dit :

« Comment! vous ne me reconnaissez pas? Je suis Pernyn! Pernyn, de l'hôtel des *Trois-Couronnes*, à Tournai, vous savez bien? C'est moi qui vous ai empêchée de vous jeter dans l'Escaut, qui vous ai fait admettre dans la maison en qualité de servante, en vous présentant comme ma belle-sœur. Y êtes-vous maintenant? »

Aurore de Puiseaux laissa échapper un cri de joie :

« Ah! Pernyn! mon brave Pernyn! Comment, c'est vous?

— Eh! oui, c'est moi! Je suis établi ici depuis près d'un an, jardinier et pêcheur. Tout à votre service, d'ailleurs, ainsi qu'à celui de monsieur, s'il y consent.

— Ah! quelle bonne fortune de vous retrouver, mon pauvre Pernyn! » s'écria la jeune femme.

Et se tournant vers son compagnon :

« Monsieur de Rochemeuse, vous pouvez avoir confiance en cet homme : je le connais. Il m'a déjà sauvée une fois de la mort ; il est incapable de nous perdre. »

IX

TERRE DE FRANCE

Une heure après, le comte de Rochemeuse et Aurore
de Puiseaux étaient à table, assis devant un grand feu de
bûches, dans la salle basse de l'habitation de Pernyn, —
une étroite maisonnette tapie à mi-côte, dans un repli des
dunes, à une portée de fusil de Saint-Hélier.

Tout en faisant honneur au frugal repas, composé de
poissons frits et de légumes, que leur avait servi leur hôte,
Mme de Puiseaux et le comte de Rochemeuse écoutaient
ce dernier raconter sa propre histoire et comment ayant
quitté les *Trois-Couronnes* à la fin de 1792, pour entrer
au service d'un gentilhomme émigré, il avait fui Tournai
en sa compagnie au moment de l'invasion de la Belgique
par les patriotes, avait passé en Angleterre, puis à Jersey,
où son maître était mort, lui laissant quelques centaines
d'écus, ce qui lui avait permis depuis de vivre tranquille,
à l'abri des événements, augmentant les petites ressources
qu'il possédait du produit de sa pêche et de la culture de
son jardin.

« Et ce sont là vos seuls profits? demanda le comte
à Pernyn quand celui-ci eut terminé son récit.

— J'en ai d'autres, dit le pêcheur. Comme cette maisonnette est grande et que j'ai plus de place qu'il ne m'en faut,
je loue une ou deux pièces à des voyageurs, lorsque l'occasion s'en présente. Souvent aussi je vais et je viens,
avec mon bateau, d'ici là-bas. »

En même temps, il indiquait alternativement la maisonnette où l'on était et, tout au loin, par delà la mer qu'on
entendait gémir au pied des falaises, la direction où se
trouvaient les côtes de France.

« Je comprends, dit Rochemeuse. Vous aidez des fugitifs
à passer ici.

— Ou à rentrer en France, ajouta Pernyn.

— Un métier dangereux! insinua le comte.

— Peuh!... Oui et non. Il ne faut que de la prudence,
voilà tout! »

Cependant il se faisait tard, et Aurore, fatiguée de
deux jours de mer, éprouvait le besoin de se reposer.
Rochemeuse ne crut donc pas devoir prolonger la conversation plus avant ni informer leur hôte des motifs qui les
avaient amenés dans l'île. Mais le lendemain, sans avouer
au pêcheur le but mystérieux de leur voyage, il lui déclara
néanmoins qu'il avait le désir de se rendre en France avec
Mme de Puiseaux et s'informa de l'endroit où ils auraient
la facilité de débarquer.

« Dame! répondit Pernyn après réflexion, ça dépend de
la direction que vous voulez prendre ensuite. Si vous allez
en Bretagne, c'est du côté de Saint-Malo, de Paramé,
qu'il faut descendre!

— Nous allons en Normandie, déclara Rochemeuse.

— Dans ce cas, le plus court sera d'atteindre la côte aux environs des rochers de Coutances.

— Et quand supposez-vous pouvoir nous passer?

— Oh! ça, reprit Pernyn, je ne peux pas le préciser à l'avance. Faut compter avec la mer, avec le vent, avec la lune! Mais prenez patience; dès que je jugerai le temps propice, je vous préviendrai. »

Plus de trois semaines s'écoulèrent, pourtant, sans que Pernyn eût jugé le passage praticable. D'après des renseignements particuliers, il avait appris que les patriotes se livraient à une étroite surveillance tout le long des côtes; enfin la mer, assez mauvaise en cette saison, rendait la traversée difficile, même dangereuse. Pour tenter la descente, il fallait donc patienter jusqu'au jour où les circonstances se présenteraient plus favorables. Bien que cette attente parût longue à Rochemeuse et à sa compagne, ces derniers ne restaient pas inactifs, et tout en demeurant enfermés dans la maison de Pernyn, parmi la solitude des dunes, ils dressaient leur plan de campagne, se tenaient au courant des nouvelles arrivées de France, se réservant de modifier les étapes de leur voyage et leur itinéraire d'après les événements qui s'accompliraient.

Un matin enfin, — c'était le 19 février, — en remontant de la grève où il était allé humer le vent et inspecter le ciel, le pêcheur dit à Rochemeuse:

« Monsieur le comte, si vous êtes toujours décidé, je crois que nous pourrons partir ce soir. En nous embarquant sur le coup de cinq heures, nous avons chance d'aborder dans la soirée vers Coutainville. De là, si la descente s'opère dans de bonnes conditions, comme j'en ai l'espoir, vous aurez le temps de vous éloi-

gner de la côte et de vous enfoncer dans l'intérieur avant
le jour. »

Sur-le-champ Rochemeuse appela la comtesse, la mit
au courant et lui demanda son avis.

« Si la chose est praticable aujourd'hui, n'hésitons pas,
répondit-elle avec sang-froid. Je suis prête! »

Par mesure de prudence, Pernyn avait conseillé au
comte et à la jeune femme de quitter leurs vêtements
ordinaires et de prendre des costumes de pêcheurs. Outre
que ce déguisement les devait mettre plus à l'aise en leur
laissant la liberté des mouvements, il pouvait leur devenir
utile, une fois à terre, après qu'ils auraient débarqué.
Rochemeuse endossa donc une vieille souquenille brune et
enfila de lourdes bottes appartenant à Pernyn, tandis
qu'Aurore, les cheveux tordus et relevés sous un grossier
chapeau de feutre, chaussait les braies et passait la veste
longue d'un jeune garçon du voisinage. Rendus ainsi l'un
et l'autre à peu près méconnaissables, ils achevèrent leurs
préparatifs. De leurs habits communs le comte fit un seul
paquet qu'il plaça au fond du bateau, ne conservant sur lui
qu'une sacoche attachée à sa ceinture, où étaient son
argent, ses papiers, et un poignard enfermé dans une gaine
de cuir. Enfin, un peu avant cinq heures, après s'être
munis de provisions, Alain et la jeune femme descendaient
sur la grève en compagnie de Pernyn, qui s'était adjoint
deux gars de seize à dix-sept ans pour aider à la manœuvre.
On se hissa dans la barque de pêche, et, l'ancre levée, on
amena la voile, qui se gonfla aussitôt sous une brise assez
vive soufflant nord-ouest.

La mer était houleuse.

Soulevée de l'avant, la barque gagnait le large, montant

toute droite sur la crête des vagues et replongeant ensuite au creux des lames, pour se redresser bientôt après sur une nouvelle montagne d'eau dont les éclaboussures flagellaient les passagers d'une poussière d'écume. Pernyn gouvernait avec ses aides, tandis qu'Aurore, assise à l'arrière auprès d'Alain, contre qui elle se serrait instinctivement, suivait du regard les détails de la manœuvre et les mouvements de ses compagnons.

« N'ayez crainte, criait de temps en temps le pêcheur à la jeune femme; tout va bien! »

Du reste, comme la nuit venait et que déjà la silhouette de Jersey n'apparaissait plus dans le lointain qu'indécise, noyée de brume, le vent tomba. En même temps, une sorte d'accalmie se produisait, et ce fut d'une marche lente, mais sûre, que le bateau poursuivit sa route à travers l'ombre qui s'épaississait dans la direction du sud-est.

Vers onze heures du soir, la barque de pêche atterrissait sans bruit dans une petite crique déserte, un peu au-dessous de Coutainville. Mais, comme il y avait à marcher dans une profondeur d'eau de un mètre environ avant que d'atteindre au rivage, Pernyn sauta le premier dans la mer, et, tendant les bras à Aurore :

« Empoignez-moi solidement, et n'ayez pas peur! »

Bravement, la jeune femme s'abandonna aux bras robustes du pêcheur, qui l'enleva sur ses épaules. Pendant ce temps, Rochemeuse, qui s'était chargé du paquet renfermant leurs vêtements, descendait par derrière et s'engageait dans leur sillage.

Arrivés au pied des dunes, ils s'empressèrent de gagner un petit refuge pratiqué en dessous des roches et que Pernyn, qui connaissait bien l'endroit, leur avait indiqué.

Là, après avoir bu un coup d'eau-de-vie à même une
gourde, ils prirent congé de leur vaillant compagnon, non
sans avoir généreusement reconnu le service énorme qu'il
leur avait rendu en cette circonstance.

« Allons, au revoir, mon brave Pernyn! dit Aurore en
serrant les mains du pêcheur. Au revoir et merci!

— Il n'y a pas de quoi, madame la comtesse! Bon
voyage, ainsi qu'à monsieur le comte, et que Dieu vous
protège! »

Puis ils se séparèrent, Pernyn retournant vers son
bateau, Alain et la jeune femme s'enfonçant à travers les
dunes, dans l'inconnu.

C'était bien, en effet, dans l'inconnu que pénétraient le
comte de Rochemeuse et son intrépide compagne; car si
le but de leur voyage était nettement défini, ils ne savaient
rien encore l'un et l'autre des moyens dont ils se serviraient
pour y parvenir. Mais en ce moment ils ne se souciaient
pas des difficultés qui allaient se dresser en face d'eux, au
cours de leur périlleuse entreprise; leur unique pensée,
leur seul désir, c'était de s'éloigner de la côte et de gagner
promptement l'intérieur des terres, afin d'y trouver un
abri. Durant plusieurs heures ils allèrent droit devant
eux, parmi les ténèbres, continuant de suivre le chemin
où s'étaient engagés leurs pas, se conformant d'ailleurs
en ceci au conseil de Pernyn, qu'il fallait éviter les grandes
routes, les bourgades, et se tenir autant que possible en
rase campagne, où la sécurité était plus grande et les
risques de rencontres plus improbables.

Cependant, vers sept heures du matin, ils songèrent
à s'arrêter quelque part, car Aurore commençait à être si
lasse, qu'elle ne parvenait qu'à grand'peine à se soutenir.

Rochemeuse explora du regard les différents points de l'horizon, et, apercevant confusément, à environ deux kilomètres, la pointe fine d'un clocher qui se profilait au-dessus des landes, il entraîna la jeune femme dans cette direction. Arrivés à une faible distance de ce village, ils rencontrèrent un cabriolet attelé d'un seul cheval que conduisait un homme en habit bourgeois assis sous la capote de la voiture. A tout hasard, Rochemeuse résolut de se renseigner. Il fit quelques pas au-devant du cabriolet, et, interpellant le conducteur qui arrêta son cheval, il s'informa du nom du village voisin et de la facilité qu'on pouvait avoir à s'y loger.

« Ces toits que vous voyez là, sur la gauche, c'est Villebaudon! répondit l'inconnu. Mais vous n'y trouverez rien, je le crains bien.

— Diable! fit Alain. C'est que mon compagnon et moi nous sommes assez fatigués, et j'espérais... »

Le conducteur du cabriolet avait l'air d'un très brave homme; il répliqua :

« Ma foi, citoyen, je vais à Vire. Si ça vous convient d'aller par là, je me ferai un plaisir de vous offrir une place dans ma voiture ainsi qu'à votre ami. La banquette est étroite; cependant, en se serrant un peu... »

Rochemeuse avait échangé un regard furtif avec Aurore, et, lisant un consentement muet dans les yeux de cette dernière, il répondit :

« Ça n'est pas de refus, citoyen! Nous acceptons avec reconnaissance, et vous nous descendrez où il vous plaira. »

Il tendit la main à Aurore, l'aida à se hisser sur le mar-chepied du véhicule, et, quand elle fut assise sous la capote, il escalada le siège à son tour, et prit place entre la jeune femme et le conducteur. Aussitôt celui-ci claqua du fouet, et le cheval se remit à trotter.

Tout d'abord, le comte et son voisin n'échangèrent que de vagues paroles, sous l'impression d'une gêne réciproque, d'une commune méfiance, qui les faisaient se tenir sur la défensive. Mais, au bout d'un quart d'heure, le conducteur ayant remarqué que le compagnon de Rochemeuse s'était affaissé et dormait profondément, la tête appuyée contre le cuir de la capote, il en profita pour dire :

« Il paraît que le petit jeune homme était fatigué !... En continuant sa route à pied, il n'aurait pu aller bien loin. »

A cette minute, Rochemeuse comprit qu'il devait à l'étranger un mot d'explication vraie ou fausse sur les causes de la lassitude où se trouvait son compagnon de voyage. Or quelle raison plausible pouvait-il lui donner de leur présence à tous les deux à sept heures du matin, en pleins champs, à plusieurs kilomètres de toute habitation bourgeoise ? Il n'en voyait guère. D'autre part, avouer leur situation réelle à un homme qu'il ne connaissait pas était une imprudence grosse de périls. Il n'y avait pourtant pas à hésiter entre l'exposé très net de la vérité ou l'invention d'une histoire dont l'homme au cabriolet, s'il était doué de quelque finesse, ne serait pas long à démêler la fausseté. Rochemeuse se décida à être sincère.

« Citoyen, déclara-t-il à son conducteur, en présence du service que vous nous rendez en ce moment, je me croirais coupable d'abuser plus longtemps de votre confiance. La personne qui m'accompagne est une femme, ainsi que vous l'avez déjà deviné, sans doute. Nous avons débarqué sur la côte, hier au soir, et avons marché toute cette nuit, à travers les landes, jusqu'à l'endroit où vous nous avez rencontrés. »

L'homme regarda Rochemeuse et dit :

« Vous venez de Jersey? Je m'en doutais presque. »

Puis, tendant à Alain la main qu'il avait libre :

« Touchez là, citoyen, et ne craignez rien! Le voyageur assis à côté de moi, dans ma voiture, m'est aussi sacré que l'hôte que j'abriterais sous mon propre toit. Je suis le docteur Robine, de Vire, un ami de la famille de Chênedollé. »

Rochemeuse se fit connaître à son tour et avoua que sa compagne était la comtesse Aurore de Puiseaux.

« Je comprends, dit alors le médecin. Vous allez retrouver M. de Frotté? »

Le comte eut un sursaut.

« Il est donc en France? Je le croyais en Angleterre. Je l'ai rencontré à Londres, il y a deux mois. »

Le médecin répondit :

« M. de Frotté est rentré dans le Bocage normand, il y a quinze jours environ. Il se trouve en ce moment à la Chalotière, auprès de Couterne, et, tel que vous me voyez, je vais l'y rejoindre après demain.

— Ah! monsieur, s'écria Rochemeuse en saisissant les mains du docteur, c'est le Ciel qui vous a placé sur notre route! »

Un peu avant d'arriver à Vire, Aurore de Puiseaux s'éveilla. Elle éprouva d'abord un court moment d'inquiétude en se retrouvant dans ce cabriolet où elle venait de dormir plusieurs heures. Un sourire d'Alain la rassura, et, comme elle s'excusait d'avoir cédé à sa lassitude, ce dernier lui dit avec douceur :

« N'ayez aucune crainte, Aurore; le docteur Robine, que voici, est de nos amis. Remerciez seulement la Providence de nous l'avoir fait rencontrer. »

Ils demeurèrent jusqu'au surlendemain chez le docteur, où la comtesse, enfin délivrée de son travestissement, avait pu reprendre ses vêtements ordinaires et se remettre de ses dures fatigues.

Cependant Rochemeuse et sa compagne étaient sans passeports, et si les papiers des Deppen pouvaient à la rigueur établir leur identité, ils étaient insuffisants pour leur permettre d'accomplir sans danger un aussi long voyage; mais le médecin les rassura. Bien que notoirement lié avec des ci-devants, il se trouvait au mieux avec le procureur-syndic du district, dont il soignait la famille et qu'il devait justement voir dans l'après-dîner de ce jour-là.

« Je me charge de votre affaire, déclara le docteur à Rochemeuse. Le procureur a besoin de moi, il ne me refusera rien. »

Effectivement, il rentra le soir, rapportant deux passeports en bonne et due forme à l'usage de ses hôtes, et le lendemain matin il quittait Vire avec ces derniers pour aller retrouver Frotté à la Chalotière.

Partis vers les dix heures, ils étaient un peu après midi à Tinchebray, où ils dînèrent chez un fermier ami de Robine. Puis, le repas achevé et un autre cheval attelé au cabriolet, les voyageurs se remirent en route, en descendant du côté de Domfront. Ils n'y arrivèrent qu'à la nuit close; mais comme le cheval n'en pouvait plus, et qu'il restait encore plus de deux lieues à franchir pour atteindre la Chalotière, ils laissèrent leur voiture chez un cabaretier, et, guidés par un gars du pays, s'enfoncèrent sous bois, dans des sentiers embroussaillés, tortueux, où ils se seraient certainement égarés sans le secours de leur conducteur.

Après une heure et demie de marche à travers une nuit

Robine s'avança et frappa du poing contre la porte.

opaque, le guide s'arrêta devant un vieux bâtiment, une sorte de closerie aux volets étroitement fermés qui ne laissaient percer aucune lumière, et, se tournant vers les trois voyageurs, il leur désigna le logis sombre et muet.

« C'est ici! »

Robine s'avança et frappa du poing contre la porte. On ne répondit pas. Mais le docteur ayant heurté de nouveau le bois de l'huis, une voix s'éleva, à l'intérieur de la maison, qui demandait :

« Qui va là? »

Robine dit simplement :

« Avez-vous des sabots en cormier? »

A cette question inattendue pour tout autre que celui qui habitait ce logis mystérieux, — quelque mot de passe probablement, — la porte s'ouvrit toute large, et la voix qui avait déjà parlé ajouta :

« Vous pouvez entrer. »

Le médecin pénétra dans la maison, accompagné de Rochemeuse et d'Aurore, qui, par discrétion, se tenaient un peu en arrière. Dans une salle basse faiblement éclairée de deux chandelles, trois hommes étaient assis autour d'un établi de sabotier et soupaient. Mais, tout de suite, celui qui paraissait le plus important des trois, un homme de prestance élégante, à la mine fière, aux cheveux longs et bouclés, s'était levé, et venant droit à Robine :

« Comment, docteur, vous n'êtes pas seul! Qui donc m'amenez-vous?

— Deux personnes que j'ai rencontrées avant-hier et qui m'avaient manifesté le désir de vous être présentées, répondit le médecin : le comte Alain de Rochemeuse et Mme la comtesse de Puiseaux. »

A ces mots, le comte Louis de Frotté avait redressé vivement la tête, et, s'avançant au-devant de Rochemeuse qu'il avait reconnu :

« Vous! vous ici, mon cher ami!...

— Vous ne vous attendiez guère à me voir, comte,
repartit Alain ; ni moi non plus... Je vous croyais en
Angleterre?

— Je suis en France depuis quinze jours, dit Frotté.

— Moi, depuis deux... Avant toute chose, permettez-
moi de vous présenter Mme la comtesse de Puiseaux,
anciennement attachée à la maison des Enfants de France,
une vaillante amie de la reine défunte, une âme généreuse
et haute, prête à se dévouer pour la cause que nous ser-
vons, vous et moi ! »

Frotté répondit avec courtoisie :

« Soyez la bienvenue sous ce toit, madame. »

Et, s'approchant de la jeune femme, il prit une de ses
mains sur laquelle il déposa un baiser. Puis, après avoir
nommé à ses nouveaux hôtes les deux amis qui se trouvaient là, le baron de La Croix-Hérain et le chevalier de
Bois-Roussel, le chef de Chouans poursuivit en montrant
le grossier couvert :

« Le souper que j'ai à vous offrir est des plus maigres ;
mais, si modeste qu'il soit, je pense que vous ne refuserez
pas de le partager avec nous? »

Aussitôt, des sièges ayant été avancés, Rochemeuse et
la comtesse prirent place autour de l'établi, ainsi que le
docteur Robine, et l'on se mit à manger.

Tout d'abord, le médecin raconta dans quelles circonstances il avait fait la rencontre de M. de Rochemeuse et
de sa compagne. Ensuite, ce fut au tour du comte de Frotté
d'expliquer à ses hôtes les raisons de son retour d'Angleterre ; il leur parla de ses allées et venues à travers le
Bocage normand, leur dit les ferments de révolte attisés
par lui, et le soulèvement prochain qu'il voulait tenter afin

d'opérer une diversion, tandis que Charette et La Rochejaquelein, les seuls chefs vendéens encore debout, joue-
raient de leur côté une partie suprême et peut-être définitive. Enfin, se tournant vers Rochemeuse, il lui demanda
s'il pouvait espérer en son concours.

« Vous n'en doutez pas, fit Alain. Mais auparavant il
nous reste, à madame et à moi, une œuvre à accomplir,
œuvre pour laquelle vos conseils peuvent nous être précieux, même indispensables.

— Quel que soit le projet dont il s'agit, comte, répondit Frotté d'une voix ferme, soyez certain que mon appui
vous est acquis. »

Cependant la soirée était avancée, et, sur l'invitation
de leur hôte, Rochemeuse et la comtesse se retirèrent
pour gagner deux pièces situées au-dessous du toit, que
l'on avait mises à leur disposition.

Oh! l'ameublement en était sommaire, avait déclaré
Frotté; de simples lits de camp. Mais, dans une maison
de sabotier, c'était ce qu'il avait de mieux à leur offrir.

Le jour suivant, de bon matin, Alain et sa compagne
étaient debout. Ils descendirent retrouver le chef de
Chouans, et, une fois seuls avec ce dernier, Rochemeuse
le mit au courant des motifs qui les avaient amenés en
France, Aurore et lui. Il raconta comment la comtesse
avait été mêlée jadis à un projet d'enlèvement du Dauphin
organisé par le marquis de Laqueuille, à Bruxelles; comment ce projet n'avait point reçu d'exécution; quelle défaveur imméritée en avait rejailli sur Aurore et sur son
mari; comment enfin, plus tard, s'étant trouvé mis lui-
même en relations avec Mme de Puiseaux réfugiée à
Londres, une pensée commune leur était venue : celle de

reprendre le projet abandonné autrefois et d'essayer de le
mener à bonne fin. Voilà le but dans lequel ils avaient
quitté l'Angleterre, gagné Jersey, réussi à débarquer sur
la côte française, et ils s'apprêtaient à descendre directement sur Paris, quand la rencontre du docteur Robine,
en venant leur apprendre que lui, Frotté, se trouvait en
Normandie, leur avait fait entrevoir une aide possible de sa
part dans l'entreprise qu'ils allaient s'efforcer de réaliser.

Lorsque Rochemeuse eut achevé son récit, le chef de
Chouans, qui l'avait écouté avec une attention soutenue,
dit gravement :

« Une grosse affaire !

— La jugeriez-vous impraticable, monsieur de Frotté?
demanda vivement Aurore.

— Non, madame, répondit le comte d'une voix nette ;
et la preuve en est que j'avais songé moi-même à la tenter, de concert avec une dame très entreprenante de mes
amies. Je ne vous cacherai pourtant pas que les obstacles
à surmonter me paraissent nombreux.

— Où les voyez-vous particulièrement? fit Rochemeuse.

— Dans les moyens de pénétrer au Temple, d'abord.
Une fois le Dauphin tiré de sa prison, parbleu, la fuite
n'est plus rien, d'autant que j'ai des gens à ma dévotion
qui peuvent aisément se relayer d'ici jusqu'à Chartres et
aller vous tendre la main. Mais c'est pour arracher l'enfant de là-bas!... »

Et, croisant ses bras sur sa poitrine, il ajouta d'un air
soucieux :

« Voilà la difficulté ! »

Puis, après quelques instants de réflexion, il demanda
encore :

« Avez-vous du moins quelques accointances dans Paris ? Entrevoyez-vous des complicités probables ?

— Hélas ! non, dit Rochemeuse. Mais n'y a-t-il pas toujours des gens prêts à se faire les serviteurs d'une aventure ? Le tout est de les découvrir.

— En attendant, reprit le comte de Frotté, il existe quelqu'un qui, peut-être, pourrait vous fournir des renseignements précieux. »

Rochemeuse et la comtesse demandèrent en même temps :

« Qui cela ?

— C'est l'ancienne blanchisseuse en charge du roi, Mme Despagne, celle-là même qui portait le linge de Louis XVI à la prison du Temple, jusqu'au jour où l'entrée lui en fut interdite.

— Mme Despagne ? Mais je la connais ! s'écria aussitôt Aurore de Puiseaux. Je me souviens parfaitement de l'avoir vue jadis à Versailles ! C'était la fille de Vigneron, le fournisseur des dentelles et du linge de la maison de Saint-Cyr !

— Je crois que c'est cela, dit Frotté. Eh bien ! il m'est revenu que cette Mme Despagne n'avait point été inquiétée par la suite et qu'elle vivait retirée dans le pays de son mari, au Mesnil-Saint-Denis, un petit village situé non loin de Chevreuse, qui se trouve précisément sur votre route. En gagnant Paris, vous feriez bien de vous y arrêter et de tâcher de voir cette femme. Peut-être a-t-elle conservé des relations aux alentours du Temple ou dans la prison même ; dans tous les cas, ses indications pourraient vous devenir fort utiles.

— Nous la verrons ! » déclara Rochemeuse.

Enfin, après avoir étudié le projet durant plusieurs heures, discuté les éventualités possibles, supputé les chances de réussite et les risques d'insuccès qu'il pouvait offrir, Alain demanda à M. de Frotté s'il devait compter sur lui.

« D'une façon absolue, répondit le comte. Au premier signal venu de votre part, je m'en irai droit à votre rencontre afin de protéger la fuite de l'enfant royal !

— Mais comment réussirai-je à vous le faire savoir? » objecta Rochemeuse.

Le chef de Chouans lui dit :

« Écoutez-moi. Il se trouve à Maintenon, sur la route de Chartres, une auberge à l'enseigne du *Franc-Patriote*, qui est tenue par un nommé Peaudouche, le frère d'un fermier des environs de Couterne, dont je suis assuré du dévouement. Ce Peaudouche est un jacobin féroce, mais seulement en apparence, afin de garder sa sécurité et de masquer les services qu'il peut rendre. En lui disant ces seuls mots que vous avez entendus hier soir : « Avez-vous des sabots en « cormier? », il saura que vous venez de ma part et se prêtera à exécuter vos ordres comme il obéirait aux miens.

— Bon ! fit Rochemeuse.

— Dès que l'enlèvement sera devenu possible, poursuivit Frotté, prévenez Peaudouche qu'il ait à tenir prêts une voiture et des chevaux pour le jour et l'heure que vous lui fixerez à l'avance; en même temps, envoyez-moi un courrier à cheval jusqu'à La Ferté-Vidame, où je possède un agent sûr, sabotier de l'endroit, qu'on nomme Gautereau, et qui me fera tenir immédiatement un avis. Pour se faire reconnaître de ce dernier, le cavalier n'aura qu'à prononcer les mêmes paroles que je vous ai dites...

— Avez-vous des sabots en cormier?

— C'est cela même. Enfin, dès que je serai informé que vous êtes en route, j'accourrai moi-même avec cinquante cavaliers pour envelopper la voiture. Vous avez compris ? »

Rochemeuse inclina la tête. Du reste, tandis que le chef de Chouans leur détaillait ces indications, Aurore de Puiseaux s'était empressée de noter sur un petit carnet les noms et les localités désignés par celui-ci, afin de n'en pas perdre la mémoire. Le jour suivant seulement, après avoir dîné en compagnie de leur hôte et reçu ses instructions dernières, Rochemeuse et la comtesse de Puiseaux se décidèrent à quitter la Chalotière afin d'aller prendre, à Alençon, la diligence pour Paris. M. de Frotté ne pouvait malheureusement les accompagner jusque-là; mais il pria le chevalier de Bois-Roussel de vouloir bien servir de guide au comte et à la jeune femme.

« Allons, à bientôt !... A bientôt, mes amis ! leur cria-t-il du seuil de la closerie, au moment où ils allaient disparaître. Que le chemin vous soit propice, et que Dieu vous ait en sa garde ! »

Comme la nuit tombait, ils arrivèrent à Alençon.

Là ils prirent congé du chevalier de Bois-Roussel, et, pénétrant en ville, se dirigèrent vers l'hôtel de la *Poste,* où ils retinrent deux places pour la prochaine diligence à destination de Paris. Sur la demande qui leur fut faite de décliner leurs noms, prénoms et qualités, Alain présenta ses deux passeports. Désormais le comte de Rochemeuse et la comtesse Aurore de Puiseaux n'existaient plus; le jeune homme et sa compagne n'étaient plus que Richard et Charlotte Deppen, — le frère et la sœur, — sujets suédois.

X

LE CAPITAINE GUÉTRIER

La diligence pour Paris passait d'ordinaire à Alençon vers les sept heures; mais, ce soir-là, il en était tout près de huit quand l'énorme lanterne accrochée au haut de la voiture surgit brusquement dans le lointain, pareille à un œil de feu trouant les ténèbres. Bientôt un roulement sourd, accompagné de tintements de grelots et de claquements de fouet, vint annoncer aux gens de l'hôtellerie que le lourd véhicule approchait.

On ne s'arrêtait guère à Alençon que le temps de changer les chevaux. Aussi, dès que la diligence fut arrivée devant la porte, les palefreniers se précipitèrent sur les percherons qu'ils dételèrent, tandis que quelques voyageurs mettaient pied à terre afin de se dégourdir les jambes ou entraient dans la salle commune pour s'y rafraîchir. Un officier de la municipalité, qui se tenait en observation sur le seuil de l'hôtellerie, s'adressa au conducteur et demanda :

« Pas de mauvaise rencontre en route?

— Pas l'ombre. Une longe qui s'est cassée et qu'il a fallu raccommoder, ce qui nous a causé un peu de retard ; mais voilà tout !

— On assure pourtant que le ci-devant comte de Frotté est de retour et qu'il va tenir la campagne ! On le signale aux environs de Couterne.

— Possible ; mais je n'ai rien remarqué de suspect. »

Et, laissant l'officier municipal, le conducteur pénétra dans l'hôtellerie, où il s'informa auprès du maître de poste s'il y avait des voyageurs à prendre.

« Deux personnes pour Paris ! répondit l'hôtelier en désignant Rochemeuse et la jeune femme, qui s'étaient rapprochés de la porte à l'arrivée de la voiture.

— Plus de places à l'intérieur ! dit le courrier. Il n'en reste que deux sous la bâche.

— Diable ! fit Alain, ennuyé de ce contretemps. A la rigueur, je m'en contenterais ; mais c'est pour la citoyenne... »

Et il désignait Aurore.

« Je ne puis mieux faire, reprit le conducteur. Seulement décide-toi, citoyen, nous allons partir. »

A ce moment, un jeune capitaine d'infanterie qui buvait, assis à une table voisine, et avait entendu ce bout de dialogue, se leva. S'adressant alors à Rochemeuse avec courtoisie :

« Pardon, citoyen, dit-il ; tu excuseras mon indiscrétion, mais je vois que tu as quelque peine à te caser dans la diligence. J'y occupe moi-même une place d'intérieur ; si tu veux bien me permettre de m'en dessaisir en faveur de la citoyenne qui t'accompagne, je serai ravi de lui rendre ce léger service.

— Parbleu! citoyen capitaine, fit Rochemeuse, tu es bien aimable; mais je ne voudrais pas...

— Ni moi non plus, ajouta vivement Aurore.

— Je t'en prie, citoyenne, insista l'officier de façon galante. Je suis venu jusqu'ici dans l'intérieur. La nuit est douce; il ne m'en coûtera rien de monter là-haut. »

Il n'y avait aucune raison sérieuse de repousser une offre présentée de manière aussi polie. Rochemeuse se tourna vers sa compagne et lui dit :

« Charlotte, puisque le capitaine met une insistance aussi obligeante...

— Comme tu voudras, Richard! » répondit Aurore.

Elle se dirigea donc vers la voiture, se hissa à l'intérieur et s'assit à la place occupée précédemment par le capitaine. Puis, la jeune femme installée, Rochemeuse et l'officier grimpèrent à leur tour sous la capote, où ils se casèrent côte à côte, après s'être enveloppés de leurs manteaux. Quelques minutes après, les quatre chevaux attelés, le postillon remis en selle, le conducteur remontait sur son siège, et la voiture repartait à fond de train.

Au bout de huit à dix kilomètres, Alain et le capitaine avaient déjà fait connaissance.

Ce dernier, qui se nommait Marcel Guétrier, avait expliqué qu'il venait de Granville. Sérieusement blessé à l'attaque de cette ville par les Vendéens, au mois de novembre, il était demeuré de longues semaines à l'hôpital, et, ayant obtenu ensuite un congé de convalescence, il se rendait à Paris pour y régler quelques affaires. De son côté, Rochemeuse avait dit qu'il s'appelait Richard Deppen, qu'il était Suédois, mais que, s'étant trouvé, ainsi que sa sœur, sans moyens de vivre en Angleterre et ne pouvant

rentrer dans son pays, il avait pris la résolution de venir
en France et de gagner Paris, où il espérait se procurer
une situation.

« Vous choisissez un vilain moment, citoyen, fit observer le capitaine, qui, maintenant qu'il était seul avec
Rochemeuse, avait renoncé au tutoiement familier dont
il s'était servi tout d'abord. Avec les dénonciations ano-
nymes, les arrestations arbitraires, la loi des suspects et
la guillotine en permanence, Paris n'offre aujourd'hui que
la ressource de bien mourir. Tout commerce y est anéanti,
et il n'y a guère, à ce qu'on assure, que les restaurateurs,
les entrepreneurs de spectacles et de bals publics qui
gagnent de l'argent ! »

Il y avait, dans ces paroles de l'officier républicain, une
si sombre amertume, un accent de raillerie si cruel, que
Rochemeuse comprit aussitôt qu'il n'avait point affaire
à un jacobin irréductible, mais simplement à un honnête
soldat indigné des événements qui s'accomplissaient. La
politesse dont il avait fait preuve à Alençon, vis-à-vis
d'Aurore, dénotait déjà un homme de bonne compagnie ;
ces derniers mots prononcés par lui achevèrent de convaincre Alain qu'il y avait chez cet officier une âme droite
à laquelle il était permis de se confier.

« Capitaine, dit-il au bout d'un instant, je m'en voudrais de répondre à votre courtoisie et de reconnaître le
service que vous nous avez rendu par un double mensonge.
Vous m'avez dit qui vous étiez ; vous devez savoir qui je
suis. Le nom de Deppen, inscrit sur nos passeports, et
sous lequel nous voyageons, mon amie et moi, n'est pas
notre nom. En réalité, nous sommes Français et émigrés.
Je m'appelle le comte Alain de Rochemeuse ; la jeune

femme qui m'accompagne est la comtesse de Puiseaux...
Maintenant, capitaine, vous pouvez nous faire arrêter au
premier relais, si bon vous semble; mais, comme vous ne
le ferez pas, j'en suis convaincu, je vous prierai de me dire
seulement, en toute franchise, si vous croyez que l'entrée
de Paris soit difficile et risque de nous faire courir quelque
danger? »

Le capitaine avait saisi la main du comte, et, la serrant
fortement entre la sienne, il répondit :

« Monsieur, je vous remercie de cette marque de confiance. La pensée qu'un soldat français ne pouvait vous
trahir est digne d'un véritable gentilhomme, et je suis
heureux de la rencontrer chez l'un de ceux que le malheur
des temps nous a fait considérer jusqu'à ce jour comme
des ennemis. A présent, puisque vous voulez bien me
demander mon avis, je vous le donnerai de grand cœur.
N'allez pas à Paris! La surveillance exercée aux barrières,
à l'arrivée des diligences, est plus étroite que jamais; et
je n'ai pas besoin de vous dire, monsieur de Rochemeuse,
qu'il ne faut pas une perspicacité bien grande pour deviner
en vous et en votre compagne deux ci-devants.

— Il est de toute nécessité cependant que nous nous
y rendions, Mᵐᵉ de Puiseaux et moi, répliqua Rochemeuse;
nous ne sommes rentrés en France que dans ce but. »

Il y eut un assez long silence, coupé seulement par le
bruit sourd de la voiture roulant sur le pavé à travers la
nuit toute noire. Puis le comte reprit à mi-voix, en se
tournant vers son voisin :

« Mais si nous arrivions là-bas en votre compagnie,
capitaine. L'uniforme que vous portez n'est-il pas une sauvegarde? »

Marcel Guétrier secoua la tête.

« Cet uniforme ne nous met pas toujours à l'abri de la suspicion, croyez-le bien; et nous sommes à une heure sombre où la république, trop prodigue de vies humaines, ne se montre pas moins soupçonneuse et impitoyable vis-à-vis de ceux qui la servent que de ceux qui la combattent. Combien de têtes fauchées déjà parmi les généraux français : Custine, Houchard, Chancel, Gontaut-Biron!... Quelques-uns avaient pu commettre des fautes, tous étaient braves cependant!... Et, tenez, savez-vous pourquoi je suis moi-même en route pour Paris? C'est pour me rapprocher de Mme de Beauharnais, la femme de mon ancien général en chef à l'armée du Rhin, qui m'a écrit, de sa terre de la Ferté-Aurain où elle se trouve, que, d'après différents bruits recueillis, elle craint que l'existence de son mari soit menacée. J'ai donc sollicité un congé de quatre mois, et je suis parti, afin d'être près d'elle et de l'assister au cas où elle aurait besoin de mes services pour essayer de soustraire le général aux pourvoyeurs de Fouquier-Tinville! »

Cela avait été dit à demi-voix, de façon rapide, mais avec un accent si plein de passion fougueuse, de vibrante énergie, que le comte de Rochemeuse en fut remué. Il se pencha vers son compagnon, et très bas, presque à l'oreille, dans le renfoncement de la bâche obscure et close, il lui dit :

« Capitaine, un aveu en vaut un autre. Vous allez risquer votre vie pour veiller sur les jours de votre ancien général et de sa famille; Mme de Puiseaux et moi sommes prêts à jouer la nôtre pour sauver l'enfant royal dont la Convention a assassiné les parents. Notre œuvre est commune; jurons-nous donc de nous prêter l'un à l'autre, le cas échéant, un mutuel appui! »

Le capitaine Guétrier ne répondit rien; mais une muette étreinte de sa main sur celle de Rochemeuse scella le pacte qui venait de se conclure entre le royaliste et le républicain, aussi courageux l'un que l'autre, et résolus l'un comme l'autre à se sacrifier pour ce qu'ils considéraient comme le devoir.

A l'un des relais suivants, Rochemeuse descendit jeter un coup d'œil à l'intérieur de la voiture, afin de s'assurer qu'Aurore s'y trouvait bien. La jeune femme dormait. Alors il remonta près de l'officier, qui lui dit :

« Oh! vous pouvez être tranquille! Les voyageurs avec lesquels je suis venu depuis Granville sont des gens convenables. Il y a un vieux monsieur et sa fille, deux autres dames, un conventionnel avec sa jeune femme, et un commissionnaire aux vivres, — toutes personnes très bien. »

La diligence se remit en route, et bientôt, cédant à la fatigue, les deux hommes finirent eux-mêmes par s'endormir. Ils s'éveillèrent seulement entre Pontgouin et Courville, comme le jour se levait sur la campagne frissonnante, encore voilée de brumes matinales. Mais remarquant qu'un inconnu, monté sans doute à l'un des relais précédents, se trouvait assis sur la banquette à côté d'eux, ils eurent soin de ne plus s'entretenir que de choses banales.

En arrivant à Chartres, où la diligence faisait halte pour permettre aux voyageurs de se restaurer, Rochemeuse invita son compagnon à déjeuner.

« Très volontiers! » répondit le capitaine.

Devant la *Herse-d'Or*, ils mirent pied à terre. Aussitôt

Rochemeuse courut aider la jeune femme à descendre, et, l'amenant près de l'officier :

« Charlotte, je te présente le capitaine Marcel Guétrier, qui veut bien nous faire l'honneur de partager notre repas. »

Puis, dès qu'ils furent entrés à l'hôtel et se trouvèrent seuls dans une petite salle où Rochemeuse avait demandé qu'on les servît, celui-ci dit à Aurore :

« Comtesse, le capitaine Guétrier sait qui nous sommes ; vous pouvez donc parler devant lui en toute assurance. »

La jeune femme tendit la main à l'officier, et, se tournant ensuite vers le comte :

« Je crois décidément, mon cher ami, que la Providence est avec nous ! N'est-ce pas la troisième fois, depuis notre entrée en France, que nous nous trouvons en présence d'un homme loyal et généreux, prêt à nous aider ?

— Nous sommes, en effet, favorisés jusqu'à ce jour, répondit Alain ; mais n'oublions pas que notre chance peut décliner. Précisément, le capitaine me déconseillait de nous rendre directement à Paris, où la surveillance aux barrières est des plus rigoureuses, et où peut-être, malgré nos passeports, nous risquerions d'être inquiétés.

— Mais alors, que devons-nous faire ? demanda Aurore en interrogeant Rochemeuse du regard.

— Je vais vous l'expliquer ! » fit le capitaine.

Le capitaine Guétrier attendit que le garçon d'auberge eût apporté le déjeuner, et, quand ce dernier se fut retiré, il se mit à développer tout en mangeant, devant le comte et Mme de Puiseaux, le moyen qui lui paraissait offrir le plus de sécurité.

« Au lieu d'aller jusqu'à Paris, leur dit-il, arrêtez-vous en route, à Rambouillet, par exemple.... Je ne vous conseillerai pas de vous installer dans la ville même, où il y a des fonctionnaires, des municipaux, et où votre qualité d'étrangers pourrait faire naître des soupçons. Mais tâchez de trouver une habitation dans un petit village environnant, et demeurez-y !.... Voyez-vous à cela quelque inconvénient ?

— Aucun, dit Rochemeuse.

— Dans une dizaine de jours, vous me ferez savoir l'endroit précis où vous êtes; je vous écrirai alors de venir me rejoindre à Paris, à une date que je vous indiquerai. Seulement, au lieu de vous y rendre par la diligence, comme des voyageurs qui arrivent de loin et sur lesquels l'attention se porte davantage, venez en vous promenant, ainsi que feraient des habitants des campagnes avoisinant la capitale. Moi je vous attendrai à la barrière; nous la franchirons ensemble, et, une fois dans la ville, je me chargerai de vous découvrir un logis sûr !.... Cela vous va-t-il ?

— A merveille, capitaine, et nous suivrons vos conseils de point en point, répliqua le comte. Justement, Mme de Puiseaux connaît quelqu'un qui habite le Mesnil-Saint-Denis, un village situé un peu au-dessous de Rambouillet. Par cette personne nous essayerons de découvrir une habitation dans le voisinage, et, dès que nous y serons installés, nous vous en aviserons en vous faisant parvenir l'adresse exacte.

— C'est convenu, fit Guétrier.

— Maintenant, à quel endroit devrai-je vous écrire ?

— Je compte descendre à l'hôtellerie de la *Providence*,

19, rue des Vieux-Augustins, répondit le capitaine. Vous pouvez donc toujours m'y adresser votre lettre. Dans le cas où je n'y serais plus, on me la retournerait à mon nouveau domicile. »

Cependant l'heure passait, le moment du départ était venu, et bientôt le courrier vint avertir les voyageurs qu'il fallait remonter en voiture. Rochemeuse en profita pour l'informer qu'il n'irait pas jusqu'à Paris, une affaire imprévue l'obligeant à s'arrêter à Rambouillet.

« Bien, citoyen ! »

Aurore de Puiseaux remonta dans l'intérieur de la voiture, tandis que le comte et Marcel Guétrier se hissaient à nouveau sous la capote, et l'on repartit.

A Rambouillet, Rochemeuse et la comtesse prirent congé du capitaine, et, sans plus tarder, se préoccupèrent des moyens de gagner le Mesnil-Saint-Denis le jour même.

Il y avait près de quatre lieues par la traverse, et faire tout ce chemin à pied eût été beaucoup de fatigue pour la jeune femme. Fort heureusement c'était jour de marché ; nombre de cultivateurs s'apprêtaient déjà à repartir ; aussi, après avoir un peu cherché, Alain finit par rencontrer une marchande de volailles qui, sa vente faite, s'en retournait aux Essarts. Moyennant une légère rétribution, la bonne femme consentit à prendre les voyageurs dans sa carriole, ce qui permit à ceux-ci d'accomplir une partie du chemin ; enfin, arrivés aux Essarts, ils poursuivirent leur route à travers champs, dans la direction du Mesnil.

Après deux heures et demie d'une marche difficile, accidentée, par les gorges boisées au fond desquelles coule l'Yvette, le jeune homme et sa compagne atteignirent le sommet d'un vaste plateau découvert, et tout de suite, sur leur gauche, ils aperçurent une agglomération de maisons basses, aux toits de chaume ou de tuiles brunies,

Le comte et Marcel reprirent place sous la capote de la voiture.

que dominait la pointe d'un clocher noirci et délabré : c'était le Mesnil.

A cinquante mètres du village, Rochemeuse et la jeune femme se heurtèrent à une bande de gamins, dont le

plus âgé avait une huitaine d'années, qui jouaient au soldat, armés de bâtons en guise de fusils, coiffés de bon-
nets phrygiens, vêtus de pantalons troués ou rapiécés,
quelques-uns pieds nus, d'autres en sabots, — de vrais
petits sans-culottes.

Une discussion s'élevait à ce moment entre les deux
chefs de cette marmaille, et l'un criait à l'autre : « C'est
moi qu'est Marceau!... Si! c'est moi qu'est Marceau!...
Toi, t'es l'Chouan! »

Le comte fit halte devant ce groupe de petits citoyens,
le contempla quelques instants avec un sourire un peu
triste; puis, s'adressant à « Marceau », qui paraissait le
plus grand :

« Dis donc, mon ami, est-ce que tu connais la citoyenne
Despagne? »

Le gamin se retourna et dit :

« La citoyenne Despagne? Oui, citoyen, j'la connais ! »

Aurore, qui s'était également rapprochée, demanda :

« Est-ce qu'elle habite toujours au Mesnil?

— Mais oui, citoyenne!

— A quel endroit?

— Tenez!... Tout droit d'vant vous et tournez à gauche!...
C'est la deuxième maison avant l'grenier à fourrage!

— Le grenier à fourrage? qu'est-ce que cela? demanda
Rochemeuse, que cette indication embarrassait.

— Là-bas, fit le gamin. Vous voyez bien!... La maison
où qu'il y a un clocher !

— Ah! l'église! fit le comte, comprenant enfin la trans-
formation que ce dernier édifice avait subie. Parfaitement!... Merci, mon garçon! »

Et il poursuivit son chemin avec Aurore.

Parvenus sur la petite place du village, en face de la maison qui leur avait été indiquée, Rochemeuse s'arrêta et dit à la jeune femme :

« Il est inutile que je vous accompagne, ma chère amie. Entrez seule et informez-vous; vous me ferez signe ensuite. »

La comtesse alla droit à la porte et y frappa un coup léger. Quelqu'un ayant aussitôt répondu de l'intérieur : « Entrez ! » Aurore ouvrit et pénétra dans la maison.

Au bruit, une femme d'une quarantaine d'années, qui se trouvait assise dans la pièce donnant sur la rue, s'était levée pour venir au-devant des visiteurs.

Du premier coup d'œil, Aurore de Puiseaux l'avait reconnue : c'était Mme Despagne elle-même, l'ancienne blanchisseuse du roi. Mais elle feignit tout d'abord de ne point la reconnaître, et, après s'être assurée du regard qu'aucune autre personne était là qui pût l'entendre, elle demanda simplement :

« Madame Despagne? »

Devant ce nom de « madame », devant cette appellation prohibée, l'ancienne blanchisseuse eut un tressaillement, une inquiétude.

Elle balbutia :

« Despagne... Oui, c'est moi, bien moi... Vous désirez?

— Vous ne me remettez pas? » lui dit Aurore.

L'autre répliqua :

« Si!... Peut-être... Mais... je ne sais plus bien...

— Rappelez-vous, poursuivit Aurore. Autrefois, à Versailles; puis aux Tuileries, chez Mme de Tourzel!... La maison des Enfants de France! »

A cette évocation subite, inattendue, le visage de la femme s'éclaira d'une lueur brusque ; elle regarda celle qui lui parlait, l'observa un moment ; puis, la mémoire lui étant revenue tout à coup, elle eut un cri stupéfié :

« La comtesse de Puiseaux! »

Une étreinte nerveuse de la jeune femme, qui avait saisi les mains de Mme Despagne entre les siennes, fit comprendre à celle-ci que ce nom ne devait plus être prononcé. Alors, d'une voix très nette, elle ajouta :

« Je me nomme aujourd'hui la citoyenne Charlotte Deppen ; je suis une ancienne cliente à vous, qui voyage aux environs, en compagnie de son frère, et cherche à louer une campagne dans les environs. En attendant, pouvez-vous nous offrir l'hospitalité jusqu'à demain ?

— Tout ce que vous voudrez, madame !... tout ce que vous voudrez ! balbutiait Mme Despagne éperdue. Ah! Dieu du ciel! quelle aventure!... Et quelle joie de vous revoir!... D'ailleurs, soyez sans crainte ; vous serez chez moi en toute sûreté! »

Puis, au bout d'un instant :

« Mais la personne qui vous accompagne..., votre frère ?

— Il m'attend au dehors, répondit Aurore de Puiseaux ; je vais le faire entrer! »

Allant ouvrir aussitôt la porte de la rue, elle appela le comte de Rochemeuse ; et, dès que celui-ci eut pénétré à son tour dans la salle basse, elle lui dit :

« Comte, je vous présente Mme Despagne, l'ancienne blanchisseuse du roi, qui veut bien nous offrir aujourd'hui un asile dans sa maison!... C'est une amie! »

XI

A CHEVREUSE

Mme Despagne, la femme de l'ancien blanchisseur du roi, — celle-là même qui avait entretenu le linge de l'infortuné monarque jusqu'au moment où l'entrée du Temple lui avait été interdite par un ordre émané de la Commune, — Mme Despagne n'habitait pas seule au Mesnil-Saint-Denis : elle y vivait avec son mari et ses enfants, dans la maison de sa belle-mère.

Bien qu'elle n'eût jamais été inquiétée, sa situation d'ancienne fournisseuse de la cour la rendait à demi suspecte, et si l'on eût pu supposer qu'elle donnait asile à deux émigrés, une dénonciation immédiate eût été portée contre elle, bientôt suivie de son arrestation, de celle de son mari, et probablement de leur condamnation à mort à l'un et à l'autre.

La vaillante femme n'ignorait point les dangers que l'hospitalité offerte à Mme de Puiseaux et au comte de Rochemeuse risquait d'attirer sur elle-même et sur les siens; aussi, par mesure de prudence, ne crut-elle pas

devoir informer sa belle-mère de la véritable qualité de
ses visiteurs.

Elle présenta la comtesse comme une ancienne cliente
qui, venue dans ces parages avec son frère dans le but
d'y louer une maison de campagne, était entrée la voir en
passant pour lui demander quelques indications. Il n'y
eut qu'à son mari, à qui, le soir, quand celui-ci fut
revenu de Trappes où il s'était rendu pour ses affaires,
elle se décida à avouer le nom de l'homme et de la jeune
femme qu'elle avait retenus à souper et à coucher. Despagne ne l'en blâma point. Il lui recommanda seulement
la plus grande réserve, et, allant rejoindre aussitôt Rochemeuse et la comtesse, il leur dit que sa femme venait
de lui apprendre la vérité et qu'il leur apportait, comme
elle-même l'avait fait, l'assurance de son entier dévouement.

Le lendemain matin, Alain descendit de sa chambre
d'assez bonne heure ainsi qu'Aurore de Puiseaux, et, profitant de ce qu'ils étaient seuls avec les Despagne, le comte
leur demanda s'ils connaissaient une petite maison qui fût
à louer dans une des localités environnantes.

« Oh! vous ne trouverez rien par ici! fit le blanchisseur. Si vous voulez quelque chose de bien, il faut que
vous alliez jusqu'à Chevreuse.

— Vous y connaissez une habitation disponible? -

— Je n'en connais pas. Mais je sais que le procureur-
syndic de la commune, un nommé Gâtebois, qui est boucher de son état, possède deux ou trois maisons qu'il loue
meublées. Peut-être, dans le nombre, trouveriez-vous ce
qui vous convient.

— Mais tu n'ignores pas, mon ami, que Gâtebois est

un jacobin farouche! interrompit vivement Mme Despagne.

— Parbleu! oui, je le sais! riposta le blanchisseur. Raison de plus pour faire affaire avec lui! Logé chez le procureur-syndic, monsieur le comte jouirait d'une sécurité complète; car Gâtebois, qui est âpre au gain, se garderait bien de dénoncer ses locataires.

— Eh bien, conclut Rochemeuse, nous irons aujourd'hui même et tâcherons de nous arranger avec le bonhomme. »

La seconde chose dont Alain avait à entretenir les Despagne était plus délicate, puisqu'elle l'obligeait à découvrir une fois de plus le but secret de son voyage. Il s'y résolut néanmoins.

« Monsieur Despagne, dit-il alors, Mme de Puiseaux et moi avons un autre renseignement à vous demander. Depuis le jour où vous avez cessé de blanchir les prisonniers du Temple, avez-vous conservé quelques relations avec des personnes fréquentant cette prison ou pouvant y avoir accès?

— Nous connaissions, en effet, quelques-uns des gardiens avant l'exécution du roi, répondit le blanchisseur. Mais depuis environ quinze mois que ma femme ni moi n'allons plus au Temple, il est probable que ceux qui s'y trouvaient ont été remplacés.

— C'est certain, ajouta Mme Despagne; surtout après les dernières mesures prises par la Commune.. »

Alain et la comtesse ayant demandé à quelles mesures on faisait allusion, le blanchisseur poursuivit :

« Vous ne savez donc pas que le cordonnier Simon a été relevé de ses fonctions auprès du Dauphin?

— Je l'ignorais, repartit Rochemeuse.

11

— Eh bien, continua Despagne, depuis le courant de janvier dernier, en vertu d'un arrêté pris par le conseil général de la Commune, quatre de ses membres se rendent chaque jour au Temple, en qualité de commissaires, et y restent vingt-quatre heures pour y exercer une surveillance effective sur les prisonniers, c'est-à-dire Madame Élisabeth, Madame Royale et Monseigneur le Dauphin... C'est vous dire, monsieur le comte, qu'il n'y a plus en réalité de gardiens véritables, puisque chaque jour de nouveaux viennent remplacer ceux de la veille. »

A ce moment, la blanchisseuse intervint en disant :

« J'y songe, mon ami, il existe quelqu'un qui peut-être a conservé des relations avec les gens du Temple : c'est Artémise ! »

Comme le comte s'informait de cette Artémise, Mᵐᵉ Despagne lui expliqua que c'était une jeune fille qu'elle avait eue à son service, en qualité de repasseuse, à l'époque où elle se rendait au Temple, et que cette fille l'avait quittée pour épouser un ancien domestique du ci-devant marquis de Saint-Huruge, nommé Duthoit.

« Oh ! oh ! mais ceci est important, fit Alain. Et vous n'avez pas idée de ce qu'a pu devenir cette Artémise? »

Mᵐᵉ Despagne haussa les épaules et répondit :

« Hélas! non, monsieur le comte; nous vivons à une époque où les gens disparaissent vite... Tout ce que je me rappelle, c'est qu'au moment de son mariage elle habitait rue des Gravilliers, au coin de la rue Saint-Martin.

— Merci du renseignement, madame Despagne, répliqua Rochemeuse. Ceci nous aidera peut-être à la découvrir. »

Sur ces entrefaites, la mère du blanchisseur étant entrée,

chacun fit silence, et la conversation en demeura là. Il fut
seulement décidé que le comte et la jeune femme se ren-
draient à Chevreuse le jour même, pour visiter les maisons du sieur Gâtebois. Despagne voulait les accompagner, mais sa femme l'en dissuada. Leurs anciennes relations avec la cour les tenant dans une demi-suspicion, il
était à craindre, pensait-elle, qu'une recommandation de
leur part fût plutôt défavorable à M. et à Mlle Deppen
auprès du syndic; en se présentant eux-mêmes, au
contraire, comme de simples étrangers, ces derniers
auraient plus de chances de s'arranger avec le propriétaire.

Le conseil de Mme Despagne prévalut; et, vers une
heure, le dîner terminé, Alain de Rochemeuse et la comtesse de Puiseaux se mettaient en route.

Justement, un peu après les dernières maisons du Mesnil, ils rencontrèrent un brigadier de gendarmerie qui
suivait la grande route, allant dans la même direction. Le
comte l'accosta et le pria de lui indiquer le chemin de
Chevreuse.

« C'est bien simple, citoyen ! répondit le gendarme. Tu
n'as qu'à suivre tout droit devant toi... D'ailleurs, j'y vais
moi-même, et si cela ne t'offusque point, non plus que la
citoyenne, nous ferons route ensemble?

— Très volontiers, » répondit Rochemeuse, enchanté de
se trouver placé, sans qu'il l'eût cherché, sous la protection de la loi.

Ils firent donc le chemin de conserve, à travers une
plaine immense, dénudée, parsemée de rares bouquets
d'arbres; puis, un peu plus loin, ils s'enfoncèrent dans
une gorge profonde que dominaient, sur la gauche, les

hauteurs boisées qui s'allongent vers Port-Royal et Saint-Lambert.

Tout en marchant, Rochemeuse s'était entretenu avec le gendarme, et, comme il avait expliqué à ce dernier que lui et sa sœur étaient en quête d'une maison de campagne et qu'ils se rendaient à Chevreuse dans l'espoir d'en découvrir une à leur goût, le brigadier lui avait proposé de les présenter à Gâtebois. Effectivement, dès qu'ils furent arrivés dans la petite ville, le gendarme guida ses compagnons de route vers la boutique du procureur-syndic, que l'on trouva, couperet en main, à son étal.

En apercevant de loin les deux personnes qu'escortait le brigadier, Gâtebois cria à celui-ci en manière de plaisanterie :

« Est-ce que tu m'amènes deux aristocrates à raccourcir ?

— Non, citoyen, répondit froidement le gendarme, que cette facétie macabre avait froissé. Ce sont des locataires qui cherchent une maison. »

A ces mots, le jacobin farouche s'amadoua, se fit gracieux, et, jetant de côté son tablier pour revêtir un habit à large collet et mettre son chapeau à cocarde, il s'offrit à montrer ses immeubles vacants aux visiteurs.

La première maison qu'il fit voir à ceux-ci ne leur plut qu'à demi. Bien qu'elle fût située dans la rue principale de Chevreuse, le comte et Aurore s'accordèrent à la trouver un peu petite et surtout beaucoup trop exposée aux curiosités du voisinage. Ce qu'ils désiraient avant toutes choses, affirmaient-ils, c'était la solitude, le grand air et la vue des bois.

« Ce n'est pas absolument pour nous que nous cherchons à louer ici., expliqua Rochemeuse. Mais dans quelque temps nous aurons sans doute un enfant, un petit garçon très délicat, qui s'étiole à Paris, et auquel les médecins ont ordonné la campagne.

— Oh! parfait! reprit le procureur-syndic. J'avais cru tout d'abord que vous préfériez le centre de la ville; mais puisque vous aimez mieux une situation isolée, j'ai votre affaire. »

Remontant la grande rue, le boucher emmena Rochemeuse et la jeune femme à l'autre bout de la ville, derrière l'église, au pied même des pentes abruptes au sommet desquelles se dressaient les ruines du vieux château. Là, presque à la lisière du bois, assise au bord d'un ruisseau qui descendait des hauteurs environnantes, ils aperçurent une coquette habitation, moitié pierre et brique, composée d'un rez-de-chaussée surélevé et d'un unique étage, à demi enfouie sous les arbres, au milieu d'un assez vaste jardin enclos de murs.

Sous la conduite du citoyen Gâtebois, ils pénétrèrent dans le jardin dont ils firent le tour, puis dans le corps de logis qu'ils explorèrent de la cave au grenier; enfin, satisfaits de l'habitation et des commodités qu'elle paraissait offrir, Rochemeuse et Aurore se décidèrent à l'arrêter. Gâtebois leur demanda s'ils entendaient louer seulement pour la belle saison ou pour l'année tout entière.

« Ma sœur et moi voudrions pouvoir entrer dès à présent, dit Alain, et rester jusqu'au commencement de fructidor.

— Nous sommes au 8 ventôse : jusqu'à fructidor, cela fait six mois pleins, calcula le boucher. Eh bien, citoyen, si la chose t'agrée, le prix de la location est de trois cents livres. »

Rocheméuse consulta la jeune femme. Celle-ci ayant reconnu le prix raisonnable, le comte se retourna vers Gâtebois et s'informa si l'on pouvait entrer immédiatement en jouissance.

« Dès aujourd'hui, si cela te convient, citoyen! »

Jugeant inutile de différer et estimant qu'on ne trouverait pas mieux autre part, Rochemeuse dit au procureur :

« Eh bien, citoyen, tu vas me dresser un reçu; je tiens à payer à l'avance! »

Il tira de sa poche trois cents livres en assignats, qu'il aligna sur une table du salon, devant le boucher ébloui d'un payement aussi rapide; et, comme ce dernier s'informait des noms et qualités de ses locataires, Rochemeuse sortit de son portefeuille ses deux passeports et les lui plaça sous les yeux.

« Voici nos papiers, » dit-il.

Au reste, le procureur-syndic ne les examina que pour la forme. S'étant assis, il prit une plume, du papier, et rédigea sur-le-champ un reçu de la somme de trois cents livres pour prix d'une location consentie au citoyen Richard Deppen, sujet suédois.

« Très bien! fit Rochemeuse, après avoir vérifié si le reçu était en règle. Maintenant, comme nous avons besoin d'une servante, je te serais très obligé de nous en procurer une le plus tôt possible.

— Mais certainement, citoyen! repartit Gâtebois. Je connais justement deux filles du pays qui cherchent à se placer. Je te les enverrai cette après-dîner, et toi et la citoyenne choisirez celle qui vous conviendra. »

Puis, leur ayant remis les clefs de l'immeuble, le procureur-syndic prit congé de ses nouveaux locataires.

« Est-ce que cet homme ne vous fait pas un peu peur, mon ami? » demanda Aurore au comte, dès que le boucher Gâtebois se fut retiré.

Rochemeuse se mit à rire.

« L'homme au couperet? Rassurez-vous, Aurore! Ainsi que le disaient ce matin les Despagne, nulle part autant que chez lui nous ne serions en sûreté... On ne dénonce pas ses locataires!

— Tant qu'ils doivent quelque chose, c'est possible, riposta la jeune femme; mais quand ils ont payé d'avance!

— Et la loi des suspects? fit Alain. Vous la connaissez?... Pour tout individu qui abrite sous son toit un émigré, c'est la mort. Pour tous ceux qui fréquentent les ci-devant nobles, les aristocrates, les feuillants, c'est la mort. La mort!... Vous entendez bien!... En nous dénonçant, le boucher jouerait sa tête. Soyez sûre qu'il tient à la conserver. »

Moins d'une heure après, suivant la promesse qu'il en avait faite, le procureur leur envoyait deux jeunes filles de l'endroit. Quoiqu'elles parussent capables l'une et l'autre, fussent d'allure aussi délurée, presque du même âge, la comtesse arrêta son choix sur la seconde, une petite brune de dix-neuf ans, nommée Paméla, qui était la propre nièce du brigadier de gendarmerie, et l'engagea séance tenante.

« Ma chère amie, déclarait gaiement Rochemeuse en se mettant à table ce soir-là avec la comtesse, à l'heure du souper, habitant chez le procureur-syndic de la commune et ayant à nos gages la nièce d'un gendarme, je crois que nous pouvons demeurer quelque temps ici sans être inquiétés ! »

Les premiers jours qui suivirent leur installation à Chevreuse s'écoulèrent, en effet, au milieu d'une tranquillité absolue, d'une paix profonde. Outre qu'Alain et la jeune femme s'y reposaient des fatigues successives éprouvées depuis le début de leur voyage, ils se préparaient à loisir, dans le recueillement de leur nouvelle retraite, à l'œuvre qu'ils allaient entreprendre.

Deux ou trois fois ils étaient retournés au Mesnil-Saint-Denis pour y conférer avec les Despagne, qu'ils avaient mis enfin au courant de leur projet. Ces derniers s'y étaient associés de tout cœur; mais, n'ayant conservé dans Paris aucune accointance, ils n'avaient pu qu'offrir leurs services et leur dévouement pour l'heure où, l'enfant royal ayant été enlevé, il s'agirait d'aider à sa fuite et de le faire disparaître.

Un autre jour encore, Rochemeuse et son amie avaient poussé l'une de leurs promenades jusqu'à Bièvres, afin de s'enquérir au sujet des La Trémeur, ces parents de Mme de Puiseaux qui y habitaient autrefois. Mais là ils avaient constaté que la demeure était vide, saccagée, presque détruite, en même temps qu'ils apprenaient que les châtelains avaient été arrêtés et menés à Paris pour y être traduits devant le tribunal révolutionnaire. C'était donc un appui possible qui leur faisait défaut.

En attendant, le temps passait, et bien que le comte eût pris soin d'écrire au capitaine Guétrier pour lui annoncer son installation à Chevreuse, celui-ci n'avait point répondu à cette missive, ni donné en aucune façon de ses nouvelles. Aurore de Puiseaux commençait à être saisie d'inquiétude. Que signifiait ce long silence? Le capitaine leur manquerait-il de parole, ou bien lui était-il arrivé malheur?

Les craintes que le comte et la jeune femme éprouvaient à ce sujet prirent plus de consistance encore lorsqu'un soir, en parcourant une gazette que Rochemeuse était allé acheter à l'auberge, ils y lurent la nouvelle que le général Alexandre de Beauharnais avait été arrêté le 21 ventôse à sa campagne de La Ferté-Aurain, en Sologne, et amené le 24 à Paris, où il avait été écroué à la prison des Carmes!... Ceci les atterra, car tout de suite ils comprirent la corrélation évidente qui existait entre cette arrestation et le silence observé par Guétrier. Peut-être même celui-ci s'était-il trouvé compromis en essayant d'intervenir en faveur de son ancien chef?... Sur les instances d'Aurore de Puiseaux, Rochemeuse allait donc se décider à écrire une nouvelle lettre au capitaine, en le priant instamment de lui répondre, quand, le lendemain matin, il recevait un billet ainsi conçu :

« Mon cher ami,

« Tu m'excuseras d'avoir été si long à te répondre; de graves affaires m'en ont empêché. Je ne puis, à mon grand regret, aller vous voir en ce moment à Chevreuse, comme toi et ton aimable sœur paraissez le désirer; mais s'il vous était agréable de venir passer quelques jours à Paris auprès de moi, je me ferais une joie véritable de vous accueillir dans mes pénates et de procurer en même temps à notre gracieuse artiste l'occasion de peindre quelques portraits à l'aquarelle.

« Le 5 germinal, je suis de noce à Sèvres, où l'un de
mes camarades d'enfance se marie. Faites donc l'impossible pour vous y trouver ce même jour vers onze heures;
je vous attendrai devant le pont. Inutile d'ajouter que je
vous présenterai à mes amis, et que vous serez reçus par
eux comme si vous étiez de la famille.

« En attendant le plaisir de vous voir tous deux, je te
prie de déposer mes hommages aux pieds de la citoyenne
Charlotte et de recevoir pour toi, mon cher Deppen, l'assurance de mon inaltérable amitié.

« MARCEL GUÉTRIER.

« 48, rue de l'Estrapade. »

A la lecture de cette lettre attendue avec tant d'impatience, Rochemeuse et la comtesse ressentirent une satisfaction très vive. Décidément, le capitaine ne les oubliait
pas; car, si vagues que fussent les termes de sa missive,
on y lisait clairement que l'officier avait dû se préoccuper
de les loger à Paris, qu'il était sans doute en état de les
recevoir, et que ce mariage à Sèvres dont il parlait ne
devait être qu'un prétexte imaginé par lui pour les faire
entrer sans danger dans la capitale.

Bien que sept jours encore les séparassent de la date
fixée par le capitaine, ce n'était pas trop pour se préparer
à se rendre à l'invitation qui leur était faite. Rochemeuse
et la jeune femme, qui n'avaient que des habits de voyage,
se commandèrent des vêtements de cérémonie. Entre
temps, ils étaient retournés au Mesnil-Saint-Denis, chez
les Despagne, leur demander un mot de recommandation
pour Artémise Duthoit, au cas où ils réussiraient à la

découvrir. Mme Despagne l'avait écrit sur-le-champ, et, en
le remettant à la comtesse, avait ajouté :

« Si vous avez la chance de la rencontrer, je suis sûre
qu'elle se mettra en quatre pour vous être utile, sachant
surtout que vous êtes envoyée par moi. C'est une vaillante fille, très dévouée, et qui, au souvenir de ce que
nous avons fait pour elle, regardera comme un devoir,
j'en suis convaincue, de venir en aide à ceux qui se pré-
senteront de notre part. »

Puis, ayant fait affaire avec un voiturier de Saint-Remy
qui s'était engagé, moyennant une somme modique, à les
conduire en cabriolet jusqu'au pont de Sèvres, Rochemeuse et son amie continuèrent de se préparer à leur
voyage. L'avant-veille seulement de leur départ, le comte
crut devoir informer son propriétaire de l'obligation où ils
étaient, sa sœur et lui, de se rendre à Sèvres pour assister
à un mariage, ajoutant qu'ils en profiteraient sans doute
pour demeurer quelques jours à Paris, où la jeune femme
avait différents portraits à exécuter, et le priant de vouloir
bien, pendant leur absence, donner un coup d'œil à la
maison et à Paméla.

« Sois tranquille, citoyen ! répondit Gâtebois. Je chargerai le brigadier d'avoir l'œil sur sa nièce; moi je veille-
rai sur la maison. »

Enfin, le 5 germinal, de grand matin, par un temps
clair et ensoleillé, Alain et la jeune femme prenaient place
dans le cabriolet que le conducteur avait amené jusqu'à
leur porte. Le comte portait un habit noisette à longues
basques, à larges revers, avec le gilet blanc à l'« Incorruptible », la culotte de piqué et les bas à rayures;
Aurore, coquettement, était vêtue d'une robe de foulard à

grosses fleurs, avec le fichu d'organdi croisé sur la poitrine et le bonnet « Charlotte Corday » ; de plus, afin de
mieux affirmer leur parfait civisme, ils avaient arboré l'un
et l'autre une énorme cocarde tricolore qui flamboyait sur
le chapeau gris d'Alain et la coiffure de la jeune femme.
Puis, ayant mis avec eux dans la voiture une valise qui
contenait quelques vêtements de rechange et des objets
de toilette, ils prirent congé de Paméla. Il était sept
heures.

La première moitié du voyage, favorisée par une matinée délicieuse, s'effectua de la façon la plus agréable ;
mais, aux approches de Versailles, à la pensée qu'elle
allait revoir ces lieux si pleins de douloureux souvenirs,
et où elle n'était jamais revenue depuis près de cinq ans,
Aurore de Puiseaux se sentit le cœur serré d'angoisse. Au
débouché des bois de Satory, l'apparition de la pièce d'eau
des Suisses, dont on entrevoyait la vaste nappe dormante
qui scintillait entre les arbres encore dépouillés, lui causa
une émotion indéfinissable, et lorsque, à la descente, les
toits de la ville et les hautes terrasses de l'Orangerie lui
apparurent, la jeune femme ne put retenir ses larmes.

« Pas de faiblesse, Aurore! lui glissa Rochemeuse à
l'oreille, en lui pressant la main de façon significa-
tive. Vous n'êtes pas au bout de votre calvaire, rappelez-
vous-le!

— Oui, mon ami, répondit doucement la comtesse ; je
serai forte, je vous le promets! »

Comme le cabriolet arrivait sur la place d'Armes, la
jeune femme eut un frémissement involontaire. L'aspect
des trois avenues convergentes et de la façade du château,
converti en « propriété nationale », venait d'évoquer de-

vant ses yeux une vision abominable... C'étaient les journées des 5 et 6 octobre, l'immense place toute noire d'une
foule hurlante, déguenillée, conduite par Maillard et la

Fidèle à sa promesse, le capitaine était exact au rendez-vous.

Théroigne, et réclamant avec des cris de mort « le bou-
langer, la boulangère et le petit mitron »! C'étaient les
gardes du corps, parmi lesquels se trouvait son mari,
obligés de charger la foule; puis c'était l'envahissement, la

bataille, M. de Miomandre assassiné dans l'OEil-de-Bœuf,
le roi recevant une délégation des femmes et se montrant
au balcon avec la reine, les enfants et M. de La Fayette!...
Après, c'était le retour à Paris... Et, tandis que le cabriolet qui emportait Rochemeuse et la comtesse roulait,
cahoté, sur les pavés de l'avenue interminable, Aurore la
revoyait telle qu'elle lui était apparue en ce jour à jamais
néfaste, avec son armée de femmes du peuple, à pied,
à cheval ou juchées sur des canons, ses hordes de sans-
culottes brandissant des piques et entourant de leurs
remous menaçants les berlines qui ramenaient l'infortuné
monarque!... Tout le long de la route encaissée qui de
Versailles s'infléchit vers Sèvres, Aurore de Puiseaux ne
put s'arracher à l'obsession de ce sinistre retour qui avait
duré plus de six heures, et dont les différentes étapes,
parcourues jadis, ressuscitaient une à une en sa mémoire,
évoquées à chaque tournant du chemin ; et cette obsession
durait encore quand le cabriolet, après avoir traversé
Sèvres, s'arrêta enfin devant le pont, à l'endroit où Marcel
Guétrier devait attendre.

Fidèle à sa promesse, le capitaine se trouvait exact au
rendez-vous. Du plus loin qu'il avait aperçu la voiture où
il supposait que devaient être ses amis, l'officier était
accouru à sa rencontre, et comme Alain et la comtesse
s'apprêtaient à mettre pied à terre, il les rejoignit et les
reçut entre ses bras.

XII

Tout de suite, en se revoyant, une grosse émotion les avait saisis, en même temps qu'un afflux d'interrogations et de réponses inachevées se pressaient confuses sur leurs lèvres. Enfin, dès que le conducteur de la voiture eut été congédié, l'une des premières questions posées par Roche-meuse au capitaine fut pour lui demander si le mariage annoncé n'était pas un simple prétexte.

« C'en est un, en effet, avoua Guétrier.

— Je m'en doutais un peu, s'écria Aurore.

— Mais, poursuivit le capitaine, en vous conseillant de venir me rejoindre ici, c'était le seul moyen que j'avais de vous faire entrer dans Paris sans que vous éprouviez de difficultés aux barrières. En ce moment, la surveillance est impitoyable. On fouille les voitures, les voyageurs; on épluche les passeports, les sauf-conduits, et sur le moindre signe douteux, la plus petite irrégularité constatée, on vous arrête.

— Comment allez-vous vous y prendre alors? demanda
le comte.

— De la façon la plus simple. Ce matin j'ai loué une
barque en face de Passy, j'ai descendu la Seine jusqu'à
l'île de Billancourt, où j'ai laissé mon bateau chez un marchand de vins pêcheur de l'endroit. Nous allons y dîner, si
vous le voulez bien; après quoi nous rentrerons dans Paris
par la même route. »

Aussitôt, sans franchir le pont de Sèvres, Guétrier et
ses compagnons se mirent à remonter le fleuve, en suivant
la berge, au-dessous des coteaux de Bellevue.

Durant le trajet, le capitaine exposa à ses amis les causes
qui l'avaient empêché de les appeler plus tôt auprès de
lui : c'est-à-dire l'arrestation du général de Beauharnais,
opérée à La Ferté-Aurain le 14 mars, sur un ordre émané
du Comité de sûreté générale, le transfèrement de ce dernier à Paris et son incarcération aux Carmes, enfin les
démarches tentées par sa femme, depuis cette époque,
auprès des membres de la Convention, en vue d'obtenir
l'élargissement de son mari, démarches demeurées sans
résultat et qui, — Guétrier le redoutait fort, — ne réussiraient qu'à rendre la malheureuse femme suspecte à son
tour. Puis ce fut Rochemeuse qui raconta au capitaine
les incidents survenus depuis le jour où ils s'étaient séparés à Rambouillet, leur arrivée au Mesnil-Saint-Denis,
les relations nouées avec les Despagne, et finalement leur
installation à Chevreuse, dans la maison du procureur-
syndic de la commune, le citoyen Gâtebois.

« Tout ceci me paraît d'excellent augure pour vos projets, fit Marcel Guétrier. Mais, comme disait le tyran de
Thèbes, à demain les affaires sérieuses!... Aujourd'hui nous

sommes censément de noce : amusons-nous donc, ou du moins faisons en sorte d'avoir l'air de gens qui s'amusent ! »

Arrivés devant l'île de Billancourt, le capitaine et ses amis entrèrent chez le pêcheur, où ils commandèrent à dîner.

Lorsqu'ils furent à table et se trouvèrent seuls, Guétrier se décida à questionner Rochemeuse au sujet de son voyage à Paris et de ce qu'il comptait y faire.

« Rien n'est changé de ce que je vous ai fait connaître, mon cher ami, répondit Alain. Mme de Puiseaux et moi ne sommes venus ici que pour enlever le dauphin, si c'est possible !

— La chose n'est peut-être pas irréalisable, répliqua Marcel. La plus grosse difficulté, suivant moi, consiste à pénétrer au Temple et à y nouer des relations à l'heure actuelle. Connaissez-vous quelqu'un qui puisse vous faciliter l'accès de la prison ?

— Personnellement non, fit le comte. Mais l'ancienne blanchisseuse du roi, Mme Despagne, nous a donné un mot pour une de ses ouvrières, une certaine Artémise, qui a eu l'occasion d'y aller fréquemment avec elle autrefois, et qui l'a quittée voilà quinze mois pour épouser un ancien domestique du sieur de Saint-Huruge, nommé Duthoit.

— Et qu'est devenue cette Artémise ?

— Mme Despagne nous a dit qu'à l'époque de son mariage, à la fin de 1792, elle habitait au coin des rues Saint-Martin et des Gravilliers. Elle n'en sait pas davantage.

— Hum ! fit Guétrier, ceci est bien vague. N'importe : en se rendant à cette adresse, on pourra peut-être obtenir quelque indication. »

Là-dessus il se mit à entretenir Rochemeuse et Aurore de Puiseaux de ce qui se passait à Paris, de ce qu'on y disait, de ce qu'il avait vu et des périls sans nombre que chacun pouvait y courir. A l'heure présente, il n'était pas un homme, pas une femme, quelle que fût leur condition, qui, en se levant le matin, pussent être assurés de se retrouver le soir dans leur lit. Les arrestations se multipliaient, et la dénonciation faisait rage. Dans son propre quartier, rue Catherine-d'Enfer, on avait arrêté une fruitière, uniquement parce qu'elle s'était signée en pénétrant dans la chambre d'une amie défunte ; l'avant-veille encore, le tribunal révolutionnaire avait condamné à mort et envoyé à la guillotine deux jeunes femmes, des marchandes de parfums du Palais-Égalité, dont le seul crime était de s'être évanouies d'effroi sur le passage d'une charrette.

« C'est pour moi que vous dites cela, capitaine, je comprends bien ! fit Aurore lorsque Guétrier eut achevé de parler. Mais rassurez-vous ! Quoi qu'il arrive, quoi que je puisse voir, je ne tremblerai pas et saurai me montrer à la hauteur du danger qui nous attend et qui nous guette ! »

Le repas terminé, Guétrier avait emmené ses amis faire un bout de promenade au val Fleury ; puis, vers trois heures, jugeant que le moment était venu de s'embarquer, ils reprirent le chemin du cabaret du pêcheur. Comme ils arrivaient en face d'un petit sentier enserré de haies vives dévalant au flanc du coteau, ils aperçurent deux hommes qui descendaient par ce même sentier.

Du premier coup d'œil, le capitaine avait reconnu l'un des personnages, et, posant brusquement une main sur l'épaule de Rochemeuse, il lui dit à mi-voix :

« Tenez, voici Robespierre !... celui qui est à droite ! »

Ils aperçurent deux hommes qui descendaient par le même sentier.

Le comte et la jeune femme eurent peine à réprimer un tressaillement. Néanmoins ils demeurèrent à la même place, immobiles, les yeux fixés sur l'homme qui s'approchait à pas lents, celui que l'on dénommait « l'Incorruptible » et en qui s'incarnaient toute la puissance et toutes les terreurs de l'heure présente.

Celui-ci venait très lentement, en promeneur, un livre glissé sous son bras gauche, tandis qu'il tenait un petit bouquet de violettes de la main droite ; et, dans sa face pâle et mince qui se profilait sous la perruque poudrée à frimas, on lisait une sorte d'inquiétude, d'anxiété particulière. Mis avec correction, presque avec recherche, dans son long habit bleu ciel haut boutonné, son gilet blanc, sa culotte de nankin, il avait quelque chose d'étriqué et de grand tout à la fois, un mélange d'aristocratie et de bassesse sournoise, et c'était avec une expression de dédain suprême, les lèvres pincées, qu'il prêtait l'oreille aux propos de son interlocuteur.

Rochemeuse dit à voix basse :

« Il paraît bien soucieux. »

Guétrier répondit sur le même ton :

« Ce sont les attaques de Danton et de Desmoulins qui le préoccupent. Il vient, sans doute, de méditer une réponse à leur adresse dans la solitude des bois de Meudon. »

Quand il fut arrivé devant le groupe des trois promeneurs parmi lesquels il avait aperçu un uniforme de capitaine, il salua d'un geste large en retirant son chapeau. Guétrier répondit en se découvrant, ainsi que Rochemeuse ; Aurore elle-même crut devoir pousser le cri de : « Vive Robespierre ! »

L' « Incorruptible » eut un sourire satisfait qui rompit l'immobilité de sa face blême ; puis il passa...

Ce fut seulement quand celui-ci se trouva à quelque distance, hors de portée de la voix, que le capitaine se retourna vers Aurore ; et, lui serrant vivement la main :

« Allons ! vous êtes courageuse, je le vois, car vous n'avez point pâli devant le monstre ! »

Un quart d'heure après, Guétrier était en bateau avec ses compagnons, et, tranquillement, avirons en mains, il remontait la Seine dans la direction de Paris.

Il était près de six heures lorsqu'ils abordèrent vis-à-vis des hauteurs de Passy, à l'endroit où, le matin même, Guétrier avait loué son bateau. De là, ils continuèrent leur route à pied, franchirent la barrière de Grenelle en se mêlant aux gens d'une noce ; puis, ayant hélé un fiacre qui passait, ils se firent conduire rue de l'Estrapade, où ils arrivèrent à la nuit close.

Le capitaine habitait, au troisième étage d'une maison tranquille, un petit logement confortable d'où la vue s'étendait sur les vastes jardins de l'ancien couvent des Dames de Saint-Michel. Il en fit les honneurs à ses hôtes et leur abandonna les deux plus belles des trois pièces qui composaient son logis ; enfin, comme il se faisait tard et que chacun tombait de fatigue, dès qu'on eut achevé le souper que Marcel avait fait apporter par sa concierge d'un restaurant du voisinage, les trois amis se souhaitèrent le bonsoir et se retirèrent pour se coucher.

La journée du lendemain fut employée par le comte et Aurore à s'installer dans leur nouveau domicile, et ceux-ci ne mirent pas les pieds dehors. Mais le jour suivant, au

matin, Guétrier leur ayant fait remarquer qu'il leur fallait
à l'un et à l'autre une carte de sûreté, afin de se trouver
en règle et de pouvoir circuler librement, ils accompagnèrent le capitaine à la section du Panthéon, dont le président était précisément un ami de ce dernier.

Les choses s'y passèrent sans difficultés. Sur la présen-
tation de leurs papiers, on voulut bien leur délivrer deux
cartes de civisme aux noms de *Richard Deppen* et de
Charlotte Deppen, sujets suédois, et le capitaine ayant
ajouté que les jeunes gens avaient été expulsés de leur
pays pour participation à l'assassinat d'un tyran, le président de la section se confondit en éloges et en marques de
déférence.

Munis désormais de leurs cartes et n'ayant plus à redouter les indiscrétions des sectionnaires, Rochemeuse et sa
compagne commencèrent à songer aux moyens de retrouver Artémise Duthoit.

Dans ce but, la comtesse voulait se mettre tout de suite
en campagne; mais sur l'observation de Marcel qu'il était
inutile de se livrer tous trois à cette recherche, on décida
que Rochemeuse et le capitaine s'en occuperaient seuls,
tandis qu'Aurore attendrait au domicile de l'officier le
résultat de leurs investigations.

Sans plus tarder, les deux hommes se rendirent rue Saint-
Martin, à l'angle de la rue de Gravilliers, où, après avoir longuement tâtonné et demandé de porte en porte, ils finirent
par trouver la maison dans laquelle avait demeuré Artémise.
Malheureusement, celle-ci ne l'habitait plus depuis près
d'une année, et aucune personne, dans le voisinage, n'était
en mesure de donner sa nouvelle adresse. Tout ce qu'ils
purent apprendre, ce fut que le nommé Duthoit, qui était

en service à l'hôtellerie du *Plat-d'Étain*, cul-de-sac de la
Planchette, avait quitté ce dernier endroit, depuis de longs
mois déjà, pour aller ouvrir une guinguette dans les environs de la Glacière ou de la barrière Saint-Jacques. Les
deux amis durent se contenter de cette indication et
revinrent tout droit rue de l'Estrapade, afin de la rapporter
à Aurore.

« Eh bien, c'est de chercher à la Glacière! » s'écria
celle-ci.

L'heure étant avancée, il était impossible, au moins ce
jour-là, de se livrer à une nouvelle enquête. On résolut
seulement, le lendemain matin, de monter vers la barrière
Saint-Jacques, et de poursuivre les recherches.

Toutefois, avant de se hasarder dans ces parages peu
fréquentés, où des allées et venues pouvaient être remar-
quées plus aisément et par cela même exciter la méfiance,
le capitaine Guétrier se rendit à la section du Panthéon
dans l'espoir d'y obtenir quelques renseignements. Par
bonheur, il y rencontra un sectionnaire qui paraissait connaître à fond le quartier et ses alentours, et qui, à la première question au sujet du cabaretier, répondit :

« Duthoit! l'ancien garçon du *Plat-d'Étain?* celui qui
avait ouvert une gargote à la barrière Saint-Jacques?

— Précisément, dit Marcel. Y est-il toujours établi?

— Lui? Ah bien, oui! Il a dû fermer boutique au bout
de deux mois!

— Et tu ne sais pas, citoyen, où il loge à l'heure présente?

— Si fait, répondit le sectionnaire. Il est au Temple! »

Le capitaine fut secoué d'un tressaillement; néanmoins
il réussit à demeurer maître de soi, et ce fut d'une voix

très calme, avec une apparence de détachement, qu'il
demanda :

« Ah bah ! il est au Temple ! Et qu'est-ce qu'il y fait ?

— Grâce à la protection de Saint-Huruge, Duthoit a
obtenu de se faire adjuger la cantine de la prison, et il y
est entré en qualité de guichetier, tandis que sa femme fait
la cuisine pour les prisonniers et les commissaires de la
Commune.

— Merci du renseignement, citoyen ! » dit Marcel.

Tout courant, Guétrier revint rue de l'Estrapade, où il
escalada lestement les trois étages qui le séparaient de son
logis.

« Eh bien ? demandèrent à la fois Aurore et Rochemeuse
en le voyant reparaître, la face toute pâle de l'émotion qui
l'animait.

— Eh bien, dit le capitaine à voix basse, après avoir
fermé avec soin la porte derrière lui, j'ai du nouveau !

— Quoi donc ?... Vous savez où est Artémise ? demanda
la jeune femme haletante.

— Oui, mes amis, et je crois décidément que le Ciel
vous protège... La citoyenne est au Temple, où elle tient
la cantine de la prison, en compagnie de son mari qui est
guichetier.

— Ah ! mon Dieu, mon Dieu !... quel bonheur ! » s'écria
Aurore de Puiseaux en joignant ses mains l'une contre
l'autre.

Mais Guétrier l'arrêta d'un geste en disant :

« Un instant... Il ne faut pas trop se réjouir... Les
Duthoit sont au Temple, ceci est bien. Mais, avant de
crier victoire, il est nécessaire de savoir ce que sont ces
gens-là !

— Oh! Artémise est une brave et vaillante fille, j'en suis certaine! répliqua vivement la comtesse. Mme Despagne me l'affirmait encore il y a huit jours.

— Artémise, peut-être. Mais son mari? Nous ne le connaissons pas, riposta le capitaine. Vous supposez bien qu'à l'heure actuelle, les gardiens et guichetiers des prisons de Paris doivent être choisis parmi des gens sûrs, d'un civisme éprouvé, tout dévoués à la Commune et au Comité de salut public. Or, pour que le citoyen Duthoit ait pu se faire nommer au Temple, pour qu'on l'ait commis à la surveillance des prisonniers qui sont là, il faut qu'il ait fait acte de patriote..., et vous savez ce que ce mot veut dire aujourd'hui?

— Sans doute, fit Rochemeuse. Son jacobinisme peut n'être cependant qu'un masque. Cet homme ne s'est peut-être fait geôlier que par peur d'être incarcéré lui-même. Enfin, s'il a été nommé à cet endroit, c'est qu'il possède quelques relations utiles. On ne saurait donc négliger de le voir.

— Bien entendu, répondit Marcel. Mais cette démarche doit être faite avec la plus extrême prudence, et je serais assez d'avis que ni vous, Rochemeuse, ni moi-même, ne nous chargions de cette visite.

— Qui donc en charger alors? demanda la comtesse.

— Vous! répondit froidement le capitaine. N'avez-vous pas une lettre d'introduction de Mme Despagne adressée à Artémise? C'est donc à vous de vous présenter et à la lui remettre en mains propres.

— J'y suis prête! déclara la jeune femme, toute frémissante d'ardent espoir.

— Cependant, objecta le comte, si cette Artémise est

une tricoteuse, une autre femme Simon, — car nous n'en savons rien, — ne craignez-vous pas que la visite de Mme de Puiseaux, se présentant seule, soit bien hasardeuse en une circonstance aussi délicate? »

Guétrier réfléchit un instant et finit par dire :

« Soit!... Nous irons ensemble. Mais vous seul entrerez avec Mme de Puiseaux; moi, je vous attendrai à la porte. »

Ceci arrêté, on s'occupa de fixer le jour de cette visite. Aurore et Rochemeuse tenaient à ce qu'elle eût lieu sans plus tarder; mais Guétrier jugeait le moment peu favorable. Depuis l'exécution d'Hébert et de ses compagnons, il y avait quatre jours, la population entière vivait dans la fièvre et l'inquiétude; toutes les sections étaient en armes. Des bruits sinistres couraient les rues; déjà on annonçait comme imminente l'arrestation de Danton, de Camille Desmoulins, de Westermann; Robespierre semblait décidé à en finir avec tout ce qui se dressait en face de son ambition, était un obstacle à ses convoitises.

Qu'est-ce que cela faisait? ripostait Rochemeuse; et en quoi cela devait-il les empêcher d'agir? La Terreur poursuivait sa sombre besogne. Après ces victimes, d'autres viendraient, puis d'autres encore, et peut-être, parmi celles-là, l'enfant infortuné qu'ils voulaient arracher aux mains des bandits qui le retenaient prisonnier. Ne valait-il pas mieux, au contraire, profiter de l'acharnement que mettait Robespierre à frapper ses rivaux et de l'oubli momentané où il laissait les aristocrates, pour essayer de lui ravir la proie sur laquelle il se jetterait fatalement un jour ou l'autre?

Cette opinion ayant prévalu, il n'y avait plus aucune raison de différer. Ce jour-là donc, vers deux heures, le

comte et la jeune femme, accompagnés de Marcel Guétrier,
se mettaient en route pour le Temple.

Voulant éviter la traversée du Pont-au-Change, souvent
encombré de populace qui stationnait aux abords de la
Conciergerie afin de voir passer les charrettes, ils durent
faire un détour par la Cité et franchirent la Seine au pont
de la Grève. Puis, après avoir dépassé l'hôtel de ville, ils
atteignirent la rue Barre-du-Bec, la rue du Temple, et,
remontant celle-ci jusqu'à son extrémité, ils ne tardèrent
pas à arriver devant les hautes murailles de la prison. Un
gendarme, fusil sur l'épaule, se tenait en faction devant la
porte, tandis qu'à gauche de l'entrée, à travers la fenêtre
du corps de garde, toute grillagée d'épais barreaux, on
apercevait d'autres gendarmes qui fumaient ou jouaient
aux cartes.

A l'aspect de ces murs sombres et nus, Aurore de Puiseaux fut saisie d'une émotion intime si violente, qu'elle
faillit presque s'évanouir. N'était-ce pas, en effet, par cette
même porte que le malheureux Louis XVI était un jour
sorti, après s'être arraché aux bras des siens, pour marcher au supplice?... N'était-ce pas encore sous cette porte,
sur ces mêmes pavés, qu'avait passé son infortunée souveraine, pour se hisser dans le fiacre qui devait la conduire à la Conciergerie et au tribunal révolutionnaire?...
N'était-ce pas enfin derrière ces impénétrables murailles
suant la tristesse que languissaient, en de nauséabonds
cachots, et la douce Madame Élisabeth, sœur du roi, et
Madame Royale, l'orpheline, et le Dauphin Charles-Louis,
l'héritier de tant de gloire et de tant de misères, le pauvre
petit enfant pour l'existence duquel Aurore était prête à
sacrifier sa propre vie?... Mais une ferme pression de la

main de Rochemeuse, qui avait pénétré sa pensée, deviné son angoisse, lui rendit soudain l'énergie qui commençait à l'abandonner.

« Du courage, mon amie! » lui murmura le comte à l'oreille.

La jeune femme répondit :

« Soyez tranquille, j'en aurai! »

Pendant ce temps, Guétrier s'était approché du factionnaire, qui lui présentait les armes, et, l'ayant salué du geste, il demanda :

« La citoyenne Duthoit?

— C'est ici, mon capitaine. Mais, pour la voir, il faut que vous vous adressiez au commandant du poste.

— Bien! »

Le capitaine pénétra dans le corps de garde avec Aurore et Rochemeuse. Là, interpellant le brigadier qui s'y trouvait :

« Voici deux personnes de mes amis, dit-il, qui désireraient parler à la citoyenne Duthoit, la tenancière de la cantine. Est-elle visible?

— Mais je le suppose, mon capitaine, répondit le brigadier avec toutes les marques du respect. Si le citoyen et la citoyenne veulent bien me suivre, je vais les conduire. »

Se tournant alors vers ses compagnons, Guétrier leur dit :

« Je vous laisse, et à tout à l'heure!... Je vous attendrai chez le marchand de vins qui est en face. »

Puis il sortit du corps de garde, tandis qu'Alain de Rochemeuse et la jeune femme, guidés par le brigadier, franchissaient la première enceinte et s'engageaient dans la cour intérieure de la prison.

Cette cour était occupée militairement par un bataillon de municipaux dont les hommes allaient et venaient à l'entour de fusils rangés en faisceaux le long des arbres, les uns discutant ou fumant leur pipe, d'autres lisant les gazettes ou jouant aux quilles, d'autres enfin buvant une bouteille à la porte de la cantine. En les voyant, Rochemeuse et Aurore échangèrent un regard inquiet qui voulait dire : « Quel déploiement de forces ! Et comment admettre la possibilité de faire sortir quelqu'un d'une prison aussi bien gardée ? » Bientôt pourtant, ayant longé l'un des côtés de la cour, ils arrivèrent devant un petit pavillon où quelques soldats étaient à boire, et, le brigadier qui les conduisait y étant entré le premier, il dit à voix haute :

« Citoyenne Duthoit, voici deux personnes qui désirent te voir ! »

A ces mots, une jeune femme s'était retournée, — une assez belle créature de vingt-cinq à vingt-six ans, d'allure dégagée, à l'air souriant, à la bouche gracieuse, aux magnifiques cheveux noirs, que coiffait un bonnet phrygien coquettement planté sur ses lourdes tresses.. Elle enveloppa du regard les inconnus qui venaient d'entrer, et, ayant congédié le gendarme avec ces mots : « C'est bien, brigadier, je te remercie, » elle fit quelques pas au-devant d'Aurore de Puiseaux.

« C'est toi qui as demandé à me voir, citoyenne ? »

La comtesse répondit sans se troubler :

« C'est moi-même, et le citoyen Richard Deppen, mon frère, que j'ai l'honneur de te présenter. »

Puis, tirant une lettre de sa poche, elle ajouta aussitôt :

« Du reste, si tu veux bien prendre connaissance de

ce billet qui t'est adressé, tu connaîtras suffisamment qui nous sommes. »

La citoyenne Duthoit prit la lettre que lui tendait la jeune femme, la décacheta, et lut ceci :

    « Ma chère Artémise,

« Permets-moi de te recommander les porteurs de la présente, mon amie Charlotte Deppen et son frère Richard, pour lesquels je te prie d'agir comme tu ferais vis-à-vis de moi si j'avais à te demander un service. Merci à l'avance de ce que tu feras pour eux.

                  « Femme DESPAGNE. »

Artémise avait à peine achevé de lire, qu'elle releva vivement la tête, et, d'une voix étranglée par la surprise :

« Despagne ! fit-elle. Vous venez de sa part ? Ah ! la chère maîtresse, qui ne m'a pas oubliée ! »

Immédiatement elle fit entrer les visiteurs dans sa propre chambre, qui était contiguë à la salle commune du pavillon, et, après les avoir invités à s'asseoir, s'être assuré que les portes étaient bien closes et avoir glissé la lettre de Mme Despagne dans la bouche d'un petit poêle qui était là, elle revint vers eux en demandant :

« Maintenant, en quoi puis-je vous être utile ?

— Je vais te le dire, citoyenne, fit Aurore. Mais auparavant il importe que tu saches nos noms véritables ; car celui de Deppen, sous lequel Mme Despagne nous a présentés à toi, ne nous appartient en aucune façon... En réalité, je m'appelle Mme de Puiseaux, j'étais attachée à la

maison des enfants de France, et mon ami que voici est le
comte Alain de Rochemeuse!... Or nous avons appris
que tu tenais actuellement la cantine du Temple, où ton
mari est guichetier, et nous venons nous enquérir si,
grâce à toi, grâce à lui, il nous serait possible de voir et
d'approcher le Dauphin de France? »

L'aveu était si brusque, tellement inattendu, et dénotait
de la part de la femme qui venait de le faire une telle
crânerie et un si parfait mépris du danger, qu'Artémise
Duthoit en demeura un moment interdite, abasourdie,
sans trouver un mot à répondre. Mais son embarras fut
de courte durée, et presque tout de suite, cédant au sentiment d'admiration que le courage de cette ci-devant
venait de faire naître en son âme de plébéienne, elle
s'écria, en saisissant les deux mains d'Aurore de Puiseaux :

« Vrai! c'est pour cela que vous êtes venus, vous,
madame, et monsieur le comte? Eh bien, là, vous êtes de
braves gens, qui avez quelque chose au cœur et dans les
veines! »

Aurore l'interrompit pour dire :

« Continue de nous tutoyer, citoyenne; c'est plus prudent! »

Puis, revenant à l'objet de sa visite, elle demanda :

« Ainsi, nous pouvons compter sur toi?

— Comme sur vous-mêmes! répondit bravement
Artémise. Par malheur, moi je ne peux rien; et, pour
l'affaire qui vous intéresse, c'est Duthoit qu'il faudrait
gagner! »

La comtesse dit avec fermeté :

« Nous le gagnerons! »

Mais voyant qu'Artémise hochait la tête en signe de doute, Rochemeuse intervint pour demander :

« Est-ce donc chose si difficile?

— Si c'est difficile! riposta Artémise. Dis que c'est impossible, citoyen! Duthoit est jacobin, et un ardent, un intraitable!... Du reste, c'est grâce à ses opinions qu'il est ici et qu'on nous a concédé l'exploitation de la cantine.

— Mais si l'on essayait de tempérer son ardeur et son civisme? insinua lentement Rochemeuse avec un geste qui complétait sa pensée.

— Tu y perdrais ton argent, citoyen! Duthoit est plus incorruptible que Robespierre!

— Peste! fit Alain. Pourtant, si la fille de Duplay, le menuisier, demandait une grâce à Robespierre, ce dernier la lui accorderait peut-être? »

La femme du guichetier se mit à rire.

« Oui, dit-elle, parce que l'Incorruptible et elle n'en sont encore qu'aux fiançailles; mais moi et Duthoit nous sommes mariés.

— Eh bien, citoyenne, déclara le comte, si toutefois tu consens à m'y aider, je me chargerai de l'adoucir. En attendant, voici quelle doit être notre situation respective. La citoyenne Charlotte Deppen est une ancienne amie d'enfance que tu as perdue de vue depuis quatre ans; vous avez été très intimes autrefois, et une grande affection vous liait l'une à l'autre. De retour en France, après un séjour en Suède et en Angleterre, elle a appris par hasard que tu tenais une cantine au Temple, et elle est venue te rendre visite avec son frère. Tu as bien compris?

— Parfaitement, dit Artémise, qui avait écouté

13

Rochemeuse avec attention, sans perdre une seule de ses paroles.

— Maintenant, poursuivit Alain, tu vas nous inviter à souper ici un de ces jours, et tu nous présenteras à ton mari, à moins que cela ne soit contraire aux règlements de la prison.

— En aucune manière, répondit la jeune femme. Duthoit et moi sommes libres de recevoir nos parents ou nos amis.

— Bon, fit le comte. En ce cas, quel jour préfères-tu?

— Celui qui te conviendra le mieux, citoyen. »

Rochemeuse réfléchit et dit :

« Mettons après-demain; c'est décadi. Il va sans dire que nous t'indemniserons de la dépense, d'autant plus que je te demanderai la permission d'amener un de nos amis, le capitaine Guétrier, chez qui nous avons pris domicile. Tu n'y vois pas d'inconvénients?

— Aucun!... Mais si Duthoit me questionne à votre sujet, que lui répondrai-je?

— C'est très simple. Tu lui diras que nous avons été expulsés de Suède pour participation à l'assassinat de Gustave III, que nous avons cherché un refuge en France et sommes, à l'heure actuelle, en quête d'une situation. »

Alors, quelques recommandations dernières ayant été échangées de part et d'autre, le comte et Aurore se décidèrent à se retirer et regagnèrent l'entrée du Temple, sous la conduite d'Artémise. Arrivés au corps de garde, les deux femmes s'embrassèrent avec effusion, comme eussent fait des amies très chères dès longtemps intimes.

L'instant d'après, Alain de Rochemeuse et la comtesse de Puiseaux se retrouvaient dans la rue.

XIII

De cette courte visite au Temple, Rochemeuse et la comtesse de Puiseaux ne rapportaient que deux certitudes : la première, qu'Artémise était une vaillante femme, comme il y en avait alors beaucoup dans le peuple, toute prête à se dévouer pour les serviteurs de l'infortunée famille royale ; la seconde, que le citoyen Duthoit, son mari, l'ancien domestique de Saint-Huruge, l'ex-garçon du *Plat-d'Étain*, le cabaretier devenu geôlier, était un sans-culotte féroce qui, soit par peur, soit par conviction, s'était fait l'instrument aveugle des volontés de la Commune et le séide fervent de « l'Incorruptible ». En de telles conditions, quelle complicité pouvait-on espérer de cet homme ? dans quelle mesure sa femme réussirait-elle à les aider au cours de l'entreprise qu'ils allaient tenter ? Voilà ce qu'ils se mirent à discuter avec Marcel Guétrier, dès qu'ils l'eurent rejoint dans un petit cabinet de marchand de vins traiteur où celui-ci les attendait.

« Toutes les suppositions seraient inutiles, déclara sim-

plement le capitaine. Nous ne pourrons formuler d'appré-
ciation sérieuse que quand nous aurons vu le nommé
Duthoit. »

Cependant, envisageant le cas où le farouche guichetier
se laisserait gagner et accepterait d'entrer dans leurs vues,
Guétrier s'arrêta devant cet autre point d'interrogation : Que devait-on faire?

« Arracher le Dauphin de son cachot à la première
occasion qui nous sera offerte, dit Aurore.

— Sans doute! fit le capitaine. Mais en admettant qu'il
nous soit permis de pénétrer jusqu'à l'enfant prisonnier,
qui nous répond que celui-ci, séparé des siens depuis de
longs mois, meurtri par les coups, terrorisé par les
menaces, le regard plein des hideuses figures qui se sont
succédé sans relâche devant ses yeux, saura deviner en
nous les amis dévoués à son salut et consentira à nous
suivre? Un seul cri effrayé, un seul appel au secours poussé
par le Dauphin, peut suffire à jeter l'alarme et faire
échouer toute tentative d'enlèvement! »

Rochemeuse posa la main sur l'épaule de Guétrier, et,
d'une voix très calme :

« C'est à Mme de Puiseaux qu'il appartient d'empêcher
cela, déclara-t-il. Elle est connue du Dauphin; sa vue
seule doit faire impression sur ce dernier, lui arracher toute
méfiance et le décider à se remettre entre nos mains. A ce
titre, elle est notre auxiliaire le plus précieux, le complice
le plus utile, et la preuve, c'est qu'il y a deux ans, à
Bruxelles, c'est elle déjà que M. de Laqueille avait choisie
pour venir à Paris chercher l'enfant.

— Je ne le conteste pas, répondit Guétrier. Mais, à cette
époque, Mme de Puiseaux n'avait quitté le duc de Nor-

mandie que depuis un an. Or songez que deux autres
années se sont ajoutées à la première, et deux années de
claustration, de larmes, d'épouvantes, vécues parmi les
mauvais traitements et les insultes. Ne craignez-vous pas
que tout ceci ait pu obscurcir la mémoire du pauvre enfant,
embrouiller ses souvenirs, et que des traits, jadis familiers,
ne lui apparaissent plus aujourd'hui que comme ceux d'une
nymphe de Tivoli ou d'une vulgaire tricoteuse avide de
contempler le « petit Capet ? »

Mais Aurore avait saisi la main du capitaine, et d'une
voix ardente, pleine de feu :

« Soyez tranquille, mon ami ! L'enfant ne peut m'avoir
oubliée, et, cela fût-il, que je trouverais bien un mot,
un geste, une inspiration, qui suffiraient à dissiper les
ténèbres de son cerveau torturé et à y ressusciter la
mémoire ! »

Le lendemain, Rochemeuse et la jeune femme demeurèrent toute la journée sans sortir. Seul, Guétrier s'était
rendu chez Mme de Beauharnais, qui lui avait demandé de
l'accompagner chez une tireuse de cartes qu'elle désirait
consulter ; et lorsqu'il rentra le soir, rue de l'Estrapade,
il annonça à ses amis que la foule paraissait fiévreuse,
agitée, comme à la veille de quelque grave événement
politique.

La soirée s'écoula cependant dans le plus grand calme,
sans qu'aucun bruit vînt troubler le silence du quartier
désert où ils habitaient ; mais, vers la fin de la nuit, le
capitaine et ses hôtes furent éveillés par des rumeurs confuses venant du dehors, tandis qu'on percevait dans le
lointain des roulements de tambours qui battaient la
« générale ».

Un peu inquiets, les trois amis ne se recouchèrent pas, et, sitôt le jour paru, Guétrier descendit pour aller s'informer de ce qui se passait. Un quart d'heure après, il revenait avec des nouvelles. Dans la nuit même, sur un ordre émané du Comité du salut public, on avait arrêté à leurs domiciles Danton, Camille Desmoulins, Basire, Hérault de Séchelles, Westermann, tous les modérés, et à cette heure ils étaient écroués au Luxembourg.

« Voilà le coup que Robespierre était allé méditer, l'autre jour, dans les bois de Meudon ! » s'écria le comte.

Le capitaine était indigné ; il répétait :

« Westermann arrêté !... Westermann !... Un homme qui a risqué vingt fois sa peau sur les champs de bataille ! Vous voyez, mon ami, que notre habit n'est pas toujours une sauvegarde contre la férocité de ces bandits !

— C'est la prophétie de Vergniaud qui se réalise, dit Rochemeuse. *La Révolution est comme Saturne, elle dévore ses enfants !* »

Aurore ne craignait qu'une chose, c'était que l'effervescence populaire qui pouvait résulter de cette arrestation les empêchât de se rendre au Temple, ainsi qu'il était convenu avec Artémise. Mais le capitaine la rassura. Il ne voyait, dans l'événement survenu, rien qui fût de nature à leur faire ajourner la visite projetée, et comme ils ne devaient aller là-bas que dans le courant de l'après-midi, Guétrier proposa au comte et à la jeune femme de les emmener dîner à la Râpée, dans un quartier plus tranquille. Cela lui permettrait de pousser jusque chez Colibert, un marchand de vins en gros de ses amis qui était établi dans ces parages, et d'y prendre deux ou trois bouteilles afin d'arroser le souper d'Artémise Duthoit. Rochemeuse et la comtesse y consentirent; aussi, un peu après dix heures, tous trois quittaient le domicile de Guétrier.

Ce matin-là, les rues étaient encombrées d'une foule houleuse qui commentait de diverses façons les arrestations opérées la nuit précédente. Tandis que les passants s'arrêtaient pour acheter les gazettes bruyamment annoncées par les crieurs, les commerçants se montraient au seuil de leurs boutiques, la mine inquiète, le regard anxieux, sans oser s'adresser de questions directes, mais se demandant en leur for intérieur s'il était prudent de laisser leurs portes ouvertes ou s'il valait mieux clore leurs volets. Enfin, dominant les sourdes rumeurs qui montaient du pavé, on distinguait toujours, au loin, des roulements de tambours battant le rappel.

« Il faut nous mettre à l'unisson, » déclara Rochemeuse.

Et, comme il passait auprès d'un attroupement, il lança à pleine voix le cri de : « Vive Robespierre ! »

« Prenez garde ! lui glissa Marcel à l'oreille. Ce cri peut être considéré comme séditieux. On ne crie pas vive quelqu'un, mais vive la Nation ! »

Au reste, le comte avait prudemment arboré la cocarde tricolore, et Aurore, elle aussi, en avait piqué une sur le feutre noir de son chapeau.

Seulement, au lieu de s'éloigner dans la direction du faubourg Saint-Victor, où des mouvements populaires étaient possibles, ils descendirent jusqu'à la Cité qu'ils traversèrent; puis, longeant l'île Louviers et le quartier de l'Arsenal, ils atteignirent la Râpée, où ils ne tardèrent pas à apercevoir, sur le quai même, un cabaret qui avait pour enseigne : *Aux Escargots de Bourgogne.*

« C'est ici ! » dit le capitaine.

Le repas commandé, Guétrier laissa Rochemeuse et la jeune femme engager une partie de tonneau dans le jardin du restaurant, et il se rendit chez le négociant en vins dont les magasins se trouvaient à deux pas de là. Une demi-heure après il était de retour, tenant en main un petit panier qui contenait quatre bouteilles.

« Voilà! dit-il gaiement en rejoignant ses amis. Du meursault 1785... *Affaire du Collier,* comme l'appelle Colibert. Mais, si vous le voulez bien, nous le réserverons pour ce soir, afin de délier la langue au citoyen Duthoit.

— *Affaire du Collier!* fit Rochemeuse. Bravo! Le gaillard en redemandera. Il se figurera boire du sang de l'Autrichienne. »

On se mit à table.

A deux heures, le dîner terminé depuis longtemps, Alain et le capitaine suivis de la comtesse se décidaient à quitter le cabaret, et d'une allure tranquille, sans se hâter, ils remontèrent vers l'ancienne Bastille et prirent le chemin des boulevards.

De ce côté, une foule joyeuse, endimanchée, se mouvait par les rues, comme s'il ne s'était rien passé d'extraordinaire. Sur l'emplacement de la Bastille, les couples étaient nombreux qui s'arrêtaient aux guinguettes, aux figures de cire, aux chevaux de bois, même aux bals publics en plein vent, à la porte desquels on pouvait lire : *Ici l'on danse.* Plus loin, sur la longue perspective du boulevard tout bordé d'arbres, les promeneurs, hommes, femmes, jeunes filles, enfants, se croisaient en tous sens, les uns s'arrêtant aux cafés, d'autres aux marchands de coco qui faisaient tinter leur clochette, d'autres encore

faisant halte devant les tréteaux des bateleurs en prêtant
l'oreille aux cris de camelots qui débitaient les feuilles
publiques ; et, par-dessus les rumeurs confuses se déga-
geant de cette masse humaine, on entendait glapir :
« Demandez !... La dernière liste des gagnants à la loterie
de sainte Guillotine ! »

Parvenus au Temple, Guétrier marchant seul et
Rochemeuse donnant le bras à la comtesse, ils s'adres-
sèrent au gendarme de faction et demandèrent la citoyenne
Duthoit. Le factionnaire les laissa pénétrer dans le corps
de garde, où ils trouvèrent le commandant du poste qui,
informé à l'avance par Artémise de la venue d'amis qu'elle
avait à souper ce soir-là, ne fit aucune difficulté pour les
recevoir et s'empressa de les faire accompagner par l'un
de ses hommes jusqu'au pavillon de la cantine. Là, ils
furent introduits dans la chambre même d'Artémise
Duthoit, transformée en salle à manger pour la circonstance et où déjà le couvert était coquettement dressé.

« Enfin ! vous voilà donc ! s'écria Artémise, toute
joyeuse, en les voyant entrer. Je commençais à croire que
vous ne viendriez pas ! »

Les deux femmes s'embrassèrent. Rochemeuse présenta
le capitaine Guétrier ; puis tout aussitôt Artémise entre-
bâilla la porte qui ouvrait sur la cuisine et appela :

« Silvine ! »

Une petite brune, d'allure pimpante, à la physionomie
vive, éveillée, qui sentait sa soubrette de l'ancien régime,
accourut en demandant :

« Tu m'as appelée, citoyenne ?

— Silvine, va prévenir le citoyen Duthoit que mon amie
Charlotte et son frère viennent d'arriver ! »

Rapidement, pendant la courte absence de la servante, Rochemeuse s'était enquis des dispositions où se trouvait le guichetier et de ce qu'il avait dit de l'invitation à souper faite par sa femme.

« La chose lui a semblé toute naturelle, répondit Artémise, et il sera enchanté de faire votre connaissance ! »

Dix minutes ne s'étaient pas écoulées, que la porte donnant sur la cour s'ouvrait de nouveau, et le citoyen Duthoit apparaissait.

C'était un homme d'une trentaine d'années, joli garçon, assez bien découplé, — ce qui expliquait le caprice qu'il avait pu inspirer à Artémise, — mais lourd, commun, avec le parler traînant du faubourien de Paris et une expression de cynisme gouailleur dans la physionomie et dans l'allure : le vrai type du sans-culotte amateur de charretées de ci-devants et grand contemplateur de guillotinades. Il était vêtu de son costume sombre de guichetier, un trousseau de clefs pendu à la ceinture, et la tête coiffée d'un bonnet de fourrure à la Jean-Jacques.

Dès qu'il fut entré, Artémise lui présenta Charlotte Deppen, ainsi que son frère Richard, et le capitaine Marcel Guétrier, un ami de ces derniers, qui avait bien voulu se joindre à eux.

« Salut et fraternité, citoyens ! » répliqua Duthoit en tendant avec cordialité la main aux deux hommes.

Puis, se tournant vers Aurore, il ajouta :

« Et toi, citoyenne, agrée mes civilités. Artémise et moi sommes très honorés de ta visite. »

Alors chacun s'assit, et l'on engagea une conversation générale, tandis qu'Artémise commandait à Silvine de servir des rafraîchissements.

Au bout d'une demi-heure, Rochemeuse, Guétrier et le citoyen Duthoit étaient les meilleurs amis du monde. Le capitaine avait raconté ses campagnes, d'abord à l'armée du Rhin, sous le commandement de Custine et de Beauharnais, ensuite en Vendée, sous les ordres de Santerre et de Westermann. Rochemeuse, de son côté, avait fait le récit de l'assassinat du roi de Suède, Gustave III, auquel il avait été mêlé, ainsi que sa sœur, se trouvant tous deux, à cette époque, au service du baron de Riden, l'un des conjurés. Puis, sentant que le guichetier était conquis et qu'ils lui inspiraient une sorte de déférence, les deux hommes s'étaient mis à le sonder avec adresse au sujet de ses opinions, de son métier, du fonctionnement de la prison et des hôtes confiés à sa garde.

« Oh! la sœur de Capet, elle est au troisième étage avec la fille Véto, et je ne les vois guère, répondit Duthoit; elles ne font pas partie de mon service.

— Mais le petit louveteau? interrogea le capitaine.

— Lui, c'est différent; je le vois tous les jours. Je suis chargé de lui porter sa pitance matin et soir. »

Rochemeuse en profita pour demander :

« Et il n'y a pas moyen d'apercevoir le bout de son nez, à ce galopin..., histoire de voir s'il ressemble à son père? »

Devant cette facétie de corps de garde, qu'il jugeait infiniment drôle, le guichetier fut pris d'un rire énorme qui s'épancha quelques minutes en bruyants éclats, tandis que ses clefs lui tressautaient sur le ventre. Enfin, ayant retrouvé son sérieux, il répliqua :

« Oh! dame, ça, citoyen, ce n'est pas commode! Non pas que l'entrée de sa chambre, qui est située là-bas, au second étage, soit difficile : j'en ai la clef! »

Et il frappait sur le trousseau accroché à sa ceinture.

« Seulement, il y a les commissaires de la Commune
qui se tiennent toute la journée dans la salle du rez-de-
chaussée, en permanence, et qui ouvrent l'œil! Alors tu
comprends, citoyen, une imprudence de ma part, et je
serais rasé net !

— Au rasoir national? fit Rochemeuse.

— Parfaitement. »

A ce moment Artémise, qui s'entretenait avec Aurore
de Puiseaux, s'interrompit pour dire :

« Mais c'est aujourd'hui décadi, Duthoit; est-ce que les
commissaires ne se retirent pas de meilleure heure?

— On ne sait jamais! répondit le guichetier. Je crois
bien qu'en effet ils doivent aller souper en ville. Je les ai
entendus parler vaguement de Tivoli ou de la salle d'Ali-
gre; mais je ne suis pas sûr.

— Eh bien! tâche donc de te renseigner, poursuivit
Artémise; et s'ils s'en allaient par hasard plus tôt que de
coutume, tu en profiterais pour montrer le petit Capet
à nos amis. »

Puis se reprenant :

« Je ne dis pas à Charlotte, parce que ça l'émotionne-
rait peut-être un peu; mais les hommes...

— Moi? pas du tout! protesta vivement Aurore. Je
tiens à le voir, tout comme Richard; cela ne me fera pas
peur !

— Et cela nous mettra en appétit, » déclara le comte.

Duthoit, très infatué de son importance, répondit avec
galanterie en se tournant vers la jeune femme :

« Citoyenne, on ne doit rien refuser au beau sexe! Je

vais aller m'assurer de ce qui se passe, et, au cas où les commissaires lèveraient le siège, je vous ferais signe. »

Sur ces paroles, il se retira, laissant les deux hommes et la jeune femme en compagnie d'Artémise, qui continuait de vaquer à ses affaires, courant de sa chambre à la cantine, où des sectionnaires étaient à boire, surveillant les apprêts de son souper, tout en donnant des ordres à Silvine et à Clorinde, les deux filles de service qui évoluaient sous sa direction. Enfin, vers cinq heures et demie, Duthoit reparut soudainement par la porte de la cour, et, pénétrant dans la chambre, avec un clignement d'œil mystérieux :

« Ça y est, ils sont partis... Si le cœur vous en dit, citoyens, ainsi que toi, citoyenne, vous pouvez venir... C'est justement Caron, un camarade à moi, qui est de garde ! »

Aurore était devenue extrêmement pâle; ses jambes tremblaient si fort, qu'il lui sembla un moment qu'elle ne pourrait se lever de dessus sa chaise ni réussir à demeurer debout. Mais Rochemeuse lui ayant tendu la main en disant : « Eh bien, Charlotte, es-tu décidée? » elle surmonta cette défaillance passagère, se redressa, et, s'efforçant de sourire, elle répondit :

« Mais certainement, Richard, je te suis! »

Sous la conduite du guichetier, Aurore et Rochemeuse, suivis de Guétrier, qui venait derrière, traversèrent la grande cour plantée d'arbres qui séparait la cantine de la tour du Temple. Arrivés au rez-de-chaussée de la prison, ils pénétrèrent tous ensemble sous une sorte de vestibule en forme de voûte, et Duthoit, se penchant alors vers une loge étroite où un gardien fumait pacifiquement sa pipe en lisant le dernier roman de Ducray-Duminil, *Alexis ou la Maisonnette dans les bois* :

« Dis donc, Caron, voilà des parents de ma femme qui ont envie de voir le petit Capet !

— Eh bien, montre-leur-z-y, Duthoit, répondit l'autre. Puisque les commissaires ne sont plus là, y a pas d'empêchement. »

Le guichetier passa le premier, s'engagea dans l'escalier en colimaçon ; puis, au second étage, s'arrêtant enfin devant une porte massive, il tira une grosse clef de son trousseau, l'introduisit dans la serrure, ouvrit, et, poussant le battant, qui s'écarta avec un grincement sourd :

« Citoyens, c'est ici ; vous pouvez entrer ! »

Au fond d'une assez vaste pièce, humide, sombre, aux murailles tristes et nues, qu'éclairait une seule fenêtre garnie d'épais barreaux de fer et coupée à mi-hauteur par une hotte en tôle, un enfant était allongé sur un grabat, — une espèce de lit de camp que recouvrait un misérable matelas à demi crevé.

Vêtu de loques sordides, — un ancien costume de drap noir, usé, rapiécé, qui s'en allait en lambeaux, — l'enfant avait tourné lentement la tête en entendant la porte grincer et les pas de plusieurs personnes heurter les carreaux de son taudis ; mais, n'ayant distingué sans doute les nouveaux venus que de façon imparfaite, ou ne se sentant aucune curiosité de les regarder, il avait aussitôt ramené ses yeux droit devant lui, vers le point vague, la vision lointaine et mystérieuse, dans la direction desquels s'envolait peut-être sa pensée.

Duthoit cria :

« Allons, Capet, lève-toi, voilà des visites ! »

Indifférent à cette injonction, l'enfant demeurait immobile, conservant la même attitude, comme s'il eût été insensible à ce qui se passait autour de lui, ou qu'il n'eût

En entendant la porte grincer, l'enfant avait tourné la tête.

pas voulu s'arracher à sa rêverie solitaire. Duthoit se fit brutal et répéta :

« Attends un peu ! Je vais t'enseigner la politesse ! »

Mais, dans un élan irréfléchi, Aurore avait retenu le

bras du guichetier, et, d'une voix que l'émotion étranglait :

« N'insiste pas, citoyen, cela suffit. »

Le comte Alain de Rochemeuse et le capitaine Guétrier restaient muets.

Cependant Duthoit s'était radouci, et, avec une expression moins dure, il continua :

« Voyons, Capet, tourne un peu les yeux par ici, et regarde au moins en face les citoyens qui te font l'honneur de venir te voir. Ce n'est pas la femme Simon qui est là, ni la Tison; c'est une citoyenne un peu plus jeune et un peu plus belle, qui serait bien aise de faire ta connaissance ! »

Cette fois, soit que l'enfant eût assez de son immobilité, soit que le désir lui fût venu de voir la personne qui, l'instant auparavant, avait intercédé en sa faveur, il s'était à demi soulevé sur son grabat. Il finit par s'asseoir tout au bord en posant ses deux pieds sur le sol, écarta de ses mains effilées les lourdes mèches blondes qui encadraient sa figure pâlie, émaciée, et de ses grands yeux battus où se lisaient la méfiance, l'inquiétude, il fixa les trois visiteurs inconnus sur lesquels tombaient les derniers rayons du jour finissant.

Lut-il sur le visage de cette jeune femme et de ces deux hommes une sympathie secrète, inavouée? Devina-t-il à leur attitude, à leurs vêtements, à quelque chose d'insaisissable émané d'eux, qu'ils étaient différents des autres êtres humains qui l'approchaient chaque jour? Probablement, car la dureté de son regard parut s'atténuer à mesure qu'il les fixait davantage; bientôt même ses grands yeux bleus, qui s'étaient arrêtés sur la jeune femme, semblèrent la scruter avec profondeur.

Aurore de Puiseaux, toute chancelante, s'était cramponnée au bras d'Alain de Rochemeuse qui la soutenait. Elle aussi dévisageait l'enfant avec une acuité pénétrante, cherchant à réveiller en sa pauvre âme les souvenirs abolis, à lui crier du regard qui elle était, à lui faire deviner d'un signe, d'un mouvement, quel secours elle allait peut-être lui apporter. Un énervement la secouait toute; un besoin lui venait de prononcer des paroles, n'importe lesquelles, dans l'espoir que le son de sa voix, entendu soudain de l'enfant, rappellerait à celui-ci les intonations perçues jadis, aux Tuileries ou à Versailles, tandis qu'elle chantait pour l'endormir.

« Croyez-vous qu'il vous ait reconnue? lui demanda Rochemeuse à l'oreille.

— Je vais le savoir, » fit Aurore.

Cédant alors à une inspiration subite, dissimulant son trouble et sa douloureuse pitié sous une sorte de gaieté factice, la jeune femme s'écria :

« Ce pauvre petit Capet, le voilà comme Richard Cœur-de-Lion!... »

Et, d'une voix très douce, mouillée de larmes qu'elle essayait de refouler au fond d'elle-même, Aurore se mit à murmurer la plaintive mélodie que sa maîtresse bien-aimée, la reine défunte, aimait à chanter autrefois en s'accompagnant au clavecin :

> Dans une tour obscure
> Un roi puissant languit;
> Son serviteur gémit
> De sa triste aventure!

« Bravo! bravo! cria Duthoit en éclatant de rire; c'est la complainte de Capet! »

14

Puis, interpellant l'enfant :

« Hein, louveteau ! ça te va mieux que la *Carmagnole,*
cette chanson-là ? et la chanteuse aussi, pas vrai ? Et si la
belle société qui est là te demandait de l'accompagner au
dehors, tu ne ferais pas de façons pour la suivre ? »

Et le regard de l'enfant, toujours arrêté sur la jeune
femme, semblait répondre :

« Oh ! oui, je la reconnais bien, et je la suivrais toujours, partout où il lui plairait de me conduire ! »

Mais la voix brutale de Duthoit rompit le charme en
disant :

« Eh bien ! il faut y renoncer, louveteau ! Tu es sous la
garde de la Nation, celle-ci ne faillira pas à son devoir !
A présent, dis bonsoir à la société !... »

L'enfant ne répondit rien. Il demeurait à la même place,
immobile, sans un geste, sans oser faire un mouvement,
n'offrant plus rien de vivant que son regard qui ne pouvait
se détacher de la jeune femme, de la gracieuse créature
qu'il avait reconnue, dont les lèvres venaient de murmurer l'une des douces cantilènes que chantait autrefois sa
mère, et qu'il suivait des yeux, hypnotisé, à mesure
qu'elle se retirait pas à pas, regagnait le seuil de la chambre
froide, désolée, et s'évanouissait, ainsi que ses deux compagnons, derrière la lourde porte refermée brusquement
entre elle et lui.

XIV

LE COMPLOT

« Richard, cet homme m'épouvante ! » murmura la jeune femme à l'oreille de Rochemeuse, tandis que le guichetier était occupé à refermer la porte du cachot.

Le comte répondit à voix basse :

« Rassurez-vous, il n'est pas aussi mauvais qu'il en a l'air ; seulement il a peur qu'on le croie bon. »

Quand ils se retrouvèrent dans la cour, le capitaine dit à Duthoit :

« Sais-tu bien, citoyen, que si des ci-devant voulaient s'en donner la peine, il ne leur serait pas malaisé de faire sortir le louveteau de son cabanon !

— Enlever le petit Capet ? Tu n'y penses pas, citoyen ! D'abord, il faudrait nous passer sur le corps, à Caron et à moi, et, dame ! nous ne sommes pas des gaillards à nous laisser manger tout crus, je te prie de le croire ! A la première alerte, nous avons l'ordre de faire feu ! »

En même temps, il montrait un gros pistolet d'arçon tout chargé qu'il avait sous ses vêtements.

« Et puis, continua-t-il, en admettant qu'on réussisse à nous l'enlever, à nous autres il reste ça ! »

Et de la main il désignait les fusils rangés en faisceaux qui s'échelonnaient sous les arbres, et le long desquels allait et venait un factionnaire.

« Oui, oui, fit Guétrier, qui avait compris; vous avez ici une compagnie de municipaux en permanence ?

— Nuit et jour, ajouta Duthoit. Et je te réponds que si quelqu'un s'avisait d'escalader l'une des murailles, soit pour entrer, soit pour sortir, celui-là serait sûr de redescendre avec la peau trouée comme une écumoire. Pif !... paf !... Je ne te dis que cela !... Tu vois, citoyen, que le fils de l'Autrichienne est bien gardé ! »

Alors ils regagnèrent la cantine.

Les Duthoit ne pouvant avoir du monde chez eux au delà d'une certaine heure, il avait été décidé que l'on souperait le moins tard possible. Aussi, dès avant la nuit, sitôt que le service des prisonniers eut été fait, la femme du guichetier annonça à ses convives qu'il était temps de se mettre à table, et, sur cette invitation de sa part, chacun s'assit, Rochemeuse à la gauche d'Artémise, le capitaine à sa droite, tandis qu'Aurore de Puiseaux prenait place entre le comte et le citoyen Duthoit.

Le commencement du repas fut silencieux, toutes les personnes présentes se sentant prises d'une gêne réciproque. Mais bientôt, avec l'intimité qui s'établissait, on se mit à causer plus librement, et Guétrier ayant débouché une première bouteille de meursault 1785, « Affaire du Collier, » l'entrain devint général, et Narcisse Duthoit ne tarda pas à se montrer exubérant. Comme Aurore avait demandé incidemment à Artémise si elle avait revu ses

anciens patrons, les Despagne, le guichetier s'enflamma
en entendant prononcer ce nom et déclara que les Despagne étaient des gredins, des aristocrates dévoués à la
famille Véto, et que la Commune avait sagement agi autrefois en leur interdisant l'entrée du Temple.

« Duthoit, tu es injuste ! fit observer Artémise, car tu
oublies qu'à l'époque où je t'ai connu, tu étais sans ressources, et que c'est grâce à la générosité de ces braves
gens que nous avons pu nous marier ensemble.

— Possible ! répéta le guichetier qui s'entêtait. N'empêche que ce sont des aristocrates, et que si on avait
toléré plus longtemps leurs allées et venues au Temple,
le louveteau et sa sœur n'y seraient plus à l'heure
actuelle !

— Tu crois, citoyen? demanda Rochemeuse.

— Parbleu ! affirma Duthoit; ils les auraient emportés
dans le linge sale. »

Puis, grossissant son importance à mesure que la cha-
leur du vin lui montait à la tête, il ajouta avec gravité :

« Heureusement que je suis là, et que je veille ! »

Aurore demanda :

« Alors, qui est-ce qui blanchit le linge des prisonniers
aujourd'hui?

— Ce sont les femmes des gardiens de la prison, fit
Artémise.

— Du reste, poursuivit Duthoit en ricanant, pour ce
qu'ils en salissent !... Leur trousseau n'est pas lourd : juste
de quoi se mettre sur le corps ! »

A ce moment, Guétrier ayant de nouveau rempli les
verres, le guichetier avala le contenu du sien d'une seule
lampée.

« A la bonne heure ! déclara-t-il ensuite, après avoir
fait claquer sa langue ; voilà du vin ! »

Puis, regardant sa femme :

« Mais d'où diable sort-il ? Je ne te le connaissais pas !

— Une galanterie du capitaine qui nous l'a apporté, dit
Artémise.

— Mes compliments, citoyen ! répliqua Duthoit. Pour
du vin, c'est du vin ! Et peut-on te demander, sans indiscrétion, où tu te le procures ?

— Mais à Bercy, tout simplement.

— Eh bien ! tu nous donneras l'adresse de ton marchand, et, la première fois qu'on en fera venir pour la
cantine, j'en commanderai de semblable, aux frais de la
Nation !... Ah ! ah ! ah ! ah ! »

Et il partit d'un bruyant éclat de rire.

« Justement, on nous en a apporté il y a trois jours, fit
Artémise, et l'on ne reviendra plus maintenant avant un
mois ! »

A ces mots, Rochemeuse se tourna vers la citoyenne
Duthoit.

« Ah ! on vient vous livrer votre vin tous les mois ?

— Environ, dit la jeune femme. C'est le temps que ça
nous dure. On apporte généralement cinq ou six pièces
pleines, et on en remporte autant de vides. »

Rochemeuse et le capitaine échangèrent un regard ; ils
avaient été saisis l'un et l'autre d'une pensée commune,
éclose en leur cerveau au même instant.

Cependant, à mesure que le repas s'avançait, Narcisse
Duthoit devenait plus loquace, sans rien perdre de la belle
humeur que lui donnait le meursault 1785.

« En somme, dit tout à coup le comte, résolu à en finir

en brusquant les choses, tu es ici à un poste de confiance,
car tu encours de grosses responsabilités ! »

Le guichetier répondit avec emphase :

« Je tiens la liberté du petit Capet entre mes mains,
c'est vrai. Et dame ! pour que la Nation m'ait confié un
pareil dépôt, il faut qu'elle m'estime ! »

Alain se pencha vers Aurore, et, à mi-voix :

« Il est tout à fait ivre ! Je crois le moment propice pour
en tirer quelque chose. »

Il s'accouda sur la table, et, regardant bien en face
Duthoit qui venait de vider son verre :

« Entre nous, mon cher, lui dit-il, il me semble que tu
exagères un peu ton importance... Tu tiens le fils de l'Autrichienne en ton pouvoir : c'est bientôt dit. Cela n'empêche
que si, au lieu de rester le bon patriote que tu es, tu te
décidais à trahir la confiance de la Nation et que tu veuilles
remettre l'enfant aux mains des aristocrates, tu ne pourrais peut-être pas y réussir !

— Moi ? riposta le guichetier en se piquant d'honneur ;
moi, ne pas y réussir ? Mais si je voulais que le louveteau
fût demain dans la rue, il y serait, entends-tu bien, et je
trouverais un moyen de l'y faire passer, malgré les quatre
commissaires de la Commune et les sentinelles ! Seulement
je ne veux pas, voilà tout ! »

Cet aveu souleva des « oh ! oh ! » de protestation à l'entour de la table, tandis que Rochemeuse et Guétrier décla-
raient :

« Citoyen, tu t'en fais accroire ! »

Artémise, qui devinait le jeu qu'on voulait jouer, vint
à la rescousse et cria dans la figure de son mari :

« Duthoit, tu te moques de tes convives! Toi, tu lais-
serais filer le petit Véto hors d'ci? Allons donc! »

Le guichetier commençait à s'exaspérer sous l'influence
du bourgogne.

« Je ne dis pas que je le ferais, nom d'un tonnerre!...
Mais je répète que si je le voulais, je le pourrais; j'en
prends l'engagement solennel, oui, solennel! Je l'écrirais
même au besoin! »

Un éclat de rire général accueillit ces dernières paroles
de Duthoit. Rochemeuse haussa les épaules.

« Tu t'y engagerais par écrit? fit-il avec dédain. Ne dis
donc pas ça; tu n'en aurais pas le courage! »

Souffleté par ce doute, l'autre riposta en se frappant la
poitrine :

« Moi, pas le courage?... pas le courage?... Sais-tu bien,
citoyen, que j'étais à la prise de la Bastille, et au 20 juin,
et au 10 août!... Je marchais avec Santerre et Saint-
Huruge !...

— Mais non, je te connais, tu n'oserais pas! insis-
tait sa femme avec un air de défi; tu n'oserais pas
écrire !...

— Ah! tu te figures ça, toi? clama le guichetier. Eh
bien! donne-moi donc une feuille de papier..., pour
voir! »

Pendant ce temps, les éclats de rire se succédaient,
ininterrompus, et Rochemeuse, Guétrier, Aurore elle-
même, très amusés de voir Duthoit aux prises avec sa
femme, répétaient :

« Il n'écrira pas !... Il écrira !... Il n'écrira pas !

— Tu vas voir ça, si je n'écris pas! continuait le guichetier, que le doute formulé par Artémise achevait de

mettre hors de lui. Allons, donne-moi de l'encre et du papier ! »

Sans perdre une minute, la jeune femme avait passé à son mari une feuille blanche, une plume, une bouteille d'encre, tout en continuant à le défier. Alors, se raidissant contre l'ivresse qui l'envahissait, Duthoit saisit la plume, et, se penchant sur le papier, il se mit à écrire en grosses lettres, un peu cahotées de droite et de gauche, mais suffisamment lisibles :

« Moi, soussigné, Narcisse Duthoit, guichetier à la prison du Temple, m'engage à faciliter la sortie du nommé Capet, Charles-Louis, à la première réquisition qui me sera faite.

« Au Temple, le 10 germinal an II.

« NARCISSE DUTHOIT. »

« Là, ça y est-il ? demanda le guichetier, quand il eut achevé, en regardant Artémise avec une expression de triomphe.

— Bravo, citoyen, tu as gagné ! dit le capitaine à Duthoit en allongeant le goulot d'une bouteille vers son verre vide. Et maintenant, à ta santé, et à la Nation ! »

Duthoit répondit d'une voix sonore :

« A l'Incorruptible ! »

Pendant ce temps, d'un geste rapide, Rochemeuse s'était emparé du papier, qu'il avait fait disparaître au fond de sa poche, et lorsque le guichetier, après avoir bu, reposa son verre sur la table, il ne remarqua même pas que le papier ne s'y trouvait plus.

Mais, l'heure passant, le capitaine fit observer à ses amis qu'ils ne devaient point abuser plus longtemps de l'hospitalité de leurs hôtes et que l'instant était venu de se retirer. D'ailleurs, Duthoit, qui somnolait sur le rebord de la table, n'était guère en état de retenir ses convives. Ceux-ci se levèrent donc, et, précédés d'Artémise qui les guidait avec une lanterne, ils regagnèrent l'entrée de la prison. Arrivés dans le corps de garde, ils souhaitèrent le bonsoir à leur hôtesse.

« Au revoir, à bientôt! répétait Artémise en embrassant Aurore et en serrant la main aux deux hommes.

— Oui, oui, répondit Rochemeuse. A un de ces jours, le plus tôt possible! »

Ils rentrèrent rue de l'Estrapade, le cœur plein d'espoir, enthousiasmés du résultat de leur soirée et ne doutant plus du succès de leur entreprise. Mais il n'y avait pas de temps à perdre, et, puisqu'ils avaient entre les mains un moyen de forcer Duthoit à leur venir en aide, on devait l'utiliser sans retard.

Si pressé qu'on fût cependant, il fallait se garder de toute hâte susceptible de compromettre la situation acquise; aussi, le lendemain, après s'être consultés à cet égard, Aurore de Puiseaux et ses compagnons tombèrent d'accord qu'il valait mieux attendre un peu avant de retourner au Temple, une nouvelle visite trop rapprochée risquant d'appeler l'attention sur eux et de les faire remarquer des autres gardiens, collègues de Duthoit, qui pourraient bien être mordus de soupçons en voyant trop souvent les mêmes visages. Ils patientèrent donc durant cinq jours, qu'Aurore employa à commencer quelques portraits dans le voisinage.

Un matin, enfin, ayant appris par les rumeurs de la rue que l'exécution de Danton, de Desmoulins et de leurs amis, condamnés à mort la veille par le tribunal révolutionnaire, aurait lieu ce jour-là, Rochemeuse et Guétrier résolurent de profiter de cet événement pour se rendre chez Artémise. Le grand flot populaire devant, selon toutes prévisions, se porter sur le passage des charrettes et vers la place de la Révolution, les alentours de la prison auraient quelques chances d'être déserts.

Aussitôt après leur dîner, Rochemeuse, la jeune femme et Guétrier se mirent en route. Peu de monde sur leur chemin; la plupart des rues étaient comme vidées; on sentait que la foule était ailleurs. Ils firent donc le trajet assez rapidement. Parvenus au Temple, ils traversèrent sans difficulté le corps de garde, dont les hommes, du reste, étaient quotidiennement remplacés, et, guidés par un gendarme, comme les deux fois précédentes, ils arrivèrent à la cantine sans que les municipaux qui se promenaient dans la cour les eussent regardés.

Dès qu'ils furent arrivés au pavillon et entrés dans la chambre d'Artémise, le premier mot de Rochemeuse fut pour demander à la jeune femme si elle était toujours de cœur avec eux et prête à les servir.

« Vous n'en doutez pas? répondit-elle.

— Vous êtes une vaillante femme, fit le comte. Eh bien, allez dire à votre mari que nous sommes ici et serions aises de le voir! »

Artémise quitta la chambre et reparut, quelques minutes après, accompagnée de Duthoit. Aussitôt des saluts fraternels, des poignées de mains furent échangés; puis, quand la femme du guichetier eut refermé la porte avec soin, de façon qu'on ne pût rien entendre du dehors, le comte aborda résolument la question.

« Eh bien, citoyen, dit-il en se tournant vers Duthoit, as-tu réfléchi à l'affaire dont nous nous sommes entretenus l'autre soir? »

Duthoit eut un geste de surprise tout naturel et demanda :

« Quelle affaire?

— Mais, fit Rochemeuse en baissant la voix, tu le sais bien : les moyens de faire sortir d'ici le petit Capet! »

Le guichetier eut un sursaut de stupéfaction et promena sur les personnes qui l'entouraient un regard interrogateur. Il finit par balbutier :

« Faire évader le louveteau? Ah çà! qu'est-ce que tu chantes là, citoyen?

— Je ne fais que répéter ce que tu nous as proposé! affirma le comte.

— Moi?

— Mais, sans doute! Toutes les personnes ici présentes peuvent en témoigner... J'en appelle à la citoyenne Artémise! »

Duthoit était devenu livide et dévisageait alternativement les deux hommes et la jeune femme debout devant lui avec un regard effaré. Puis, brusquement, dans un éclat :

« J'ai dit ça? Je vous ai proposé ça? Est-que vous vous f... de moi, cœur de Marat? »

Rochemeuse répondit froidement :

« Dame! je n'invente rien, mon cher. Demande à ta femme! »

Et Artémise, d'une voix ferme, précisa :

« Le citoyen Deppen a raison, Duthoit! Tu as formellement promis de livrer le petit Capet. Tu en as même pris
l'engagement par écrit, devant nous tous, ici, sur cette
table! »

Le guichetier tournoyait, éperdu, avec une lueur de
folie dans le regard. Il bégayait :

« Moi, moi? J'ai dit cela? J'ai écrit?... J'ai écrit? Mais
jamais, jamais!... c'est impossible! Vous mentez tous!
oui, tous! Vous mentez! Qu'on me le fasse donc voir, cet
écrit!...

— Puisque tu en doutes, citoyen, regarde plutôt! »
répliqua le comte.

Et, fouillant dans la poche de son habit, il en tira le
papier qu'il plaça tout ouvert sous le nez du guichetier.
Celui-ci y jeta les yeux, et lentement, épelant presque
chacun des mots, il lut :

« Moi, soussigné, Narcisse Duthoit, guichetier à la prison du Temple, m'engage à faciliter la sortie du nommé
Capet, Charles-Louis, à la première réquisition qui me
sera faite.

« Au Temple, le 10 germinal an II.

                          « Narcisse Duthoit. »

« Eh bien! demanda Rochemeuse lorsque le guichetier
eut achevé de lire. Est-ce de ta main? »

Duthoit, pâle d'épouvante, la face convulsée de terreur,
répondit d'une voix sifflante, étranglée :

« Ça, oui..., c'est moi! C'est bien moi qui ai écrit.
Mais où?... comment?... Je ne sais plus! je ne sais plus! »

Puis tout d'un coup, se ressaisissant, il se tourna, les poings crispés, et marcha droit sur le comte et sur Guétrier.

« Ah çà ! qui donc êtes-vous, tous deux ? Répondez ! »

Rochemeuse dit :

« Nous sommes deux hommes résolus à enlever le Dauphin de son cachot, et tu t'es engagé, toi, à nous prêter assistance ; en voici la preuve ! »

Duthoit râlait :

« C'est un guet-apens, une infamie ! Vous m'avez extorqué ce papier ! Vous êtes des traîtres, des feuillants, des aristocrates !...

— Libre à toi de nous dénoncer, répliqua le comte. Avec ce bout de papier, je tiens ta tête ! »

Écrasé devant la réalité, le guichetier s'était abattu sur une chaise, sanglotant, gémissant, tordant ses mains.

« Ah ! les misérables, les misérables !... »

Mais à ce moment sa femme s'approcha, se pencha vers lui, et, se faisant persuasive :

« Allons, mon ami, résigne-toi ; tu as promis, tu as signé.

— Jamais, jamais ! J'étais fou, ou j'étais saoul ! Oui, saoul ou endormi ! Vous m'avez endormi peut-être ? Vous êtes des charlatans, des complices de Cagliostro, des sorciers ! »

Enfin, se redressant d'un bond, il s'écria :

« Eh bien ! non, ça ne se passera pas comme ça, tonnerre ! Je m'en vais appeler aux armes et vous dénoncer aux commissaires de la Commune ! »

Mais, aussi prompt que lui, le capitaine s'était jeté devant la porte de la cour, qu'il barrait de son corps, tandis que Rochemeuse avait couru à celle de la cantine, et debout, menaçant, son poignard sorti de la gaine, il en interceptait le passage.

Aussi prompt que lui, le capitaine s'était jeté devant la porte.

« Si tu profères un cri, un seul, je te dénonce ! dit Alain.

— En nous trahissant, fit Guétrier, tu joues ta tête et celle de ta femme, ne l'oublie pas !

— Songes-y bien! reprit le comte. Ces quelques lignes de ta main sous les yeux de Fouquier-Tinville, et toi et ta femme êtes perdus! »

Brusquement, Duthoit avait laissé retomber ses poings levés en l'air; ses yeux s'étaient tournés vers Artémise, qui le suppliait du geste et du regard, et, avec une expression d'ardente tendresse, il murmura :

« Je ne veux pourtant pas que cette tête-là tombe par ma faute! »

Le guichetier était vaincu.

« Ah! merci, Duthoit, merci! s'écria la jeune femme en enlaçant son mari de ses deux bras.

— Allons, finissons-en! s'écria Duthoit au bout d'un silence, en se retournant vers les deux hommes. Vous me tenez : disposez de moi. Je ferai ce qui vous plaira.

— A la bonne heure! fit Rochemeuse en remettant son poignard dans sa poche. Eh bien, assieds-toi là; je vais te dire pourquoi nous sommes venus et ce que nous attendons de ta complaisance! »

Tandis qu'Artémise faisait le guet, debout contre la porte de la salle voisine, et qu'Aurore de Puiseaux, en observation devant celle de la cour, surveillait les allées et venues du dehors, Duthoit s'était assis tout près de la table, entre le comte et Guétrier qui ne le perdaient pas des yeux.

« Voici! fit Rochemeuse. Je t'ai dit que nous voulions enlever le Dauphin du Temple : c'est exact. Seulement, étant donné qu'il est impraticable de l'en faire sortir ostensiblement, nous avions d'abord songé, le capitaine et moi, à introduire l'enfant dans l'un des paquets de linge sale que les blanchisseuses de la prison emportent au lavoir !

— C'est chose impossible, objecta le guichetier. Tous les paquets qui entrent ou sortent, de quelque nature qu'ils soient, sont visités et fouillés au corps de garde !

— Bon ! dit Alain. Dans ce cas, un seul moyen nous reste offert : c'est de nous servir des tonneaux vides que l'on vient chercher à ta cantine en même temps que l'on y apporte des barriques pleines.

— Je comprends, dit Duthoit. On enfermerait l'enfant dans un tonneau vide, et il s'en irait sur le haquet du marchand de vins.

— C'est cela même ! Juges-tu la chose exécutable ?

— A deux conditions, dit le guichetier : c'est que l'enfant n'appelle pas au secours et se laisse faire, d'abord ; ensuite, que vous en ayez un autre, à peu près du même âge, à mettre à sa place.

— Ce soin nous regarde, répondit le comte. Charlotte et moi nous chargerons de le découvrir. Maintenant, quel est le marchand de vins qui te fournit ?

— Le fournisseur de la prison ? C'est Bourdillat, à la Râpée.

— Connu ! fit Guétrier. C'est à côté de chez Colibert.

— Bien ! dit Rochemeuse. Nous ferons en sorte de trouver un charretier à notre dévotion. »

Restait un point important à connaître : c'était l'époque à laquelle on devait faire la prochaine livraison.

« Oh ! dame, ça ne sera pas avant la seconde décade de floréal, n'est-ce pas, Artémise ? » fit Duthoit en interrogeant sa femme.

15

Et, sur un signe affirmatif de celle-ci, Rochemeuse reprit :

« La seconde décade de floréal..., c'est bien long ! Enfin, nous attendrons jusqu'à cette date, — à moins que les événements ne nous obligent à agir plus tôt ! »

Mais Duthoit, qui avait saisi le sens de ces paroles, répliqua vivement :

« Oh ! la vie de l'enfant n'est pas en péril, pour le moment. Tant que la sœur de Capet sera vivante, on ne touchera pas au petit, et, si la Convention songeait à les supprimer, elle choisirait la tante avant le neveu, sois tranquille !

— Est-ce qu'on sait ! fit Rochemeuse. Il y a dix jours, Danton ne se croyait pas en danger : à cette heure, il n'existe plus ! Quoi qu'il en soit, le plus tôt sera le mieux. Mais j'entends être informé à la moindre alerte.

— Tu le seras, citoyen !

— Ainsi donc, poursuivit Alain, tu consens à la chose, et nous pouvons compter sur toi ?

— Comme sur vous-même ! »

Puis, étendant la main, d'un geste solennel :

« J'en fais le serment sur la tête d'Artémise !

— C'est bien, je te crois ! »

Et les trois hommes se levèrent.

« Citoyen Duthoit, dit alors le comte, en échange du sacrifice que tu fais en nous servant, mes amis et moi, et des dangers que tu peux courir, je te livre mon nom et celui de la femme qui m'accompagne. Madame est la comtesse de Puiseaux ; je suis le comte Alain de Rochemeuse ! C'est te dire que je crois à ta discrétion, à ton dévouement, ainsi qu'à celui de ta vaillante femme, et que nous l'honorons, elle et toi, de notre confiance. Montre-t'en digne! Et si nous réussissons dans notre projet, comme j'en ai l'espoir, ni elle ni toi ne serez oubliés! »

Un quart d'heure après, Rochemeuse et ses compagnons avaient quitté le Temple, et le citoyen Narcisse Duthoit, devenu « traître à la Nation », avait repris sa garde à côté de la chambre humide où s'étiolait l'enfant royal.

XV

Maintenant que la complicité du guichetier était acquise, il ne s'agissait plus que d'étudier, de sang-froid, la façon dont on procéderait à l'enlèvement quand le moment serait venu.

Ici, une première difficulté se présentait. Étant donné que le vin consommé à la cantine du Temple venait de chez un fournisseur désigné par les commissaires de surveillance de la prison, il était d'une évidence presque absolue qu'on n'obtiendrait aucun concours efficace de la part de ce concessionnaire, sans doute tout dévoué à la Commune. Il fallait donc en trouver un autre qui consentît à envoyer au Temple un haquet chargé de vin quelques jours avant la date à laquelle le fournisseur habituel devrait venir livrer sa commande. Pour cela, un nom s'offrit immédiatement à la pensée de Rochemeuse : c'était celui de Colibert, le négociant de Bercy, ami de Guétrier, chez lequel ce dernier avait été prendre ses quatre bouteilles de meursault. Seulement, accepterait-il d'entrer dans le complot et de courir les risques d'une semblable aventure?

Dès les premiers mots qu'il en toucha à Guétrier, au lendemain de leur visite chez les Duthoit, le capitaine répondit après réflexion :

« Il faudra voir ! Je connais Colibert depuis vingt ans ; c'est un camarade de collège. Il a embrassé les idées de la Révolution, comme moi-même, comme tant d'autres ; mais c'est un honnête garçon qui doit déplorer en secret, j'en suis convaincu, les forfaits qui s'accomplissent, les monstruosités qui se commettent. Il ne serait pas éloigné, je le crois bien, de s'associer à une réaction ; mais de là à compromettre sa situation et à risquer sa tête pour nous rendre service !... N'importe, on peut toujours tâter le terrain. Ce soir même j'irai voir sa sœur, — une ancienne élève de Mme Éloffe, la couturière-lingère de la reine, — qui est établie marchande de modes au Palais-Égalité ; je lui parlerai et tâcherai par elle de connaître les dispositions où est son frère. »

Le soir même, en effet, Guétrier se présentait chez la citoyenne Léocadie Brigaud et, après lui avoir demandé le secret, exposait l'objet de sa visite.

Léocadie Brigaud, une jolie blonde de vingt-huit ans, veuve d'un premier clerc d'avoué qui avait été tué au 10 août, à l'attaque du château des Tuileries, s'était assez rapidement consolée de cette perte cruelle, et depuis dix-huit mois elle tenait au Palais-Égalité, dans la galerie de Valois, une boutique de modes dont la clientèle se recrutait principalement parmi les élégantes assidues du jardin et des cafés environnants. Bien que fournissant plusieurs femmes de révolutionnaires connus, elle entretenait éga-

lement, grâce à la connivence de ses ouvrières ou filles
de boutique, quelques relations politiques clandestines
avec les mécontents, royalistes ou feuillants, assez nombreux dans la section de la Butte-des-Moulins, qui était
voisine.

Aussi, lorsque Marcel Guétrier, qu'elle connaissait de
longue date, lui eut avoué ce qu'il désirait de Colibert, elle
lui répondit :

« Capitaine, si tu veux mon opinion bien franche, bien
sincère, je crois qu'il vaudrait mieux que tes amis se pas-
sassent de mon frère en cette circonstance. Je ne doute
pas un seul instant qu'il soit de cœur avec eux dans une
pareille entreprise ; mais les conséquences en pourraient
être si graves pour lui, au cas d'un échec, que cette considération le retiendra, j'en ai bien peur !

— Voilà qui est fâcheux, fit Guétrier.

— Mais, reprit Léocadie, il y aurait peut-être un moyen
d'arriver sans lui au même résultat.

— Lequel ?

— Voici ! Le frère d'une de mes ouvrières, qui habite
ici, tout près, sur la Butte-des-Moulins, est voiturier. Il
doit pouvoir aisément se procurer un haquet, et au jour
que vous choisirez vous-mêmes, à l'heure qu'il vous plaira
de fixer, il se chargera fort bien de transporter au Temple
le nombre de pièces de vin qu'on lui donnera.

— Mais ce vin, où le prendrons-nous ? fit le capitaine.

— J'en fais mon affaire, déclara Léocadie. Je connais
un traiteur du faubourg Saint-Honoré qui m'en cédera
deux pièces, trois pièces, comme étant pour moi si je les
lui demande ; notre homme les mettra sur sa voiture, et,

au lieu de les descendre à ma porte, celui-ci les conduira
jusqu'au Temple, où vos amis feront le reste.

— C'est un homme de la discrétion duquel on puisse
être sûr?

— Oh! absolument.

— Et quel avantage vois-tu à cette combinaison?

— Celui-ci : c'est que le lendemain, le surlendemain,
n'importe quand, si la police vient à découvrir la super-
cherie et s'enquiert de la provenance des trois pièces, elle
ne pourra retrouver ni le marchand qui les aura fournies
à la prison, ni le voiturier qui les y aura conduites. Est-ce
clair?

— En effet.

— A présent, continua la marchande de modes, laisse-
moi agir. Je vais causer de la chose avec le voiturier, et
dans cinq ou six jours, si l'affaire s'arrange à souhait,
comme je le désire, je t'écrirai d'amener tes amis souper
chez moi : vous vous rencontrerez avec notre homme et
achèverez de prendre vos dispositions ensemble.

— C'est entendu! » dit Guétrier.

Tout heureux de cette solution, il rentra précipitamment
chez lui, où il raconta à Rochemeuse et à la comtesse le
résultat de sa visite.

« Dieu soit loué! s'écria Aurore, je crois que nous réus-
sirons.

— C'est probable, fit le capitaine. Seulement, mes chers
amis, aussitôt que vous aurez vu l'homme de Léocadie
Brigaud, le voiturier, et que vous vous serez entendus
avec celui-ci, le mieux que vous aurez à faire, selon moi,
sera de quitter Paris sans retard et de retourner à Chevreuse. »

Et comme la jeune femme se récriait, ainsi que son compagnon, il poursuivit :

« L'affaire arrangée, les dispositions prises, votre présence ici devient inutile, puisque nous ne pouvons agir avant la seconde décade de floréal. Enfin, outre qu'en y demeurant plus longtemps vous risqueriez d'attirer l'attention soupçonneuse des voisins ou des espions qui nous entourent, je craindrais qu'une trop longue absence de votre habitation de Chevreuse puisse également sembler étrange à votre propriétaire, le sieur Gâtebois. Qu'en pensez-vous? »

Aurore et Rochemeuse furent obligés de convenir que le capitaine avait raison; Paris était, en effet, trop peu sûr pour que la jeune femme et Alain continuassent à s'y exposer sans utilité réelle. Il fut donc arrêté que, dès qu'Aurore et le comte se seraient abouchés avec le mystérieux personnage annoncé par Léocadie, ils s'en retourneraient immédiatement à Chevreuse, d'où ils ne reviendraient plus que pour procéder à l'enlèvement.

Au reste, la réponse de Léocadie se fit moins attendre que Guétrier ne l'avait craint tout d'abord. Quatre jours après sa visite à la modiste, il recevait un petit mot de la jeune femme l'informant, en un style prudent et concis, *que la commande qu'il lui avait faite était prête et qu'il pourrait passer ce jour-là même au magasin, avec son amie, pour essayer.*

« Parfait! songea Guétrier. Elle a vu son homme, et elle nous attend! »

Puis, s'adressant au trottin qui avait apporté le billet :

« C'est bien, petite. Tu diras à la citoyenne Brigaud que

nous nous rendrons, cet après-dîner, à son magasin, comme elle me l'indique. »

Le trottin parti, Marcel annonça à ses amis que la modiste leur donnait rendez-vous pour le jour même. Il n'y fallait donc pas manquer. Mais, au lieu d'y aller tous les trois ensemble, ce qui pouvait donner lieu à des remarques, Guétrier jugea qu'il serait plus adroit de se séparer. Lui se rendrait au Palais-Égalité avec Aurore à son bras, en passant par les Tuileries, et Rochemeuse viendrait les y retrouver un peu plus tard, en suivant un autre chemin.

« Ça vous convient-il? fit Guétrier.

— Je m'en remets complètement à vous, » répondit le comte.

Sur les deux heures, le capitaine quittait son domicile en compagnie d'Aurore de Puiseaux et descendait vers les Quatre-Nations; un peu après, Alain se mettait en route à son tour, en prenant la direction du pont Saint-Michel.

Il traversa celui-ci sans encombre, longea le Palais de justice, franchit le Pont-au-Change; mais, parvenu à l'extrémité du quai de la Mégisserie, comme il avait marché assez vite et ne tenait pas à arriver chez Léocadie avant les autres, il entra dans un petit café de la place des Trois-Maries, s'y assit et demanda les journaux.

Au bout d'une demi-heure environ, il allait se décider à sortir, après avoir parcouru des yeux les feuilles publiques, quand il crut s'apercevoir qu'un consommateur, installé déjà dans l'établissement au moment où il y avait pénétré et qui occupait une table au fond de la salle, en face la sienne, paraissait l'examiner avec insistance.

« Diable! pensa Rochemeuse. Voici un particulier qui
semble bien occupé de ma personne! »

Sans s'émouvoir davantage, le comte appela l'officieux,
demanda une seconde tasse de café, et, de son côté, se
mit à observer l'inconnu.

Celui-ci était un homme d'une quarantaine d'années
environ, de corpulence moyenne, et dont le visage, aux
traits nettement accusés, à l'expression dure, hautaine,
n'était pas sans une certaine distinction. Bien qu'il parût
affecter quelque brutalité dans le geste, l'allure, sa façon
de parler et de demander les gazettes, on pouvait supposer que cette rudesse était plutôt feinte, et qu'en réalité ce personnage ne simulait la vulgarité que pour mieux
masquer ses véritables manières. Suivant une locution
commune, ce citoyen « sentait d'une lieue » son aristo-
crate.

Rochemeuse n'ayant rien dans la physionomie ni le costume qui fût susceptible de retenir l'attention d'un étranger, il en vint à supposer que, peut-être, il avait produit
sur l'inconnu une impression identique à celle que la vue
de ce dernier lui avait causée. Mais comme, par le temps
qui courait, des impressions de cette nature risquaient
d'entraîner de fâcheuses conséquences, Alain jugea prudent de se dérober à cette investigation gênante. Il appela
l'officieux, solda ses consommations, et, remettant son
chapeau sur sa tête, il se dirigea vers la sortie.

Au reste, il n'avait attaché à cet incident qu'une minime
importance, et, cent mètres plus loin, il n'y songeait plus,
ressaisi qu'il était déjà par ses propres pensées et ses préoccupations personnelles.

Pourtant, vers le milieu de la rue de l'Arbre-Sec, s'étant

retourné tout à coup pour lire une enseigne, il fut très
surpris d'apercevoir le même individu qui marchait derrière lui, à quelque distance, et paraissait le suivre. Alain
feignit de ne rien remarquer; néanmoins il s'arrêta et
réfléchit. Décidément, il était espionné par cet homme.
Pourquoi? Dans quel but? Autant de questions insolubles
pour le moment; mais le fait lui-même n'en demeurait pas
moins d'une évidence incontestable. Dans ces conditions,
que devait-il faire? Retourner sur ses pas et rentrer rue
de l'Estrapade? C'eût été une imprudence, car l'inconnu
pouvait l'y suivre et découvrir ainsi son adresse. D'autre
part, aller directement chez Léocadie Brigaud, c'était
exposer Aurore et le capitaine, au cas où ils y seraient
déjà arrivés, à être vus par cet énigmatique personnage!...

A tout hasard, et sans savoir au juste à quel moyen il
aurait recours pour échapper à cette surveillance, Rochemeuse continua son chemin en remontant vers la Croix-
du-Trahoir et la rue Saint-Honoré.

Pendant dix minutes, il marcha droit devant lui, du
même pas tranquille, sans seulement tourner la tête; mais,
comme il atteignait le coin de la rue du Chantre, ayant
jeté derrière lui un regard à la dérobée, il vit de loin
l'homme du café qui persistait à le suivre. Cette fois, le
doute n'était plus possible : c'était bien à lui qu'en avait
cet étranger... Aller à la rencontre de l'individu, l'aborder
carrément et lui demander ce qu'il voulait?... Certes, cela
eût été crâne, mais bien dangereux. D'un autre côté,
essayer de gagner de vitesse et de dérouter l'espion en se
jetant dans le dédale des rues voisines, cela eût ressemblé
à une fuite et n'aurait pu qu'aggraver les soupçons de

l'homme sans offrir à Rochemeuse la certitude absolue de
le dépister. Alors, quoi?... Il fallait cependant s'arrêter à
un parti. Après une minute de réflexion, Alain choisit le
plus simple, — celui qu'il avait repoussé tout d'abord :
c'était d'aller directement chez la modiste, sans faire de
détour, en homme sûr de soi, qui ne craint rien et n'a rien
à redouter.

Rochemeuse prit donc la rue des Bons-Enfants, traversa
la cour des Fontaines, s'arrêta même au passage devant
une affiche qui annonçait un spectacle d'ombres chinoises,
et, pénétrant dans la galerie de Valois, il se dirigea vers
la boutique de Léocadie Brigaud.

Au moment d'en franchir le seuil, il glissa un coup d'œil
oblique sous les arcades : l'homme était toujours là... Le
comte entra dans le magasin et demanda la citoyenne
Brigaud.

« C'est moi-même, citoyen! fit une jeune femme blonde
en s'avançant avec empressement à sa rencontre. Qu'y
a-t-il pour ton service? »

Rochemeuse dit à mi-voix :

« Est-ce que le capitaine Guétrier est arrivé? »

Léocadie, qui avait tout de suite deviné quel était le
visiteur, répondit :

« Le citoyen Deppen, sans doute? Mais certainement!
tes amis sont là-haut depuis longtemps, citoyen!... Entre
donc!

— Un instant, fit le comte en baissant la voix. J'ai peur
d'avoir été suivi en venant ici... Un homme de ma taille,
quarante ans, vêtu d'une redingote amadou, avec des
bottes et un chapeau noir. Il doit être dans la galerie, derrière moi.

— Tu crois? demanda la jeune femme un peu émue.
Au reste, attends une minute! Je connais de vue quelques
mouchards, je vais m'assurer... »

Et elle sortit vivement sur le seuil de son magasin en
regardant sous les arcades, dans la direction que Rochemeuse lui avait indiquée.

Mais un rapide examen de l'individu, qui se tenait
arrêté un peu plus bas, à la devanture d'une boutique de
frivolités, suffit à convaincre la modiste. Elle revint vers
le comte et dit :

« Tu ne t'es pas trompé. Je reconnais l'homme. Il s'appelle Léonidas, et c'est un rabatteur du Comité de sûreté
générale. Il aura flairé en toi un ci-devant, et il te file, ce
n'est pas douteux !

— Saperlotte! fit Alain. Mais si je reste ici, il est capable
de s'immobiliser devant ta porte! »

Léocadie demeura un moment perplexe; puis tout à
coup, se frappant le front :

« J'ai peut-être un moyen de le dépister! »

Très vivement, elle alla prendre au fond de son magasin
un carton à chapeau sur lequel était piquée une étiquette,
et, le donnant à Rochemeuse :

« Écoute! Tu vas te rendre à cette adresse, rue du Petit-
Reposoir, chez la citoyenne Olympe Buret. C'est une
cliente à moi, dont le mari est greffier au tribunal révolutionnaire; elle attend son chapeau; tu te feras indiquer
son logement, et tu monteras! Si ce Léonidas persiste à te
suivre et qu'il tienne à savoir où tu vas, il est probable
qu'il s'informera, près du concierge, de la personne chez
qui tu seras monté. Or il y a de fortes chances pour
que, en apprenant que tu es venu chez un greffier du tri-

bunal révolutionnaire, ses soupçons se dissipent et qu'il renonce à te filer. Dans tous les cas, tu peux essayer ; ça ne coûte rien !

Suivi de l'homme mystérieux, le comte se rendit chez la citoyenne Buret.

— Merci ! dit Alain en serrant la main de la modiste. A tout à l'heure ! »

Rochemeuse prit le carton, sortit du magasin de modes, et, toujours suivi de l'homme mystérieux, il remonta la

galerie de Valois et se dirigea vers la place de la Victoire-
Nationale. Arrivé rue du Petit-Reposoir, il demanda la
citoyenne Olympe Buret. La concierge lui répondit que
celle-ci était sortie; mais au même instant, apercevant
un homme qui descendait l'escalier de la maison, elle
ajouta :

« Justement, voilà le citoyen Buret en personne! Si tu
veux lui parler? »

C'était en effet le greffier, un petit maigre, tout vêtu de
noir, avec une face terreuse qui semblait conserver un
reflet des épouvantes auxquelles ses fonctions lui permettaient d'assister. Il s'informa auprès du commissionnaire de ce qu'il désirait, et ce dernier ayant expliqué qu'il
apportait un chapeau pour la citoyenne Olympe Buret, de
la part de Léocadie Brigaud, la modiste, le greffier se fit
aussitôt très aimable.

« Ah! parfaitement! Eh bien, c'est de le déposer ici,
chez la concierge. Ma femme le prendra à son retour. Précisément, elle va ce soir au spectacle. »

Puis, ayant remis le carton à la portière, le greffier se
dirigea vers la rue avec l'envoyé de Léocadie.

« Est-ce que tu retournes au Palais-Égalité, citoyen? »
demanda-t-il.

Et, sur la réponse affirmative de Rochemeuse, il ajouta :

« En ce cas, nous ferons route ensemble, si tu le veux
bien. Moi, je vais à la Conciergerie; c'est le même
chemin. »

. En franchissant la porte cochère, le comte explora la
rue d'un coup d'œil. L'agent s'y trouvait encore. Mais
brusquement, en apercevant l'homme filé par lui qui ressortait en compagnie d'un greffier au tribunal révolution-

naire, il parut décontenancé, rétrograda de quelques pas, comme indécis, puis finalement tourna le dos et s'éloigna dans une direction différente. La perspicacité de Léocadie avait vu juste.

Au Palais-Égalité, Rochemeuse quitta le greffier Buret et rentra chez la citoyenne Brigaud, où il retrouva le capitaine et Aurore de Puiseaux qui l'attendaient, assez inquiets de son aventure que leur avait contée la modiste. Le comte n'en était pas autrement troublé : le dénouement lui en semblait même des plus cocasses.

« N'importe, mon cher, dit Guétrier. Vous voyez qu'en ce moment l'air de Paris est mauvais et qu'il vaut mieux pour vous retourner à Chevreuse. Si vous aviez conservé quelque doute à cet égard, l'incident d'aujourd'hui est fait pour le dissiper. Sans la présence d'esprit de Léocadie et la rencontre fortuite du greffier, vous n'auriez peut-être pas pu vous tirer des griffes de l'agent. »

Rochemeuse ayant demandé alors à la modiste quelques renseignements sur ce Léonidas, la jeune femme répondit qu'elle n'en possédait aucun. Elle savait seulement que c'était un de ces espions comme il en foisonnait tant par la ville, un de ces ignobles pourvoyeurs qui rôdaient par les rues, furetant, fouillant, dénonçant. C'était lui qui avait fait arrêter tout dernièrement les dames de Sainte-Amaranthe, la mère et la fille, des clientes à elle qui tenaient une maison de jeu, là-bas, en face du perron, dans l'ancienne demeure d'Helvétius.

« Mais il n'a pas l'air d'un sans-culotte ! objecta le comte. Je l'ai bien regardé. C'est un homme de trente-huit à quarante ans, à peu près de votre taille, Guétrier, dont la physionomie est intelligente, l'allure élégante, distinguée.

16

— Qu'est-ce que cela prouve? riposta le capitaine.
Robespierre est distingué, lui aussi! Et puis, mon cher
ami, tous les mouchards ne se recrutent pas dans le peuple,
et soyez convaincu qu'il y a plus d'un ci-devant payé par
le Comité de sûreté générale! »

Cependant il était temps de s'occuper de l'affaire qui les
avait amenés chez Léocadie, et tout aussitôt la modiste
les mit au courant de ses démarches. Elle avait vu le voiturier de la Butte-des-Moulins, s'était enquis s'il lui serait
possible de fournir à une date ultérieure, restant à fixer,
un cheval et un haquet pour servir à une besogne particulière, et, sur la réponse affirmative de ce dernier, elle
l'avait prié de venir chez elle ce soir-là, vers six heures et
demie, pour s'entendre avec les personnes qui auraient
besoin de lui.

Effectivement, à l'heure dite, l'homme en question arrivait chez la modiste, et celle-ci ne l'eut pas plus tôt fait
monter dans son petit appartement d'entresol et présenté
à ses amis, que le comte et Aurore laissèrent échapper
un cri de stupéfaction :

« La Jardie!... »

Ce voiturier n'était autre, en effet, que le chevalier de
La Jardie, l'ancien secrétaire du marquis de Laqueuille à
Bruxelles, l'ancien compagnon d'armes de Rochemeuse en
Vendée, qui, rentré dans Paris trois mois auparavant,
n'avait pu en ressortir, et, pour se mieux cacher, avait
pris le parti de se faire voiturier dans le quartier de la
Butte-des-Moulins, tandis que sa jeune sœur, Edwige,
était entrée en qualité d'ouvrière chez Léocadie.

« Ah! mon ami, s'écria Rochemeuse, c'est la Providence
qui vous amène! »

Une demi-heure après, le magasin clos, le souper servi, le comte et Aurore de Puiseaux développèrent devant le chevalier le plan d'enlèvement qu'ils avaient conçu, les accointances nouées au Temple, les moyens de réussite qu'ils croyaient avoir entre les mains. Sans hésiter, La Jardie entra dans leurs vues et se mit à leur entière disposition pour le jour où ils auraient besoin de ses services. Non seulement il pouvait leur procurer le cheval et le haquet nécessaires, mais il s'offrait encore à le conduire lui-même comme charretier; de plus, il se faisait fort de mobiliser une quinzaine d'amis sûrs, dévoués, prêts à tout, qui, déguisés et disséminés parmi les passants, escorteraient le haquet à sa sortie du Temple et empêcheraient toute attaque imprévue de se produire. Enfin, vers les onze heures, après avoir longuement examiné, débattu, discuté les éventualités à prévoir, on prit congé de Léocadie.

Il avait été entendu que le capitaine, qui restait à Paris, demeurerait constamment en rapport avec les Duthoit et le chevalier de La Jardie, surveillerait les événements, se tiendrait à l'affût des circonstances, tandis qu'Alain, retourné à Chevreuse, se préoccuperait de disposer des relais pour le jour où, l'enlèvement étant opéré, il ne s'agirait plus que de gagner la côte avec toute la rapidité désirable. Aussi, dès le lendemain matin, ayant réglé avec leur ami les points essentiels et échangé leurs recommandations dernières, Rochemeuse et la comtesse de Puiseaux quittèrent la rue de l'Estrapade.

Par précaution, et afin d'échapper aux investigations toujours à craindre au départ des diligences, ils sortirent de Paris à pied, par la barrière d'Enfer, accompagnés du

capitaine, dont l'uniforme imposait un certain respect, et
ce fut seulement à Bourg-la-Reine, — à Bourg-Égalité, —
qu'ils se décidèrent à prendre place dans la voiture qui
allait à Chevreuse. Le voyage s'accomplit, d'ailleurs, de
la façon la plus tranquille, sans que Rochemeuse et sa
compagne eussent été l'objet d'aucune remarque, et le
soir même, avant six heures, ils arrivaient dans la petite
ville, où ils reprenaient possession de leur habitation, que
Paméla avait soigneusement entretenue pendant leur
absence.

   Alors s'ouvrit à nouveau pour eux l'existence calme et
retirée qu'ils avaient menée déjà au temps de leur premier
séjour, vie de petites gens, de modestes bourgeois, qui,
totalement inconnus dans l'endroit, ne pouvaient fréquen-
ter personne, et dont les rares sorties se bornaient à
quelques promenades à travers les bois accidentés des
environs.

   Pour s'occuper, Aurore s'était remise à peindre à l'aquarelle. Quant à Rochemeuse, qui, grâce à l'obligeance du
brigadier de gendarmerie, oncle de Paméla, pouvait avoir
fréquemment un cheval à ses ordres, il accomplissait
d'assez longues excursions aux alentours, prétextant le
besoin d'exercice, mais en réalité pour explorer les différentes routes aboutissant à Chevreuse et étudier l'itinéraire qu'on devrait adopter le jour où il s'agirait de
rejoindre M. de Frotté et ses compagnons. Dans ce but,
il avait poussé jusqu'à Orsay, Longjumeau, Choisy, afin
de reconnaître la route de Paris, et, dans une autre direction, jusqu'à Rambouillet, jusqu'à Maintenon, où il avait
fait la connaissance de Peaudouche, le cabaretier désigné
par Frotté, qui s'était engagé à lui procurer, quand il en

serait temps, une solide berline attelée en poste prête
à filer sur Dreux au premier signal.

Tous les quatre ou cinq jours, Rochemeuse ou la jeune
femme écrivait à Guétrier pour donner de leurs nouvelles ;
et le capitaine, de son côté, ne manquait jamais de leur
répondre. Lettres banales des deux parts, où les amis
ne s'entretenaient qu'en termes circonspects de la chose
qui les intéressait si vivement les uns et les autres : santé
excellente, affaires en bonne voie, espoir de se trouver
bientôt réunis. Par mesure de prudence, Guétrier n'avait
même pas parlé de l'arrestation de Mme de Beauharnais,
opérée à son domicile de la rue Saint-Dominique, dans la
soirée du 1er floréal, par deux membres du comité révolutionnaire de la section des Tuileries, qui, après avoir
perquisitionné, avaient d'abord conduit la malheureuse
femme à la prison des Anglaises, rue de Lourcine, d'où,
vu l'encombrement, ils l'avaient ramenée ensuite aux
Carmes.

Rochemeuse et la comtesse connaissaient déjà, d'ailleurs, le fait par les journaux, et tous deux avaient compris combien ce douloureux événement, quoique prévu,
avait dû bouleverser le capitaine. Cependant, comme on
approchait de la seconde décade de floréal, le comte jugea
qu'il serait nécessaire de voir Guétrier, au moins une fois,
pour s'entendre avec lui d'une façon définitive et arrêter
clairement les dispositions dernières. Mais, ne voulant pas
retourner à Paris avec la jeune femme avant l'époque fixée
pour l'évasion, Rochemeuse avait trouvé préférable que ce
fût le capitaine qui se dérangeât, le voyage offrant moins
de difficultés pour un homme seul. Aurore de Puiseaux se
décida donc à lui écrire, un matin, une lettre ainsi conçue :

« Chevreuse, 9 floréal an II.

« Citoyen capitaine,

« Nous aurions en ce moment, Richard et moi, le plus
vif désir de te voir. Ne te serait-il pas possible de venir
un de ces jours nous demander l'hospitalité à Chevreuse?
Quand je pense que tu n'as pas encore eu la curiosité de
venir visiter notre maisonnette! Comme c'est mal! Richard
t'en veut énormément, et moi davantage encore. Mais,
à tout péché miséricorde! Je ne te fixe pas de jour :
choisis celui qui te conviendra le mieux, n'importe lequel.
Tu seras certain de nous trouver, en même temps que tu
peux être assuré à l'avance de la cordialité de notre
accueil.

« Toutes nos amitiés de l'un et de l'autre.

« Ta bien dévouée amie,

« CHARLOTTE DEPPEN. »

Ce fut le surlendemain, 11 floréal, vers huit heures, au
moment où il se préparait à sortir, que le capitaine
Guétrier reçut cette lettre.

Il en éprouva d'abord une légère contrariété, car lui
aussi avait le plus vif désir de conférer avec ses amis; et,
malheureusement, il se trouvait dans l'impossibilité de
leur donner satisfaction immédiate. Il avait en effet rendez-
vous à onze heures au Palais-Égalité, chez Léocadie Brigaud,
pour y dîner avec le chevalier de La Jardie. Enfin, le lendemain, il devait aller voir les Duthoit à la tour du
Temple pour savoir d'eux à quelle date précise on renou-

velait leur approvisionnement de vin. Guétrier ne pouvait
donc s'absenter de Paris avant deux jours.

« Bah! fit-il après réflexion, j'irai après-demain. De
cette façon, je serai fixé et pourrai leur porter des
nouvelles fraîches. »

Ne tenant pas à se montrer ce jour-là en uniforme, le
capitaine avait mis une redingote de drap vert olive, le
bicorne gris avec la cocarde, les bottes à revers; et, sa
toilette achevée un peu à la hâte, il sortit de chez lui
après avoir glissé dans sa poche la lettre qu'il venait de
recevoir.

Il se dirigea tout d'abord vers la prison des Carmes,
ainsi qu'il faisait chaque matin, pour savoir le nom des
détenus transférés à la Conciergerie la veille; puis, renseigné à cet égard, il s'en revint vers le Pont-Royal,
traversa les Tuileries et atteignit la rue Saint-Honoré.

Arrivé au coin de la rue de Saint-Nicaise, il songea tout
à coup qu'il avait oublié de se faire la barbe. Impossible
de se présenter en cet état chez la modiste. Il avisa donc
la première boutique de perruquier qu'il aperçut, y entra,
salua sans les voir cinq ou six clients qui se trouvaient là,
et, ayant enlevé sa redingote qu'il remit aux mains d'un
garçon accouru à sa rencontre, il prit place dans l'un des
fauteuils demeurés vacants.

« La barbe, citoyen?
— La barbe! »

Le garçon se mit en devoir de le raser.

De l'endroit où il était, le capitaine ne voyait qu'imparfaitement ce qui se passait dans la boutique; aussi, durant
le temps qu'on l'accommoda, ne put-il que deviner, derrière son dos, les allées et venues de gens qui entraient,

s'asseyaient, causaient entre eux en attendant leur tour, ou se retiraient leur toilette faite.

Au bout d'un quart d'heure, sa barbe rasée, sa perruque rajustée, le capitaine se leva pour remettre son vêtement, dont le garçon lui présentait une manche ouverte. Guétrier l'endossa; mais à peine y était-il entré, qu'il porta ses mains aux entournures en disant :

« Cette redingote n'est pas à moi !

— Comment ! ce n'est pas la tienne, citoyen? demanda le garçon.

— Pas le moins du monde. Elle est de même nuance, c'est vrai, mais plus étroite. D'ailleurs, je vais m'en assurer ! »

Ayant aussitôt fouillé dans les poches, il y trouva un mouchoir marqué d'un L, un portefeuille vide et quelques vieux numéros du *Moniteur*, du *Courrier de Paris* et du *Journal de Perlet*.

« Ce n'est pas mon habit, répéta Guétrier. Quelque autre client aura pris le mien par erreur, sans aucun doute. »

Et se tournant vers le patron qui était intervenu :

« Combien est-il sorti de personnes depuis que je suis ici?

— Trois seulement, citoyen !

— Et tu ne les connais pas?

— Ma foi, non ! C'étaient des clients de passage.

— Voilà qui est désagréable, fit Guétrier. Enfin, je vais attendre un moment. Celui qui s'est trompé va probablement s'en apercevoir et revenir. »

Et s'asseyant sur une chaise, dans la boutique, le capitaine se mit à jeter un coup d'œil sur les gazettes. Mais dix, vingt minutes, une demi-heure s'écoulèrent sans que le client inconnu se fût représenté.

« Tu n'avais au moins rien de précieux dans tes poches, citoyen? demanda le patron, très contrarié de cette aventure.

— Non, rien! dit Guétrier en cherchant à se souvenir. Rien qu'un mouchoir et une lettre. Oh! une lettre sans importance ni intérêt. »

Enfin, ayant patienté un quart d'heure encore, le capitaine se décida à se lever.

« Citoyen, dit-il au perruquier, je suis obligé de m'en aller et ne puis attendre davantage. J'emporte donc ce vêtement sur moi. Dans le cas où l'inconnu auquel il appartient viendrait le réclamer, tu lui donneras simplement mon adresse. Le capitaine Marcel Guétrier, 48, rue de l'Estrapade. »

Quittant alors la boutique du perruquier dans sa redingote de couleur olive aux manches trop étroites, l'officier gagna le Palais-Égalité et se dirigea vers le magasin de Léocadie Brigaud.

XVI

Le client de passage qui avait endossé par mégarde, au lieu du sien, l'habit du capitaine Guétrier, ne s'était pas tout de suite aperçu de son erreur. Au sortir de chez le perruquier, il avait suivi la rue Saint-Nicaise droit devant lui, et d'un pas rapide, en homme pressé, il s'était engagé sur la place du Carrousel, derrière le château des Tuileries, dans la direction de la rue du Doyenné.

Tout en marchant, il s'était mis à feuilleter diverses notes qu'il avait tirées de l'une des poches de son gilet, et, ne trouvant sans doute pas parmi celles-ci la pièce qu'il pensait y découvrir, il glissa sa main droite sous sa redingote de couleur olive, afin d'explorer la poche intérieure de ce vêtement. Ses doigts en sortirent une lettre pliée en deux, et, ayant jeté les yeux sur la suscription, il lut cette adresse :

Au capitaine Marcel Guétrier,
48, rue de l'Estrapade,
à Paris.

L'homme s'arrêta net, très étonné de trouver cette
lettre dans sa poche, et se demanda :

« Qu'est-ce que c'est que cela ? »

En même temps il se tâta, d'un geste inquiet, regarda
son vêtement, palpa l'étoffe; puis, ayant fouillé dans les
basques, d'où il retira un mouchoir marqué aux ini-
tiales M. G., il s'écria tout haut, au beau milieu de la
place :

« Mais, sacrebleu! ce n'est pas à moi, cette redingote-
là!... Je me serai trompé en me rhabillant. »

Devant cette constatation, le premier mouvement de
l'homme fut de revenir sur ses pas et de retourner chez
le perruquier pour y réclamer son propre habit. Mais
presque aussitôt, réprimant la contrariété fort légitime
provoquée en lui par l'erreur qu'il avait commise, l'homme
se dit qu'avant de restituer cet habit à son propriétaire,
il serait peut-être bon de vérifier ce que celui-ci pouvait
renfermer d'intéressant. Il se mit donc à le visiter en
conscience, fouillant les poches, sondant les doublures,
mais sans réussir à trouver autre chose que le mouchoir
marqué M. G. et la lettre adressée au capitaine.

Tout à coup, comme son regard demeurait attaché à la
suscription, l'homme eut une contraction légère de la face,
le froncement de sourcil de quelqu'un qui croit reconnaître
quelque chose.

« Où diable ai-je déjà vu cette écriture? » murmura-t-il.

Et, l'examinant une seconde fois :

« On dirait une main de femme! »

Bah!... Ça devait être quelque missive amoureuse
adressée au capitaine, quelque poulet, quelque acros-
tiche!... Ces officiers avaient tant de succès près du beau

sexe!... Mars et Vénus!... Néanmoins, une curiosité lui
étant venue d'éclaircir le fait, il déplia la lettre, l'ouvrit,
et son regard courut droit à la signature.

« Charlotte Deppen! fit-il en éclatant de rire. Un nom
de femme!... Parbleu! je ne m'étais pas trompé! »

Et, lentement, il commença de lire la missive. Mais,
à mesure que les lignes se déroulaient une à une devant
ses yeux, une sorte de surprise inquiète se peignait
graduellement sur sa physionomie attentive, et, lorsqu'il
fut arrivé à la fin, l'homme ne put retenir cette exclamation :

« C'est inouï!... Ces caractères allongés, cette finesse...
On jurerait que c'est de sa main! »

Puis, comme si la supposition qu'il venait de faire mentalement lui eût paru monstrueuse, ou tout au moins inad-
missible, il haussa les épaules en disant :

« Peuh! je suis fou!... D'ailleurs, comment serait-elle
ici? »

Cependant un soupçon devait demeurer en lui, persis-
tant, car il se dirigea vers un banc de pierre qui se trouvait
adossé contre le mur de l'hôtel d'Elbeuf, et, s'y étant
assis, il se mit à relire la lettre avec l'attention la plus soutenue. Quand il releva la tête, au bout d'un instant, son
visage s'était encore assombri, et il devenait évident que
ce second examen n'avait fait que confirmer l'impression
déjà ressentie. L'homme se dressa et dit :

« C'est étrange! »

Et, faisant quelques pas, il murmura encore :

« Si j'avais seulement une lettre d'elle, pour comparer!
Mais je n'ai rien, plus rien! »

Enfin, après quelques minutes d'indécision, s'arrachant

subitement à la songerie dans laquelle cette découverte imprévue l'avait plongé, l'homme s'écria :

« Coïncidence ou non, ceci vaut un éclaircissement ! »

Pour l'obtenir, un très simple moyen s'offrait à lui : c'était de se rendre rue de l'Estrapade, chez ce capitaine Guétrier, sous prétexte de lui restituer sa redingote ; là il saurait du moins qui était cet officier, et, par la même occasion, essayerait d'apprendre quelle était la signataire de la lettre trouvée dans sa poche. Mais presque immédiatement il repoussa cette idée, estimant qu'une telle visite ne lui apporterait peut-être pas le résultat qu'il en espérait et qu'elle offrirait, au contraire, l'inconvénient de mettre le capitaine sur ses gardes, au cas où celui-ci aurait quelque mystère à dissimuler. Toutefois, résolu à satisfaire sa curiosité, il décida de recourir à ses propres ressources pour dissiper le doute qui venait de s'emparer de son esprit.

Tirant une montre de son gousset, il regarda l'heure. Dix heures moins le quart.

« C'est bon ! fit-il après un court calcul. J'ai le temps ! »

Il continua de traverser le Carrousel, tourna sur le quai à sa droite, et, parvenu au pavillon de Flore, il monta au Comité de salut public.

« Est-ce que Beausire est ici ? demanda-t-il en pénétrant dans une assez vaste salle où des agents se tenaient toujours en permanence.

— Mais oui, citoyen Léonidas ! répondit l'un d'eux.

— Eh bien, dis-lui de venir ! J'ai à lui parler. »

Et il sortit dans l'antichambre, où il se mit à marcher de long en large.

Quelques instants après, un garçon d'une trentaine

d'années, maigre, efflanqué, d'allure louche, mais à la
physionomie intelligente, venait retrouver Léonidas dans
l'antichambre.

« Tu as besoin de moi, citoyen?

— Oui, pour toute la journée. Nous partons à la campagne.

— Bien !... On va loin?

— Huit lieues. Auparavant, tu vas te rendre aux
bureaux de la guerre, et tu y demanderas, de ma part, des
renseignements sur l'officier dont voici le nom. »

En même temps, se penchant sur une table qui était là,
il griffonna quelques mots sur un chiffon de papier et le
remit à Beausire.

« Ensuite, poursuivit Léonidas, tu viendras me retrouver
en toute hâte chez Jeufroi, le loueur de chevaux..., tu sais,
à l'entrée de la rue du Bac, à gauche? Je t'y attendrai.
Mais presse-toi, car il faut que nous soyons en route
à onze heures au plus tard. Tu as compris?

— Oui, citoyen. »

Ceci réglé, Léonidas redescendit, traversa le pont et se
rendit rue de Beaune, où il habitait. Là il changea de
vêtements, enfila des bottes, mit un chapeau rond, glissa
sous son habit une paire de pistolets tout chargés et des
cartouches, en homme de précaution qu'il était; puis,
ayant pris quelque argent et serré la lettre de Charlotte
Deppen dans son portefeuille, il quitta son logis et se
dirigea vers la rue du Bac, où il entra chez Jeufroi.

« As-tu deux bons chevaux à me donner sur-le-champ?
demanda-t-il au loueur en lui exhibant sa carte... *Comité
de sûreté générale*.

— Certainement, citoyen! répondit aussitôt le maqui-

gnon, que la vue de la carte avait impressionné. Dans un
quart d'heure ils seront prêts.

— Bien ! »

En attendant, Léonidas s'assit chez un marchand de
vins traiteur, dont la boutique était mitoyenne avec la cour
du loueur de chevaux, et se fit apporter de la viande froide
et du fromage. Il n'était pas attablé depuis cinq minutes,
que Beausire apparut, venant le rejoindre.

« Ah ! ah ! te voilà, fit Léonidas. Et ces renseignements ?

— Je les ai, citoyen, répondit Beausire en présentant
à l'agent une feuille de papier pliée en deux.

— Bon !... Assieds-toi là et prends quelque chose, dit-il
au jeune homme, car je ne sais au juste à quelle heure
nous souperons aujourd'hui. »

Et, tandis que Beausire se plaçait à table en face de lui
et se mettait à manger, l'agent de police examinait la note
que ce dernier lui avait remise.

« Voyons cela, fit-il en la parcourant des yeux. Marcel
Guétrier, vingt-huit ans, capitaine d'infanterie en garnison
à Granville, actuellement en congé de six mois, domicilié
à Paris, 48, rue de l'Estrapade, section du Panthéon.
États de service : Valmy, Jemmapes ; aide de camp de
Beauharnais à l'armée du Rhin, puis campagne de Vendée
à l'état-major de Santerre et de Westermann... Bon ! »

Léonidas replia la note, qu'il serra soigneusement dans
son portefeuille, avec la lettre, et acheva de déjeuner.
Enfin, comme onze heures sonnaient, les deux chevaux
ayant été amenés devant la porte, l'agent de police et son
compagnon se mettaient en selle.

Ils remontèrent d'abord la rue du Bac, prirent la rue de
Grenelle jusqu'à la Croix-Rouge ; puis, après avoir passé

devant les Carmes et longé les jardins du Luxembourg,
ils sortirent de Paris par la barrière d'Enfer. Là, seulement, ils s'engagèrent au petit trot sur la grande route
qui s'allongeait dans la direction de Châtillon et de Fon-
tenay-aux-Roses. La matinée était belle, ensoleillée; au
loin, la campagne s'étalait, verdissante, sous les pousses
fraîchement écloses; et çà et là, sur les bords du chemin,
les maisonnettes s'ouvraient, claires et gaies, avec un air
de joie, à la douce tiédeur du renouveau qui épanouissait
à l'entour les arbres en fleurs.

« Un vrai temps pour aller en ballade! murmurait Beausire.

— N'est-ce pas? ajoutait Léonidas. Ceci vaut mieux
que l'odeur de moisi des paperasses du Comité ou que la
puanteur des ruisseaux parisiens! »

Ils laissèrent Fontenay sur la gauche, atteignirent le
Plessis-Piquet, et, contournant la masse des bois de Ver-
rières, ils descendirent au village de Bièvres, où ils firent
halte pour laisser souffler leurs chevaux. Il était une heure.
Le citoyen Léonidas et son compagnon entrèrent à l'auberge afin de s'y rafraîchir; puis, au bout de vingt
minutes, ils se décidaient à remonter à cheval, et, franchissant l'étroite vallée, ils commençaient à gravir d'une
allure lente les pentes du plateau qui se développe vers
les étangs de Saclay. Du reste, les deux hommes chevau-
chaient silencieux et n'échangeaient que de rares paroles,
le citoyen Léonidas n'ayant pas cru devoir initier l'agent
Beausire à l'affaire qui motivait son voyage, et ce dernier,
en subalterne discret et respectueux, ne pouvant se permettre de questionner un supérieur dont il devait aveuglément suivre les ordres.

17

Un peu avant trois heures, à la sortie du village de Saint-Rémy, les cavaliers commencèrent à apercevoir sur la hauteur, à leur droite, les murs démantelés du vieux château de Chevreuse; bientôt ils pénétraient dans la petite ville, où ils s'arrêtaient devant l'hôtellerie du *Grand-Courrier*.

Les chevaux confiés aux soins d'un palefrenier, Léonidas se fit indiquer l'habitation du maire. Malheureusement ce dernier se trouvait absent, et, à son défaut, l'agent de police dut s'enquérir du procureur-syndic de la commune. On lui répondit que c'était le citoyen Gâtebois, boucher, établi sur la place du Marché-aux-Grains. Léonidas s'y rendit, accompagné de Beausire; et, dès qu'il fut entré dans la boutique, il demanda à parler au maître de la maison.

« C'est moi-même, fit le sieur Gâtebois en s'avançant à la rencontre du visiteur. Qu'y a-t-il pour ton service, citoyen?

— J'ai besoin de renseignements que, en ta qualité de procureur-syndic de la commune, tu dois être à même de me fournir, » dit Léonidas.

Puis, baissant le ton et sortant de sa poche une carte qu'il plaça sous les yeux du boucher :

« *Comité de sûreté générale!* »

Le sieur Gâtebois avait changé de couleur. Il balbutia, l'échine courbée, d'une voix que l'émotion faisait tremblante :

« Tout ce que tu voudras, citoyen, tout ce que tu voudras... Je suis à tes ordres! »

Immédiatement il quitta son étal, alla ouvrir une porte au fond de sa boutique, et, très obséquieux, se confondant en politesses, il introduisit le citoyen Léonidas et son acolyte dans une petite pièce attenante, où il les invita à s'asseoir.

Dès que l'agent de police eut pris place auprès de la table et fait signe à Beausire de noter au fur et à mesure, sur du papier, les détails qu'il lui indiquerait de consigner, il se tourna vers le procureur-syndic et demanda :

« Citoyen, est-il à ta connaissance qu'il se trouve à Chevreuse une jeune femme ou une jeune fille du nom de Charlotte Deppen?

— Deppen? Charlotte Deppen? s'écria Gâtebois; mais certainement, citoyen. Je la connais d'autant mieux que cette personne est ma locataire ! »

L'agent de police eut un geste de surprise.

« Ah bah ! Ta locataire? Elle demeure donc dans cet immeuble?

— Non, citoyen, fit le boucher; elle habite une petite maison qui m'appartient et qui est située dans le bout du pays, à l'entrée des bois.

— Fort bien, dit Léonidas. Et cette personne y habite seule?

— Non, citoyen; elle demeure avec son frère, le citoyen Richard Deppen.

— Ah ! elle a un frère? interrogea l'agent.

— Oui, citoyen. »

Si simple que fût la chose, elle parut surprendre un peu Léonidas, qui demanda d'un air de doute :

« Es-tu bien certain, au moins, que ce Richard et cette Charlotte Deppen soient frère et sœur?

— Absolument certain ! affirma le procureur-syndic.

J'ai eu leurs papiers sous les yeux le jour où je leur ai loué. Ils sont sujets suédois.

— Alors, si tu as vu leurs papiers, c'est concluant, » déclara l'agent de police.

Et, se retournant vers Gâtebois après un court silence, il poursuivit :

« Quel âge lui supposes-tu, à la citoyenne Charlotte ? »

Le procureur-syndic eut l'air de chercher un peu et répondit :

« Dame ! elle peut avoir dans les vingt-six, vingt-sept ans, vingt-huit au plus, pas davantage. C'est une jolie femme ! »

Léonidas fit un calcul mentalement, et murmura, comme se parlant à lui-même :

« Vingt-huit ans. Oui, c'est bien cela ! »

Puis, reprenant le cours de ses questions :

« Et combien y a-t-il que ces Deppen sont tes locataires ?

— Deux mois et quelques jours.

— Ils ont loué pour longtemps ?

— Six mois : de ventôse à fructidor. Ils ont d'ailleurs payé en entrant, et rubis sur l'ongle. En somme, des gens tranquilles et qui se tiennent bien. »

L'agent de police paraissait perplexe.

« Est-ce qu'ils ont quelqu'un à leurs gages ? demanda-t-il.

— Une seule coopératrice, dit Gâtebois ; la petite Paméla, la nièce du brigadier de gendarmerie, qu'ils ont prise sur ma recommandation.

— Et sais-tu ce qu'ils font à Chevreuse ? dit Léonidas.

— Mais rien de particulier, citoyen. Ils y sont en villégiature, à ce que je présume. La jeune femme fait, je crois, de la peinture..., de l'aquarelle.

— Tiens! tiens! elle fait de l'aquarelle? s'écria Léonidas, que ce simple petit détail avait paru impressionner.

— Oui, citoyen; c'est du moins ce que m'a raconté Paméla. Quant à son frère, il se promène assez souvent à cheval dans les environs. Je crois même l'avoir vu passer cet après-dîner. »

Léonidas continua :

« Et tu ne sais pas d'où ils venaient, avant de s'installer à Chevreuse? »

Le procureur-syndic haussa les épaules en signe d'ignorance.

« J'avoue ne pas m'en être préoccupé, déclara-t-il. Ma maison leur convenait; je la leur ai louée, voilà tout.

— Est-ce qu'ils reçoivent quelquefois des amis..., un capitaine d'infanterie, par exemple?

— Pour ça, je ne pourrais pas te renseigner, citoyen, » fit Gâtebois.

Et, avec une sorte de dignité, il ajouta :

« Je n'ai pas l'habitude de surveiller mes locataires.

— Je le suppose bien, citoyen, je le suppose bien, dit l'agent de police en affectant un ton bonhomme. Mais il y a parfois des choses que l'on apprend sans chercher à les savoir. »

Puis, après avoir un moment réfléchi, il reprit l'interrogatoire en demandant :

« Et, depuis qu'ils habitent ton immeuble, se sont-ils absentés de l'endroit?

— Une seule fois. Ils se sont rendus à Sèvres, pour un

mariage, et de là à Paris, où ils sont demeurés, autant
que je m'en souviens, seize à dix-sept jours.

— A quelle époque, cela?

— Ma foi, ça devait être dans la première décade de
germinal.

— Ah!... Et depuis, il n'est venu chez eux aucun
étranger?

— Paméla te renseignerait mieux que moi à cet égard,
citoyen, fit le procureur-syndic. Tout ce que je me rappelle, c'est que le jour où ils ont loué ils m'ont parlé d'un
enfant malade, — l'enfant d'un de leurs amis, — qu'ils
devaient aller chercher à Paris et ramener à la campagne,
pour lui faire respirer l'air des bois.

— Tiens! tiens! murmura Léonidas, que ce nouveau
détail semblait intéresser encore davantage; ils t'ont parlé
d'un enfant malade qu'ils devaient ramener avec eux?

— Oui, citoyen.

— Et ils ne l'ont pas ramené, cet enfant? demanda
l'agent de police.

— Oh! je ne crois pas; car s'il se trouvait chez eux
depuis leur retour, on l'aurait bien aperçu, ou j'en aurais
été informé par Paméla.

— Sans doute, sans doute! fit Léonidas. Ainsi, voilà
tout ce que tu sais sur ces Deppen, citoyen procureur?

— Absolument tout, oui, citoyen, déclara le boucher.
Du reste, je te le répète, je me porte garant de leur honorabilité... Tu comprends que, dans ma situation de procureur-syndic, je ne commettrais pas l'imprudence de louer
à des personnes douteuses, sur lesquelles pourraient pla-
ner quelques soupçons. Mon dévouement à la Nation...

L'agent relut attentivement la lettre de Charlotte Deppen.

— Eh! qui le met en doute, citoyen? interrompit Léonidas en se levant. Ton civisme est connu, et chacun sait que tu serais incapable de prêter aide et assistance à des ennemis de la République! Aussi bien, il ne s'agit nullement d'ennemis en la circonstance, et aucun soupçon ne s'est arrêté sur qui que ce soit, sache-le bien! Une simple coïncidence, une similitude de noms, m'avaient induit à penser que la citoyenne Charlotte Deppen pouvait avoir quelques liens de parenté avec une personne que je tiens à connaître. Or, après les explications très claires que tu m'as fournies à cet égard, je m'aperçois que j'ai fait fausse route et que mes suppositions étaient erronées. Je ne t'en remercie pas moins de ta complaisance, et je n'ai pas besoin d'ajouter, citoyen, que tout ce qui a été dit entre nous à ce sujet doit demeurer secret. »

Le procureur-syndic s'inclina, en homme qui a compris la recommandation, et, précédant Léonidas et son compagnon, il les reconduisit respectueusement jusqu'à la rue.

Cependant l'agent de police était demeuré soucieux, préoccupé, et, durant les quelques minutes qu'il mit pour revenir de chez le boucher Gâtebois à l'hôtellerie du *Grand-Courrier*, il ne prononça pas une seule parole. Rentré dans l'une des salles basses, il s'installa devant une table, relut la lettre de Charlotte Deppen, et, après s'être remémoré avec soin tout ce que le procureur-syndic lui avait dit, il se fit apporter une plume, du papier, et écrivit la note suivante :

« D'après les renseignements recueillis par moi à des sources sûres, il semble résulter que les nommés Richard

et Charlotte Deppen, domiciliés à Chevreuse, et se disant
sujets suédois, pourraient fort bien être, — la femme tout
au moins, — des émigrés rentrés en France. Les détails
sur la personnalité de l'homme font défaut; mais il y a tout
lieu de supposer que la femme ne serait autre que la
ci-devant comtesse de Puiseaux, attachée autrefois à la
maison des Enfants de France.

« Ils paraissent en relations suivies avec un capitaine
d'infanterie du nom de Marcel Guétrier, en ce moment en
congé de six mois à Paris, et ancien aide de camp de Beauharnais à l'armée du Rhin. Enfin, en louant à Chevreuse,
ces Deppen auraient manifesté l'intention d'y faire venir
prochainement de Paris un « enfant malade ».

« Or, si l'on rapproche ce simple fait du caractère énigmatique de ces Deppen et de l'attachement que peut avoir
conservé le capitaine Guétrier pour son ex-général en chef,
détenu en ce moment aux Carmes, ainsi que la citoyenne
Beauharnais, son épouse, il y aurait peut-être lieu d'exercer, tant vis-à-vis de ce capitaine que vis-à-vis de ces
prétendus Suédois, une surveillance toute particulière et
très active.

« Signé : Léonidas. »

La note rédigée, l'agent en fit une double expédition;
puis, ayant plié et cacheté l'une et l'autre avec de la cire
rouge, il écrivit cette adresse sur la première :

Au secrétaire du Comité de sûreté
générale,
à Paris.

(*Confidentielle.*)

Et, sur la seconde :

Au citoyen Jean Cabaret,
souffleur au théâtre du Vaudeville,
rue de Chartres, à Paris.

Lorsqu'il eut terminé cette besogne, Léonidas se tourna vers son compagnon.

« Beausire, lui dit-il, voici deux notes très importantes, dont l'une est pour le Comité de sûreté générale, et l'autre pour le citoyen Cabaret, le souffleur du théâtre du Vaudeville, rue de Chartres... Prends-les sur toi, et qu'elles ne sortent pas de tes mains.

— Bien, citoyen.

— A présent écoute ceci, continua l'agent. Je vais aller voir quelqu'un dans Chevreuse et ne puis préciser à l'avance le temps que me retiendra cette visite. Peut-être reviendrai-je ici dans une demi-heure, comme je puis n'y revenir que dans une heure et demie ou deux, cela dépendra... Quoi qu'il en soit, si à huit heures du soir tu ne m'avais pas vu reparaître à cette auberge, ou que quelqu'un ne soit pas venu t'y trouver de ma part avec des ordres, remonte à cheval, file sur Paris à franc étrier, et va porter immédiatement ces deux plis à leur adresse. Tu as compris ?

— Oui, citoyen, dit Beausire. Si à huit heures du soir tu n'es pas de retour ici, et qu'il ne soit venu personne de ta part, je me mets en route.

— C'est parfait, dit Léonidas en remettant son chapeau sur sa tête. Maintenant, Beausire, à tout à l'heure ou à ce soir ! »

Et il sortit.

Une fois dehors, il suivit la grande rue de Chevreuse jusqu'à son extrémité, derrière l'église. Là, il s'adressa à un charron, debout sur le seuil de sa porte, et le pria de lui indiquer la demeure du citoyen Richard Deppen. L'homme fit quelques pas, et, désignant à Léonidas une construction entourée d'arbres que l'on apercevait à environ deux cents mètres :

« Tiens, dit-il, c'est là-bas ! Cette petite maison moitié pierre et moitié brique !

— Je te remercie ! »

Et l'agent poursuivit son chemin.

Un peu avant d'arriver au mur de clôture qui enserrait la propriété, il en vit sortir une toute jeune fille fraîche et brune, vêtue comme une servante, qui s'en allait, un panier à provisions à la main. L'abordant alors familièrement, il lui demanda si le citoyen Richard Deppen était chez lui.

La fille considéra l'homme et répondit :

« En ce moment, non, citoyen, il n'est pas là ; il est parti se promener à cheval ; mais il rentrera sûrement pour l'heure du souper.

— Et la citoyenne Charlotte? demanda Léonidas.

— La citoyenne est chez elle.

— Eh bien ! petite, si tu veux me conduire, je désirerais lui parler.

— A tes ordres, citoyen, » dit Paméla.

Elle rebroussa chemin vers la propriété, dont elle ouvrit la grille, fit passer le visiteur devant elle, et, après lui avoir fait traverser un bout de jardin, elle l'introduisit dans le vestibule, au rez-de-chaussée de l'habitation.

« Qui dois-je annoncer à la citoyenne ? » demanda-t-elle.

L'instant était décisif; mais Léonidas n'hésita pas, il répondit nettement :

« Le capitaine Guétrier ! »

A ce moment on distingua une voix, partie du haut de l'escalier intérieur, qui s'écriait :

« C'est toi, Paméla ? Tu es donc revenue ? »

La servante, qui tournait le dos au visiteur, ne put s'apercevoir du tressaillement de surprise éprouvé par ce dernier en entendant la voix de sa maîtresse. Elle répondit d'en bas :

« Oui, citoyenne. Il y a là quelqu'un qui désirerait te voir..., le capitaine Guétrier !

— Le capitaine ! répéta la voix toute joyeuse. Fais entrer, Paméla, fais entrer !... Je vais descendre ! »

Aussitôt la petite servante alla ouvrir une porte qui donnait sur le vestibule, et le citoyen Léonidas pénétra dans le salon.

XVII

L'AGENT SECRET

Bien qu'on vécût à une époque où la liberté individuelle était un leurre, où nul ne se trouvait à l'abri d'une visite domiciliaire, et où toutes les exactions étaient possibles, il fallait une certaine audace pour oser pénétrer dans une maison de la façon dont le citoyen Léonidas venait d'entrer chez les Deppen.

A vrai dire, il ne s'y présentait qu'afin de s'assurer de l'identité d'une femme qu'il avait cru reconnaître, grâce à une lettre tombée entre ses mains et à quelques détails assez vagues recueillis auprès d'un tiers, et, s'il s'apercevait de son erreur, il lui serait toujours facile de se retirer après s'être excusé de l'avoir commise. Mais cette femme ne demeurait point seule ; elle avait un frère, — un compagnon tout au moins, — qui, absent en ce moment-ci, pouvait revenir d'un instant à l'autre et trouver étrange qu'un inconnu se fût introduit chez lui, sous le couvert d'un subterfuge, après avoir détourné une lettre qui ne lui appartenait point, s'être affublé d'un nom qui n'était pas le sien. Aussi, à tout hasard, sans qu'il fût possible de présumer comment tourneraient les choses et ce qui résulterait de cette visite, l'agent de police tâta ses poches pour constater que ses pistolets étaient bien en place, à portée de sa main, et que, en cas de nécessité, il lui serait aisé de les saisir.

Du reste, le citoyen Léonidas avait tout juste eu le temps de la réflexion; car il était à peine dans le salon depuis cinq minutes, que, brusquement, l'une des portes de cette pièce s'ouvrit, et la citoyenne Charlotte Deppen se montra sur le seuil.

Au bruit, l'agent s'était retourné; il regarda la jeune femme, et ses yeux ne se furent pas plus tôt rencontrés avec les siens, qu'un double cri s'échappa de leurs lèvres à l'un et à l'autre :

« Aurore!

— Le comte! »

Mais si le premier cri témoignait simplement de la surprise, le second, — celui que la jeune femme avait proféré, — trahissait un sentiment d'épouvante qu'accentuait encore la pâleur de son visage devenu livide et la dilatation de ses prunelles attachées sur l'homme qui se tenait, immobile, à quelques pas.

Défaillante, Aurore de Puiseaux s'était appuyée d'une main contre un petit chiffonnier adossé à la muraille, et d'une voix étranglée, presque éteinte, elle répétait machinalement :

« Vous!... vous!... Vous, monsieur!... »

Très calme, sans quitter la place où il était, M. de Puiseaux dit enfin, en s'efforçant d'apporter quelque mesure en ses paroles :

« Mon Dieu! madame, remettez-vous, je vous en prie!... Je suis vraiment troublé de l'émotion si vive que ma réapparition inattendue a pu vous causer... Je m'explique sans peine que cette visite vous procure quelque étonnement; mais ma présence n'a aucune raison de vous faire trembler. Nous ne sommes que deux amis étroitement liés autrefois, que des événements douloureux ont séparés, et que le hasard — ou la destinée — remet face à face. »

Tandis que le comte parlait ainsi, de sa voix lente, avec une sorte de déférence pleine de délicatesse, Aurore s'était remise peu à peu du coup terrible qui l'avait un moment foudroyée. Elle s'avança au milieu du salon, chancelante encore, mais résolue à demeurer forte, maîtresse de soi; et, gagnant un fauteuil, sur le dossier duquel elle se retint pour ne pas tomber, la jeune femme demanda :

« Comment avez-vous su que j'étais ici?... »

M. de Puiseaux répondit :

« Oh! de la façon la plus imprévue et la plus naturelle, comme vous allez en juger... »

Et, s'asseyant familièrement sur un siège, en homme qui se croit un peu chez lui, il commença :

« J'habite Paris. Or ce matin même, dans la boutique d'un perruquier de la rue Saint-Nicaise, où j'étais entré me faire accommoder, j'ai endossé par distraction un habit qui n'était pas le mien, et je ne me suis aperçu de mon erreur que quelques minutes après, alors que je me trouvais déjà sur le Carrousel, en découvrant dans ma poche une lettre décachetée à l'adresse d'un capitaine Marcel Guétrier. »

18

Aurore eut un tressaillement involontaire ; mais le comte ne parut pas le remarquer et poursuivit :

« Mon premier mouvement, vous le pensez bien, fut de me rendre chez cet officier afin de lui restituer son habit. Mais tout à coup, en examinant la suscription de cette lettre, je crus y découvrir une analogie frappante avec une écriture qui m'avait été longtemps familière, — la vôtre !... Ici, je dois l'avouer, je commis une indélicatesse. J'ouvris la lettre et je la lus, — moins pour en connaître la teneur des plus banales qu'afin d'en pouvoir étudier les caractères ; et un nouvel examen n'ayant fait que confirmer mes suppositions premières, je fus mordu aussitôt d'un impérieux désir de les éclairer. Je louai un cheval, je me mis en route pour Chevreuse, où l'on m'indiqua votre domicile, — et je m'y suis présenté... Vous voyez donc, madame, que cette aventure est extrêmement simple, dépouillée de toute inquisition louche de ma part, de toute menée ténébreuse, et qu'en venant vous retrouver ici je n'ai obéi qu'à un sentiment de curiosité. Au reste, si vous tenez à avoir la preuve de ce que j'avance, je puis vous la fournir. »

Ce disant, il chercha dans son portefeuille, en tira le billet qu'il y avait serré le matin même, et, le présentant à la jeune femme :

« Voici la lettre qui m'a mis sur votre trace. A défaut du destinataire, à qui je l'ai bien involontairement dérobée, elle appartient de droit à la personne qui l'a écrite... Je vous la remets. »

Aurore commençait à recouvrer un peu de son assurance. Elle prit la lettre, la glissa dans son corsage et répondit :

« Je vous remercie, monsieur, de l'explication loyale que vous avez bien voulu me donner. Avouez cependant qu'en vous mettant à ma recherche, vous deviez poursuivre un double but : peut-être le désir de me revoir, tout d'abord ; mais aussi et surtout celui de connaître, avec les raisons de mon séjour en France, la personne qui passe pour mon frère et dont j'emprunte momentanément le nom.

— Je ne vous le cacherai pas, déclara M. de Puiseaux. Par le temps où nous vivons, la présence en ce malheureux pays de personnes appartenant à votre rang est une imprudence assez grave, une témérité assez folle, pour que, en vous devinant sous le masque de Charlotte Deppen, je me sois immédiatement demandé, en effet, quel mobile assez puissant avait pu vous déterminer à risquer ainsi votre tête ?

— Avant de répondre à la question que vous m'adressez, monsieur, dit la jeune femme avec une expression un peu hautaine, je vous ferai remarquer que si l'un de nous doit une explication à l'autre, c'est celui qui à Tournai, il y a dix-huit mois, après avoir obligé une femme qui portait le nom de Puiseaux à descendre au rang de servante dans une auberge, n'a pas craint de l'abandonner lâchement ensuite en pays étranger, sans aide, sans appui, presque sans ressources, alors que le premier de ses devoirs d'époux et de gentilhomme était de la protéger et de la secourir ! »

Sous ces paroles cinglantes qui venaient le fouailler en plein visage, le comte Gérard de Puiseaux demeura muet un moment, la face pâlie, les traits contractés, avec une légère inclinaison de la tête. A la fin pourtant il se redressa, et, retrouvant toute son audace :

« Hélas ! madame, si cruels que soient les termes tombés de votre bouche, je ne puis contester le droit que vous aviez de vous en servir... Oui, j'ai été coupable, et grandement coupable vis-à-vis de vous, je le reconnais. Mais, à défaut d'excuses, je me permettrai cependant de vous présenter quelques explications... Si je vous ai abandonnée à Tournai dans la situation difficile où vous vous trouviez à cette époque, c'est qu'il m'a fallu accepter une mission secrète dont on m'avait chargé à l'improviste, sans que j'eusse le temps ni la possibilité de vous la faire connaître...

— Une mission secrète !... Et qui vous l'avait confiée ? » interrogea la comtesse en regardant fixement son mari.

Puiseaux répondit :

« Son Altesse Royale, Monsieur !

— Le comte de Provence ? interrompit Aurore. Ne m'aviez-vous pas dit, au contraire, qu'exaspéré de ce que j'avais été mêlée à l'affaire du marquis de Laqueuille, Son Altesse avait formellement déclaré ne plus vouloir s'intéresser à tout ce qui porterait le nom de Puiseaux ?

— C'était effectivement ce que m'avait laissé entendre M. d'Avaray, repartit Gérard. Mais il en est des caprices des princes comme de ceux d'une jolie femme : une nuit suffit parfois à les dissiper... Quoi qu'il en soit, M. le comte de Provence me chargeait d'une mission de confiance qui ne pouvait souffrir aucun retard, et l'ordre m'en était à peine parvenu que je fus obligé de me mettre en route pour l'exécuter.

— Mais depuis ? demanda Aurore, depuis ?... Car cette mission confidentielle était temporaire, je le suppose. »

Puiseaux répondit froidement :

« Elle dure encore.

— Elle dure encore? reprit la jeune femme en essayant de scruter la physionomie de son mari.

— Oui, madame!... Vous n'ignorez point, sans doute, que Son Altesse Royale M. le comte de Provence n'est pas un soldat. C'est un homme politique, un diplomate. Alors que d'autres princes de sa maison, M. le comte d'Artois, par exemple, ont cru qu'il valait mieux recourir à la guerre étrangère ou à la guerre civile pour réédifier la monarchie détruite, le comte de Provence a pensé qu'il était à la fois plus pratique et plus sage d'entretenir à l'intérieur des ferments de dissolution, de conspirer contre le régime de sang qui terrorise le pays, et de le faire saper en sous-main par des agents secrets à sa dévotion.

— Et vous êtes l'un de ces agents?

— Oui, madame. Depuis dix-huit mois je vis à Paris sous un faux nom, faisant montre du jacobinisme le plus ardent, le plus farouche, mais en réalité servant d'intermédiaire entre les royalistes demeurés ici et ceux du dehors, correspondant avec la cour de Vérone, et tenant le comte de Provence au courant de toutes les menées contre-révolutionnaires qui s'organisent et nous permettront, avant qu'il soit peu, je l'espère, de culbuter les brigands qui nous gouvernent. Jeu dangereux sans doute, et où je puis laisser ma tête! Mais Son Altesse Royale m'a fait entrevoir que sa reconnaissance saurait être à la hauteur des périls que j'aurai pu courir. Le cordon rouge, deux cent mille livres de rente, hôtel à Paris, une charge importante à la cour le jour où nos princes auront reconquis le trône de leurs pères, — telles sont les promesses formelles de Son Altesse. Vous voyez, madame, qu'en acceptant la mission qui m'était confiée, je n'ai pas agi par égoïsme, et qu'en apportant tous mes soins à la remplir, j'ai songé à vous autant qu'à moi! »

Devant cette explication si simple et si nette, Aurore de Puiseaux avait senti fondre peu à peu sa méfiance première à l'égard du comte et se réveiller en elle, sinon toute la tendresse, du moins une part de l'estime qu'elle avait eue pour lui autrefois. Elle lui tendit la main en disant :

« Monsieur de Puiseaux, vous ne pouviez me causer une joie plus vive qu'en m'apportant ici la preuve de votre fidélité au régime déchu et du dévouement que vous lui témoignez encore à cette heure! »

Le comte se pencha vers la main qui lui était offerte, et de ses lèvres il effleura le bout des doigts.

« Mais, continua la jeune femme, si ce que vous venez de me dire suffit à expliquer votre disparition, cela ne saurait effacer complètement les griefs que j'ai contre vous!... Car, si délicate que fût la mission dont vous avait chargé le comte de Provence, elle ne devait pas être à ce point absorbante qu'elle pût vous empêcher de vous préoccuper de mon sort.

— Ne croyez pas que je m'en sois désintéressé, madame! protesta le comte avec vivacité. A plus de vingt reprises, au cours de ces dix-huit mois écoulés, je me suis enquis de votre personne, — toujours en vain!... J'avais d'abord fait prendre des informations à Tournai : vous n'y étiez plus. Je chargeai alors plusieurs amis de se renseigner à votre sujet à Berlin, à Hambourg, à Altona, à Genève, dans tous les grands centres de l'émigration où je supposais que vous aviez pu trouver un asile : partout vous y étiez inconnue!...

— J'étais en Angleterre, dit Aurore.

— Je l'avais un moment soupçonné, répondit Gérard ; mais les moyens d'investigation me faisaient défaut. Enfin, madame, maintenant que je vous ai fait connaître, en toute franchise, les causes de ma présence à Paris ainsi que le rôle qui m'y est dévolu, puis-je vous demander à mon tour de quelle façon vous êtes sortie des embarras où vous étiez à Tournai, et quels graves motifs ont pu vous déterminer à braver le décret impitoyable qui condamne à mort tous les émigrés rentrés en France ?

— Hélas ! monsieur le comte, répondit Aurore avec un geste de lassitude, le récit de ma douloureuse odyssée serait bien long !... Je vous dirai seulement qu'à la suite de votre brusque disparition, j'eus la chance de rencontrer à Tournai Mᵐᵉ de Genlis, qui voulut bien me procurer les moyens de gagner Londres et me donner un mot de recommandation pour un libraire qu'elle connaissait dans cette ville, M. Burns. Je partis donc pour l'Angleterre en compagnie de lord Édouard Fitz-Gerald, qui faisait le voyage en même temps que moi ; et quelques jours après mon arrivée j'eus la bonne fortune, grâce à l'obligeante entremise d'un ancien conseiller au parlement, M. le marquis de Lamoignon, d'entrer comme lectrice chez une vieille dame émigrée, la baronne de Saint-Firmin, où je suis demeurée en cette qualité jusqu'à sa mort, survenue au mois d'octobre de l'année dernière.

— Qu'avez-vous fait alors ? demanda Puiseaux.

— Il me restait quelques économies ; je me préoccupai d'abord de chercher à Londres une situation nouvelle. Mais ce n'était pas facile ; et puis je commençais à être lasse de la vie d'inaction que j'avais menée. Aussi, dans un impérieux besoin de me rendre utile, de me dévouer à quelqu'un, je me décidai brusquement à réaliser le projet qui n'avait été qu'ébauché jadis à Bruxelles par le marquis de Laqueuille : celui de rentrer en France et d'enlever du Temple le malheureux enfant de la reine défunte, le petit duc de Normandie, avant que les bandits de la Commune ne l'eussent assassiné comme ses parents!... »

Le comte eut un sourire et dit :

« Je vous reconnais bien là!... Toujours votre folie de sacrifice!...

— Ah! ne me la reprochez pas, monsieur, dit Aurore. Folle ou raisonnable, c'est cette unique pensée qui m'a soutenue depuis près de six mois; c'est pour elle que j'ai vécu, pour elle que je suis debout à cette heure!...

— Et vous vous êtes hasardée toute seule dans une pareille entreprise? demanda M. de Puiseaux.

— Vous ne le supposez pas! fit Aurore. Seule je n'en aurais eu ni le courage, peut-être, ni les moyens.

— Vous avez trouvé un compagnon?

— J'avais rencontré à Londres, chez Mme de Saint-Firmin, un gentilhomme angevin, le comte Alain de Rochemeuse, qui, blessé devant Saumur où il combattait aux côtés du prince de Talmont, était venu se rétablir en Angleterre. Je lui confiai mes espérances, il les partagea; aussitôt nous résolûmes de mettre notre énergie commune au service de cette œuvre généreuse et de la réaliser, si c'était possible. M. de Rochemeuse avait quelque argent, — assez du moins pour tenter l'aventure; il put se procurer des passeports aux noms de Richard et de Charlotte Deppen, sujets suédois. C'est donc sous cette double per-

sonnalité d'emprunt que nous avons gagné Jersey, puis la
côte normande, et réussi à joindre M. le comte de Frotté,
dont la sympathie nous est acquise.

— M. de Frotté!... J'ai su, en effet, qu'il était de retour
dans le Bocage normand depuis quelques semaines, dit
Puiseaux. Mais le Bocage n'est pas le Temple, madame;
on y pénètre avec plus de facilité qu'en ce dernier endroit. Or êtes-vous bien certaine de pouvoir nouer des
intelligences dans la prison et de ne point vous heurter
à des difficultés insurmontables?

— Grâce au ciel, nous avons réussi à les vaincre, répondit Aurore. Nous touchons au but, et si j'avais pu soupçonner que vous fussiez à Paris ou que je vous eusse
rencontré plus tôt, grâce à votre appui, que vous ne
m'auriez certainement pas refusé, la chose serait peut-être
accomplie à l'heure actuelle!

— Eh bien, madame, déclara le comte de Puiseaux en
se levant dès que sa femme eut achevé de parler, nous ne
pouvons que nous féliciter, vous et moi, de la circonstance imprévue qui m'a fait retrouver votre trace. Tout
à l'heure j'avais prononcé à ce sujet le mot de hasard;
je m'étais trompé, c'est celui de Providence que j'aurais
dû dire!... Oui, madame, car c'est la Providence qui m'a
conduit à temps auprès de vous afin de sauver votre tête! »

Aurore était devenue très pâle. Elle fixa sur son mari
un long regard interrogateur et balbutia :

« Que signifie?... Que savez-vous?...

— Simplement ceci : c'est que l'entreprise dans laquelle
vous vous êtes si imprudemment jetée en compagnie
de M. de Rochemeuse est une folie, et que vous devez
y renoncer! »

Aurore sursauta.

« Y renoncer ? fit-elle. Y renoncer, alors que nous sommes sûrs de la réussite ?... Vous n'y songez pas ! •

— Votre enthousiasme vous égare, dit froidement Puiseaux. J'ignore les moyens dont vous disposez, — et je ne vous les demande pas ; — mais, quels qu'ils puissent être, je considère l'enlèvement comme impraticable. Or la défaite pour vous, ce serait la mort, ne l'oubliez pas ! J'ai donc le droit de veiller à votre salut. »

La jeune femme se redressa toute vibrante.

« Eh ! quand je succomberais dans l'aventure, qu'importe, si je puis la mener à bien ? La liberté du royal enfant vaut bien la perte d'une tête comme la mienne !

— Je ne veux pas qu'elle tombe, dit Puiseaux. Je veux que vous viviez pour avoir un jour votre part de la récompense et des honneurs qui me sont promis ! Une fois déjà vous avez failli, par votre généreuse imprudence, me faire perdre une estime qui m'était précieuse entre toutes : celle de Monsieur ! Par mon dévouement à sa cause, par mes services, j'ai réussi depuis à reconquérir sa confiance, à racheter la défaveur que votre équipée de Bruxelles avait attirée sur ma personne... Mais j'entends que pareille maladresse ne se renouvelle pas. Donc, dans votre intérêt, dans notre intérêt à l'un et à l'autre, madame, j'exige que vous renonciez à ce projet ! »

Aurore demeurait muette, terrifiée de ce qu'elle croyait découvrir.

« Je ne vous comprends pas, monsieur, dit-elle enfin d'une voix haletante, oppressée ; ou plutôt j'ai peur de vous comprendre !... N'insinuez-vous pas que l'enlèvement du Dauphin de la tour du Temple, où il agonise, — enlèvement accompli par moi, — serait de nature à vous faire perdre les bonnes grâces du comte de Provence et à contrarier votre ambition?... Certes, l'ambition est une noble chose et légitime; mais les sentiments d'humanité, qu'en faites-vous? »

Puiseaux eut un ricanement et dit :

« Que vous êtes bien femme !

— J'en suis fière ! repartit Aurore. J'ai l'orgueil de ma faiblesse et de la pitié qui est en moi !

— Des phrases ! fit le comte, haussant les épaules. Enfin, madame, il ne s'agit pas seulement ici de mon ambition personnelle; il s'agit aussi des ordres qui m'ont été donnés en haut lieu, et que je dois exécuter sans discussion, sans défaillance. Ces ordres sont précis : ils m'enjoignent de m'opposer énergiquement à toute tentative ayant pour but d'enlever le duc de Normandie... En vous y employant, vous, comtesse de Puiseaux, outre que vous courez à votre perte si vous échouez, vous vous mettez en travers de mon avenir si le succès vous favorise. Je ne souffrirai donc pas plus que vous risquiez follement votre existence, que je ne permettrai que vous barriez le chemin qui peut me conduire à la fortune !... Si vous avez besoin de vous sacrifier pour quelqu'un, employez-vous à une autre œuvre; mais, sachez-le, tant que je serai debout et vivant, je demeurerai l'exécuteur aveugle de ma consigne et ne tolérerai pas qu'une personne qui porte mon nom s'associe à une entreprise qui ne saurait être agréable au prince que je sers !

— Eh ! que m'importe votre prince, riposta la jeune

femme avec véhémence, et ses machinations ténébreuses, ses calculs égoïstes ou ses considérations inavouables! Je me moque bien de sa raison d'État, et de toutes les infamies, de tous les crimes, qu'elle justifie ou qu'elle excuse!... Je ne suis qu'une femme, vous l'avez dit, et à ce titre je ne faillirai pas dans l'accomplissement de mon devoir. Ce devoir, c'est d'arracher aux bourreaux qui le détiennent l'enfant de ma souveraine, celui dont j'ai bercé le sommeil et que j'ai tenu sur mes genoux!

— Sentimentalités que tout cela! clama Puiseaux, devenu brutal. En politique, madame, il n'y a pas de sentimentalité : il n'y a que des intérêts!... Or l'intérêt du comte de Provence et sa volonté sont que le duc de Normandie, son neveu, demeure au Temple!

— Même si celui-ci risquait d'y mourir assassiné? demanda Aurore.

— Oui, madame! fit nettement Puiseaux. Même à ce prix! »

La jeune femme eut un frémissement d'horreur, une contraction de dégoût qui lui tordit la face; et, reculant épouvantée devant le comte, elle lui cracha :

« Ah! tenez... Vous êtes odieux!... »

Puiseaux n'eut pas le temps de répliquer. D'une poussée brusque, une porte s'était ouverte dans l'un des angles de la pièce, et le comte Alain de Rochemeuse avait bondi dans le salon.

« L'espion! s'écria-t-il en reconnaissant Puiseaux.

— L'homme du café! » fit l'agent secret, stupéfié à la vue de celui qui venait d'apparaître.

Mais déjà Aurore s'était élancée vers Rochemeuse.

« Dieu soit loué, comte!... Vous étiez là!

— Pas un mot de plus, madame, répliqua-t-il; vous n'en avez que trop dit déjà!... Mais n'importe! car après_ce qu'il vient d'entendre, ce misérable qui est là ne peut plus sortir vivant de cette maison !

— Un guet-apens? grinça le comte. J'aurais dû le prévoir !

— Cet homme, poursuivit Alain en désignant Puiseaux du doigt, cet homme vous a avoué qui il servait, quels ordres infâmes il tenait du prince dont il s'est fait le domestique, de quel prix on devait payer ses complaisances ! Mais ce qu'il a négligé de vous faire connaître, c'est le double rôle qu'il joue à Paris, l'ignoble trahison dont il est capable. Vous le croyez uniquement attaché à la cause du comte de Provence? Erreur! Il sert aussi la République. Sous le nom de citoyen Léonidas, il est pourvoyeur de la guillotine, espion salarié du Comité de sûreté générale; et, si je fouillais dans sa poche, j'y trouverais la preuve matérielle du hideux métier qu'il exerce. Voyez, il ne nie pas! Et comment nier? Je l'ai reconnu : c'est lui qui m'a suivi la veille de notre départ et s'est attaché à mes pas depuis le café de la place des Trois-Maries jusqu'à la porte du greffier Buret, dans la rue du Petit-Reposoir. Il espérait me tenir alors! Aujourd'hui, citoyen Léonidas, les rôles sont retournés : c'est moi qui te tiens !

— Pas encore! » balbutia Puiseaux, blême de rage.

Très vivement, il avait glissé sa main droite sous son habit; il en sortit un pistolet, visa Rochemeuse et fit feu. Mais la balle, effleurant ce dernier, alla se perdre dans une boiserie du salon, où elle s'enfonça avec un bruit sec.

« Gérard! Gérard! que faites-vous? cria la jeune femme affolée en se précipitant au-devant de son mari.

— Ah! n'intervenez pas, madame, répondit Puiseaux; vous me feriez douter de vous! »

Rochemeuse laissa tomber ce seul mot :

« Misérable!... »

En même temps il avait couru jusqu'à une panoplie accrochée au mur, où pendaient deux épées de combat. Il les saisit d'une poignée; puis, se retournant vers Puiseaux qui se tenait acculé à un meuble :

« Citoyen Léonidas, si nous étions seuls, entends-tu bien? je te saignerais sur cette table comme une bête immonde! Mais, par courtoisie pour madame, je te permets de mourir en gentilhomme. Défends-toi! »

Et il lui jeta une épée.

Cependant Aurore, éperdue, s'était dressée tout debout au milieu du salon, afin de séparer les deux hommes.

« Pitié, messieurs! Pitié, je vous en conjure!

— Impossible, madame! dit Alain en enlevant son habit. Si je faisais grâce à ce coquin, avant deux jours nos têtes ne seraient plus sur nos épaules! »

Mais Aurore se retournait vers son mari en gémissant :

« Comte!... comte!... Au nom du ciel!... Je vous en prie! »

Puis tout à coup, prise de peur, elle éleva la voix en criant :

« A l'aide!... Au secours!... au secours!...

— Inutile d'appeler, madame! tonna Rochemeuse. Cette maison est vide. J'en ai congédié la servante! Priez seulement pour celui de nous qui va mourir! »

Aurore s'était écroulée sur les deux genoux, défaillante,
à demi repliée sur elle-même et cachant son visage derrière ses bras. Pendant ce temps, Puiseaux s'était débar-

D'un revers foudroyant, Alain atteignit Puiseaux en plein ventre.

rassé de son vêtement, il avait ramassé son épée; alors,
faisant deux pas en avant, il se mit en garde et offrit
le fer.

Rochemeuse attaqua, plein de fougue, portant plusieurs coups que Puiseaux para avec précision. Mais le champ se trouvant restreint, le recul presque impossible, les deux hommes tournaient lentement, les yeux dans les yeux, le fer engagé jusqu'à la garde. Sur une feinte du comte, Alain eut une riposte qui arracha l'épée de la main de son adversaire et la fit sauter à l'autre bout du salon.

« Ramassez votre arme, monsieur! » dit Rochemeuse.

Puiseaux se baissa, reprit son épée, et, revenant droit sur Alain, il se mit à le charger avec fureur. Durant quelques minutes, on n'entendit plus que le froissement des deux lames qui se heurtaient dans un cliquetis ininterrompu de pointes, de parades, de ripostes, de contre-ripostes, tandis qu'Aurore, la face retournée vers la muraille pour ne pas voir, tordait ses mains en récitant à voix haute une prière.

Cependant Rochemeuse se fatiguait; d'autre part, le jeu du comte devenait si rapide, si serré, que celui-ci en oubliait toute méthode, toute prudence même. Dans un élan furieux, sentant que la main d'Alain commençait à faiblir, il tendit le bras et se fendit à fond, pensant transpercer son adversaire; mais Rochemeuse avait deviné le coup, s'était dérobé, laissant glisser l'épée du comte au-dessus de son épaule. Alors, avant que ce dernier eût eu le temps de se redresser, il fondit sur lui, tirant dans la ligne basse, et d'un revers foudroyant il atteignit Puiseaux en plein ventre.

« Touché! rugit le comte en lâchant son épée. Je suis mort! »

Un cri terrible lui répondit : c'était Aurore, qui avait tourné la tête, et, devant le spectacle affreux entrevu, demeurait toute droite, immobilisée par l'épouvante.

Elle eut pourtant la force de murmurer quelques mots confus :

« Gérard... blessé... Ah ! Dieu ! Dieu !... »

Mais Puiseaux, affaissé sur le plancher, la repoussa d'un geste, en râlant sourdement :

« Arrière !... arrière !... »

Puis, essayant de se raidir et enveloppant Rochemeuse et la jeune femme d'un regard de haine :

« Vous croyez triompher pour l'instant, n'est-ce pas ? Mais je suis vengé..., vengé..., vous entendez bien ! Car je vous ai dénoncée, comtesse de Puiseaux ; oui, dénoncée à l'avance, ainsi que le capitaine !... Ah ! ah ! vous me prenez la vie aujourd'hui, mais je vous entraîne dans ma chute, et demain Fouquier-Tinville aura votre tête !... Quant à votre complice... qui est là, si je puis... »

Et tout en mâchonnant ces mots heurtés, coupés d'invectives et de blasphèmes, Puiseaux, perdant son sang par son horrible blessure, se traînait à deux mains pour essayer d'atteindre son habit, où il se rappelait qu'un pistolet chargé se trouvait encore.

« Attends un peu, attends !... Une balle me reste, et je veux... »

Mais, soudain, le souffle lui manqua. Il s'abattit lourdement sur le tapis, menaçant toujours, en allongeant dans la direction de Rochemeuse un poing qui n'avait plus la force de se serrer...

Alors Alain se pencha vers lui, plongea son regard dans ces yeux qu'obscurcissait déjà la mort, et d'une voix forte, toute vibrante de passion et d'espérance, il lui cria :

« Vive Louis XVII ! »

XVIII

Il était six heures du matin, et le capitaine Guétrier venait de se lever, lorsqu'il entendit heurter doucement contre sa porte. Il alla ouvrir et se trouva en présence de Mme Brault, sa concierge, qui paraissait toute bouleversée.

« Que se passe-t-il donc, citoyenne? demanda-t-il.

— Il y a, reprit Mme Brault quand elle eut refermé la porte derrière elle, que des hommes sont venus te demander, il y a cinq minutes. Comme ils avaient mauvaise figure, je leur ai dit que tu étais sorti hier au soir et que tu n'étais point rentré. Alors ils s'en sont allés, mais après avoir laissé un des leurs en observation devant la porte.

— Diable! fit Guétrier. Et quels sont ces hommes?... Est-ce qu'ils sentaient le Comité de sûreté générale?

— Ça m'en a tout l'air! répondit la concierge.

— Citoyenne, je te remercie du renseignement, dit le capitaine; mais tu n'as pas lieu de t'inquiéter. On n'arrête pas comme cela un officier des armées de la République! D'ailleurs, si par hasard ces gens revenaient, ils me trouveraient prêt à les recevoir. »

Néanmoins, la concierge partie, le capitaine passa à la hâte des vêtements bourgeois, ramassa ses papiers, prit sur lui tout ce qu'il possédait d'argent, et sortant de son logis, dont il laissa la clef sur la porte, il s'engagea dans l'escalier qui menait à l'étage supérieur.

Depuis longtemps il avait remarqué que, par la fenêtre éclairant le palier, on avait accès sur le toit, et qu'il était relativement aisé d'atteindre les lucarnes de la maison voisine. Guétrier n'hésita pas. Ouvrant la fenêtre, il enjamba la barre d'appui, descendit dans le chéneau qui était assez profond en cet endroit, et, se tenant solidement aux tuiles, il put s'avancer, tout en rampant, jusqu'à la première lucarne de la maison contiguë à celle où il habitait. Par un hasard providentiel, cette lucarne se trouvait ouverte. Guétrier se glissa donc à l'intérieur, au risque de ce qui pouvait lui arriver; mais ses pieds avaient à peine touché le plancher, qu'un cri perçant se fit entendre au fond de la pièce. C'était une jeune fille, quelque ouvrière sans doute, qui, habitant cette petite mansarde, regardait avec une sorte de stupeur effrayée l'inconnu qui, par le toit, venait de faire irruption chez elle.

« Rassure-toi, citoyenne, lui dit Marcel Guétrier d'une voix brève; je ne suis pas un voleur, je ne suis qu'un homme qu'on recherche. Veux-tu me permettre de traverser ta chambre afin de gagner l'escalier? En faisant cela, tu peux me sauver la vie! »

L'allure mâle et le ton plein de franchise du capitaine avaient rendu un peu d'assurance à la jeune fille. Elle répondit :

« Je veux bien, citoyen; tu peux passer! »

Puis, se ravisant tout à coup :

« Mais j'y songe... Le concierge de la maison ne te connaît pas, et s'il te demande d'où tu viens ?...

— En effet, fit Guétrier, réfléchissant à cette éventualité.

— Bah ! reprit la jeune fille au bout d'un instant, avec un joli geste de joyeuse insouciance, c'est bien simple : tu diras que tu viens de chez moi ! »

Devant l'héroïsme de la réponse, la généreuse abnégation de cette fille inconnue qui se sacrifiait si facilement pour assurer le salut d'un passant dont elle ignorait jusqu'au nom, Marcel Guétrier se sentit remué. Il y avait donc encore de braves cœurs de par le monde !... Il saisit les mains de la jeune fille, en une étreinte affectueuse, et demanda :

« Comment t'appelles-tu, citoyenne ?

— Estelle Chabry... Je suis giletière.

— Merci ; je ne l'oublierai pas ! »

Il lui mit un baiser au bout des doigts ; puis, guidé par l'ouvrière, il se dirigea vers l'escalier.

Fort heureusement, à cette heure matinale, celui-ci se trouvait désert, et le capitaine put atteindre le rez-de-chaussée sans avoir rencontré qui que ce fût. Une fois dehors, il jeta un coup d'œil du côté de sa maison et aperçut en effet, devant la porte, un homme à figure de mouchard qui se tenait immobile et paraissait en faction. Sans s'arrêter à le dévisager, Guétrier tourna le dos, descendit la rue et fila rapidement dans la direction des quais, tout heureux d'être libre et n'ayant pas encore pris le temps de réfléchir à ce qui venait de lui arriver.

Cependant, après une demi-heure de marche, dès qu'il se trouva dans les régions plus tranquilles avoisinant la

Salpêtrière, le jeune homme se ressaisit et se mit à examiner de sang-froid les conséquences possibles de cet incident plein d'étrangeté.

Évidemment, il n'y avait plus de doute à cet égard, on était venu rue de l'Estrapade dans l'intention de l'arrêter au moment où il sortirait de chez lui ! Mais pourquoi l'arrêter ? Sous quel prétexte, et sur la dénonciation de qui ? Autant de points obscurs au premier abord. Presque aussitôt pourtant, en se remémorant ce qui lui était arrivé la veille chez le perruquier de la rue Saint-Nicaise, il eut le soupçon que l'habit qu'on lui avait pris par erreur ne devait pas être étranger à cette affaire. A vrai dire, cet habit ne renfermait rien de compromettant : il ne s'y trouvait qu'une lettre, celle de Charlotte Deppen, et rien dans cette missive, — qui n'était qu'une invitation pour venir à Chevreuse, — ne lui semblait de nature à avoir pu éveiller l'attention soupçonneuse de la police, au cas où elle était tombée entre les mains d'un de ses agents. Néanmoins, plus Guétrier réfléchissait à la chose, plus il arrivait à se persuader qu'il devait exister une corrélation quelconque entre la perte de ce vêtement et la visite que les gens de police avaient faite le matin à sa concierge.

Du reste, cette idée ne se fut pas plus tôt enfoncée dans son esprit, que Guétrier sentit que son premier devoir était d'informer Rochemeuse et Aurore de l'événement qui venait de se produire. Mais comment ?... Leur écrire ? Cela demanderait du temps ; et puis la lettre risquait d'être interceptée. Non, le plus simple et le plus prudent, c'était d'aller les trouver en personne ; seulement, pour cela, il fallait qu'il se hâtât de sortir de Paris, avant que son signalement eût été donné aux barrières. Sans perdre une minute,

Guétrier revint sur ses pas, et, ayant justement rencontré, dans le bas de la rue Saint-Jacques une marchande aux Halles de sa connaissance qui s'en retournait à Arcueil dans sa carriole, il y prit place à côté d'elle, parmi les sacs vides et les paniers à volaille, et put franchir la barrière sans avoir été remarqué. A Arcueil, il entra chez un loueur; un cheval s'y trouvait libre. Le capitaine le retint pour la journée, donna des arrhes, et tranquillement, comme un simple cavalier qui s'en va faire un tour à la campagne, il prit la route qui conduisait à Bourg-Égalité.

Vers midi, Guétrier s'arrêtait à Palaiseau pour s'y reposer; après quoi, se remettant en selle, il poursuivait son chemin droit sur Chevreuse, où il arrivait à trois heures.

La petite ville semblait en proie à une agitation particulière; les gens s'interpellaient de porte en porte, puis se rapprochaient pour échanger de vifs colloques à voix basse, comme s'il se fût produit quelque événement d'importance.

Le capitaine avisa la première hôtellerie qu'il aperçut, mit pied à terre, et, ayant attaché son cheval au portail de la cour d'entrée, il pénétra dans l'une des salles basses où il se fit apporter à boire. Son intention était de s'informer de l'endroit où habitaient les Deppen; mais, en présence de l'émotion qu'il lisait sur le visage de chacun, il s'enquit tout d'abord, auprès de la fille d'auberge qui le servait, des causes du trouble général qu'il avait cru remarquer.

« Tu ne sais donc pas, citoyen, ce qui s'est passé hier à Chevreuse?

— Non, dit Guétrier; j'arrive de Longjumeau.

— Eh bien! figure-toi qu'hier au soir, dans une petite

maison qui appartient au boucher Gâtebois, le procureur-
syndic de la commune, un agent du Comité de sûreté
générale, le citoyen Léonidas, a été assassiné par des ci-
devant ! »

Guétrier tressauta sur sa chaise.

« Oh ! oh ! fit-il. Et qui étaient ces aristocrates ?

— On ignore leur nom exact, répondit la servante ; ils
ont pris la fuite. Tout ce qu'on sait, c'est qu'ils étaient les
locataires de Gâtebois depuis deux mois environ, et se
faisaient appeler Richard et Charlotte Deppen. »

La stupeur éprouvée par le capitaine en entendant cela
fut si violente, qu'il demeura un moment la gorge serrée,
sans trouver une parole à dire. Mais tout aussitôt, réagis-
sant contre cette faiblesse dangereuse, il s'écria, du ton
de l'indignation la plus sincère :

« Ah ! les gredins ! »

Puis, questionnant la jeune fille, il lui demanda comment l'affaire était arrivée.

« Voilà, citoyen, expliqua la servante. Hier, vers quatre
heures et demie, la petite Paméla, la nièce du brigadier
de gendarmerie, qui était en service chez les Deppen, s'en
allait faire ses provisions pour le souper, quand elle rencontra devant la porte un inconnu qui s'informa si la
citoyenne Charlotte était chez elle. Paméla répondit que
oui, fit entrer l'étranger dans la maison, et, comme elle
lui demandait qui elle devait annoncer à sa maîtresse,
celui-ci déclara qu'il s'appelait le capitaine Guétrier, ce
qui était faux.

— Ah ! c'était faux ? fit le capitaine jouant la surprise.

— Tu vas le voir, poursuivit la fille. L'homme introduit dans le salon, Paméla repartit et revint au bout de

dix minutes ; mais, au moment où elle pénétrait dans sa cuisine, elle aperçut le citoyen Richard Deppen, son patron, qui lui commanda d'aller chercher tout de suite une volaille chez une paysanne, à Saint-Rémy. Elle s'en retourna donc avec son panier. Seulement, la course étant longue, Paméla ne rentra guère qu'une heure après et fut très étonnée, à son retour, de ne plus entendre parler dans la maison.

— Tiens ! tiens ! dit Guétrier.

— Elle supposa d'abord que ses maîtres et leur visiteur étaient partis faire un tour de promenade ; mais, la nuit venue, et les Deppen ne paraissant point, Paméla commença à se sentir inquiète. Elle remonta voir au premier, la citoyenne Charlotte n'y était pas. Elle redescendit dans la salle à manger, personne. Enfin, ayant entre-bâillé la porte du salon, elle aperçut, étendu sur le tapis, le corps de l'inconnu dont elle avait annoncé la visite à sa maîtresse !...

— Il était mort ? demanda Marcel.

— Mort..., allongé dans une mare de sang ! dit la servante. Épouvantée, — et il y avait de quoi, — Paméla s'élança hors de la maison et s'en fut toute courante chez son oncle le brigadier, à qui elle conta la chose. Aussitôt les gendarmes allèrent informer Gâtebois, le procureur-syndic, de ce qui venait de se passer dans son immeuble, et, accompagnés par lui, ils se rendirent à l'habitation des Deppen. Là, mis en présence du cadavre, Gâtebois le reconnut immédiatement pour un agent du Comité de sûreté générale, nommé Léonidas, qui, dans l'après-midi du même jour, s'était présenté à sa boutique pour le questionner au sujet de ses locataires.

— Mais, objecta Guétrier, pourquoi ce Léonidas s'était-il affublé d'un faux nom ?

— Ah ! dame, ça, citoyen, je ne peux pas te dire, reprit la fille. Peut-être par crainte de n'être pas reçu, s'il avait donné son nom véritable. »

Le capitaine commençait à entrevoir une partie de la vérité, c'est-à-dire sa lettre perdue, tombée aux mains de l'espion Léonidas, ce même rabatteur qui avait déjà filé le comte le jour de leur visite à Léocadie Brigaud ; celui-ci venu à Chevreuse dans le but d'en découvrir la signataire ; Rochemeuse, enfin, se croyant dépisté, obligé de se débarrasser de cet homme en le tuant. Il demanda encore :

« Mais est-on bien sûr que cet agent du Comité ait été réellement assassiné ?

— Là-dessus, les avis sont partagés, répliqua la servante. Il y en a qui prétendent comme cela qu'il aurait bien pu être tué en duel, attendu qu'on a trouvé deux épées dans le salon.

— Alors ce ne serait plus une affaire politique, insinua Guétrier, mais plutôt quelque drame de jalousie.

— Je ne sais pas, dit la fille. Le certain, c'est que l'homme avait une terrible blessure au ventre et qu'il était mort.

— Et qu'a-t-on fait à la suite de cette découverte ?

— On a sonné le tocsin, battu le tambour, rassemblé les citoyens en armes, et toute la nuit, jusqu'à ce matin, on a fouillé les bois, les maisons des environs, mais sans parvenir à retrouver la trace des deux ci-devant qui se sont enfuis. »

Le capitaine parut soulagé. Toutefois il crut devoir demander encore :

« Mais comment sait-on que ces prétendus assassins sont des ci-devant?

— On ne le sait pas, on le suppose, dit la fille.

— Bref, où en est l'affaire?

— Cet après-dîner, des agents du Comité de sûreté générale, sous les ordres d'un nommé Héron, sont arrivés ici en voiture. Ils avaient été informés, cette nuit, de l'assassinat du citoyen Léonidas par un commis qui accompagnait celui-ci hier à Chevreuse, et qui, à la première nouvelle du meurtre, était reparti à Paris en toute hâte, afin de les en prévenir. En ce moment, je crois, ils procèdent à une nouvelle enquête.

— Espérons qu'elle aboutira! » dit Guétrier en se levant.

Bien qu'il fût tard et que son cheval eût déjà six lieues dans les jambes, le capitaine comprit qu'il ne pouvait demeurer plus longtemps à Chevreuse, où l'air risquait de devenir mauvais pour lui. Aussi, dès qu'il eut soldé sa dépense, il sortit de l'hôtellerie, se remit en selle et s'éloigna en remontant par les bois dans la direction de Rambouillet.

A vrai dire, le récit qu'il tenait de la bouche de la petite servante manquait de clarté; nombre de détails en étaient vagues et indécis; néanmoins un fait en ressortait, évident: c'était qu'Alain de Rochemeuse et la comtesse de Puiséaux étaient découverts; qu'ils n'avaient échappé à une arrestation peut-être imminente qu'en tuant l'agent Léonidas et en prenant la fuite; enfin que, pour le moment tout au moins, l'exécution de leur projet paraissait singulièrement compromise. Dans ces conditions, où étaient-ils allés? quelle résolution avaient-ils prise? et lui, Guétrier, leur

complice et leur ami, que devait-il faire?... Les rejoindre,
parbleu! et tâcher de réparer, en les sauvant, le mal que
son imprévoyance avait causé. Seulement, où et comment
parviendrait-il à les retrouver?

La première supposition du capitaine fut que le comte
et Aurore avaient cherché un refuge au Mesnil-Saint-
Denis, chez la famille Despagne. Mais non, c'était trop
près de Chevreuse; en outre, étant données les anciennes
attaches royalistes des blanchisseurs, ces derniers devaient
être, moins que qui que ce fût, en situation de pouvoir
cacher des suspects. Donc Rochemeuse et la jeune femme
avaient dû fuir ailleurs; mais en quel endroit?... Tout
à coup, Guétrier crut se souvenir qu'Alain lui avait parlé
plusieurs fois d'un homme du nom de Gautereau, très
dévoué au comte de Frotté, qui était établi sabotier dans
les bois de La Ferté-Vidame. Peut-être avait-il été
demander asile à ce Gautereau?... La chose était d'autant
plus vraisemblable que, en fuyant, ils n'avaient point dû
descendre vers Paris, mais chercher au contraire à se rapprocher du Bocage et de la côte normande. C'était donc
de ce côté-là qu'il fallait essayer de les rattraper. Malheureusement, dans l'état où se trouvait son cheval, Guétrier
ne pouvait poursuivre son voyage ce soir-là même, et il
lui fallait de toute nécessité attendre au lendemain.

Quittant donc la route de Rambouillet, il obliqua sur sa
droite, et ayant rencontré au long de son chemin un misérable hameau de dix maisons, il s'y arrêta pour passer
la nuit. Il eut la chance de tomber sur de braves gens qui,
sans se préoccuper de savoir son nom ni d'où il venait,
lui donnèrent à souper, à coucher, tandis que son cheval
était abrité dans une grange voisine; et le lendemain,

dès le petit jour, la bête repue et reposée, Guétrier prenait congé de ses hôtes et se remettait en chemin.

Après toute une journée de marche prudente et tortueuse, coupée d'arrêts, de détours, afin d'éviter les grandes routes, les petites villes ou les bourgs trop populeux, le capitaine atteignit La Ferté-Vidame comme la nuit tombait déjà. Arrivé en vue du pays, il avisa une bonne femme qui passait et s'informa de l'endroit où habitait le sabotier Gautereau.

« C'est tout là-bas, citoyen, à l'orée du bois, la seconde maison que tu trouveras sur ta gauche. »

Guétrier se dirigea vers la maisonnette indiquée, descendit de cheval et heurta contre la porte. Quelques instants après, un paysan venait lui ouvrir.

« C'est bien toi qui es Gautereau, le sabotier? fit le capitaine.

— C'est moi-même! répondit l'homme en dévisageant le cavalier de son regard soupçonneux, plein de méfiance.

— As-tu des sabots en cormier? »

En entendant cette simple phrase, la face du paysan s'éclaira soudain; vivement il retira son bonnet, fit entrer l'inconnu dans son logis, et, lorsqu'il eut refermé la porte :

« Tu es un ami du comte de Frotté; tu es chez toi, citoyen! Qu'y a-t-il pour ton service? »

Guétrier alla droit au but.

« N'aurais-tu pas vu, soit hier, soit aujourd'hui, deux personnes que je cherche et qui devaient se diriger vers le Bocage normand?

— Le comte de Rochemeuse et Mme de Puiseaux? fit le sabotier.

— Précisément.

— En effet, ils sont arrivés chez moi hier, à peu près à cette heure-ci ; ils y ont passé la nuit et sont repartis ce matin.

— Dieu soit loué ! s'écria le capitaine. Ils sont hors de danger. Et sais-tu où je pourrai les rejoindre ?

— Leur intention était d'aller retrouver Frotté du côté de Domfront, répondit Gautereau. Je n'en sais pas plus. »

Le capitaine était perplexe.

« Ils ont sur moi douze heures d'avance, dit-il. C'est beaucoup. Et avec mon cheval qui est claqué...

— Il y a un moyen, ajouta le sabotier. Laisse ton cheval ici, et, si tu consens à partir cette nuit, je puis te procurer une voiture qui te conduira jusque là-bas.

— J'accepte ! » dit Guétrier.

A onze heures, le capitaine prenait place dans un vieux cabriolet, en compagnie d'un paysan ami de Gautereau, et, après avoir roulé toute la nuit, il arrivait le lendemain matin à Alençon. Là, il remercia son conducteur ; mais, au lieu de traverser la ville, il poursuivit sa route à pied, dans la direction de Couterne. Il s'était souvenu qu'en ce dernier endroit demeurait un fermier du nom de Peaudouche, qui était également un affidé du comte de Frotté. Peut-être cet homme, lui aussi, avait-il vu les fugitifs et pourrait-il fournir quelque indication sur le chemin qu'ils avaient suivi.

Guétrier n'y arriva qu'à la nuit close. Mais il ne s'était pas trompé dans ses prévisions ; car à peine eut-il pénétré dans la métairie et se fut-il fait connaître de Peaudouche en prononçant les mots : *Avez-vous des sabots en cormier ?* que ce dernier dit aussitôt :

« Tu cherches le comte de Rochemeuse et sa com-

pagne, citoyen? Ils sont ici depuis hier. Tiens! viens avec
moi. »

Entraînant alors Guétrier, il le guida vers une sorte de
cave pratiquée tout au fond de son jardin et dont l'entrée
se trouvait dissimulée sous les broussailles, une cachette
de Chouans datant de l'époque où Frotté avait tenu la campagne en ces parages. Dès qu'il fut arrivé devant la porte,
Peaudouche y frappa discrètement avec la main.

« Qui est là? demanda une voix que Guétrier reconnut
immédiatement pour celle du comte.

— C'est moi! » répondit le capitaine.

La porte de la cave s'ouvrit, Guétrier y entra.
Rochemeuse et la jeune femme étaient devant lui. Un cri
s'échappa de leur bouche :

« Ah! mon ami!...

— Eh! oui, c'est moi! »

Tous trois se jetèrent dans les bras les uns des autres,
étranglés d'une émotion commune et tout surpris de se
retrouver libres encore, après les événements qui venaient
de s'accomplir.

Enfin, ce moment de trouble dissipé, Marcel leur exposa,
le premier, dans quelles conditions il avait perdu la lettre
écrite par Aurore; comment il avait dû quitter Paris, le
lendemain matin, pour échapper à une visite domiciliaire,
peut-être même à une arrestation; son départ pour
Chevreuse, ce qu'il y avait appris à leur sujet et les différentes étapes de son voyage depuis ce dernier endroit jusqu'à la closerie où il venait de les rencontrer. Ce récit
achevé, ce fut au tour d'Alain de raconter en détail les
incidents survenus, les circonstances tragiques dans lesquelles il avait tué le comte de Puiseaux et la façon dont

ils s'étaient enfuis après, lui et Aurore, grâce à une carte
du Comité de sûreté générale trouvée dans la poche du
mort, qui leur avait permis d'atteindre Alençon en voiture
sans être inquiétés. Cependant, arrivés à cette dernière
ville, ils avaient cru prudent de ne point s'y aventurer;
car un courrier, envoyé de Chevreuse, avait pu les pré-
céder dans l'endroit, donner leur signalement et informer
la municipalité de leur passage.

« Or vous allez voir, mon cher ami, que j'avais raison,
poursuivit Rochemeuse. Trois lieues plus loin, comme
nous atteignions la lisière d'un petit bois, au débouché
d'un chemin creux, deux gendarmes embusqués sous les
taillis se ruent d'un bond vers notre cabriolet et saisissent
le cheval aux naseaux. La comtesse, qui tenait un pistolet
dans sa main, lève le bras, prête à faire feu, quand d'un
cri je l'arrête :

« — Ne tirez pas!... Ne tirez pas, je les connais!... »

« En effet, dans une vision rapide, je venais de reconnaître en ces hommes deux anciens hussards de Westermann, que l'année dernière, en avant de Saumur, j'avais
arrachés aux mains de Vendéens qui les allaient fusiller
contre un arbre. Je me dresse debout et leur crie :

« — Citoyens gendarmes, on arrête donc les camarades
en ces parages?... »

« Eux me regardent, interloqués, tout en essayant de
retenir la bête haletante, couverte d'écume, qui se ca-
brait dans son brancard. Je les appelle alors par leurs
noms :

« — Chanteclair!... Pommier!... Vous souvenez-vous
de Saumur? »

« Cette fois, ils font un mouvement, me dévisagent, me

reconnaissent, et s'exclament en même temps : « Le Ven-
déen ! »

« Nous étions sauvés !... Ces deux braves eurent une
minute d'hésitation, mais qui fut courte. Enfin, lâchant
les rênes du cheval, ils répliquèrent :

« — Nous sommes des soldats, et tu nous as sauvés,
capitaine ! Passe ton chemin. Nous ne t'avons pas vu ! »

« Et voilà comment nous sommes arrivés jusqu'ici.

— Mes chers amis, le ciel est pour nous ! s'écria le capitaine avec une sorte de soulagement, sitôt que Rochemeuse
eut cessé de parler.

— Comment cela ? demandèrent à la fois Alain et la
jeune femme en interrogeant Guétrier d'un regard anxieux.

— Sans doute, fit celui-ci. Ma seule crainte était que ce
Léonidas ne fût qu'un rabatteur du Comité de sûreté
générale, à qui un hasard ou une trahison avait livré le
secret du but que vous poursuivez en commun et de vos
relations avec les Duthoit, le chevalier de La Jardie ou
Léocadie Brigaud. Or, d'après son propre aveu, ce n'est
que le désir de savoir ce que la comtesse de Puiseaux, sa
femme, pouvait faire en France sous le nom de Charlotte
Deppen qui l'avait conduit à Chevreuse. Donc il ne savait
rien de vos projets ; donc, rien n'est perdu !

— Hélas ! mon ami, répondit Aurore, ce misérable
n'a-t-il pas déclaré avant de mourir qu'il nous avait dé-
noncés à l'avance, vous et moi ? Et la preuve qu'il l'avait
fait, c'est qu'on est venu pour vous arrêter à votre domicile.

— Permettez, objecta Marcel. Ayant reconnu votre
écriture et vous sachant en correspondance avec moi, il
a pu nous dénoncer l'un et l'autre comme suspects ; mais

il n'a certes pas pu révéler un plan d'évasion qu'il ignorait et n'a appris que de votre bouche.

— C'est en effet assez probable, fit Rochemeuse.

— Donc, je le répète, dit Guétrier, rien ne me paraît compromis. En ce moment vous êtes recherchés l'un et l'autre pour avoir assassiné un agent du Comité de sûreté générale; à tout prix vous devez disparaître et regagner Jersey, s'il est possible. Mais puisque, selon toute apparence, le mobile qui vous avait amenés en France est demeuré secret, rien ne vous empêchera de renouveler cette tentative dans quelque temps, sous d'autres noms, et de réussir.

— Le Ciel vous entende, capitaine! s'écria Aurore, qui commençait à se rattacher à cette espérance.

— L'essentiel, poursuivit Guétrier, c'est de fuir et de mettre un bras de mer entre les sans-culottes et vous. Après, on verra. Avez-vous quelque moyen de gagner rapidement la côte?

— Je le saurai tout à l'heure, répondit Rochemeuse. J'ai envoyé tantôt demander au comte de Frotté, qui se trouve en ce moment près de Mortain, de nous faire accompagner jusqu'à Avranches et de faciliter notre embarquement. J'attends sa réponse.

— Eh bien! mes chers amis, déclara alors le capitaine, maintenant que je suis rassuré sur votre sort, je n'ai plus qu'à retourner à Paris. »

Alain et la jeune femme se récrièrent en même temps.

« Retourner à Paris, quand vous nous engagez à fuir? dit Aurore.

— Qu'iriez-vous y faire? demanda le comte, à présent que vous êtes traqué, mis hors la loi!

— Mon devoir ! dit simplement Guétrier. Vous n'ignorez pas que je ne m'y suis rendu que pour veiller sur
mon ancien général et sa femme, et, le cas échéant, leur
venir en aide. Tant que ceux-ci seront détenus aux Carmes,
ma place est auprès d'eux. Si j'ai failli à ce devoir depuis
trois jours, c'est que, vous ayant compromis par ma maladresse, j'avais l'impérieuse obligation de vous rejoindre
et de vous mettre en garde contre les périls qui pouvaient
en résulter. Aujourd'hui que je vous sais à peu près hors
d'affaire, et que ma présence à Paris peut être utile, j'y
retourne ! »

Ce fut en vain qu'Alain et la comtesse usèrent de toutes
les supplications, recoururent à toutes les remontrances,
pour persuader l'officier des dangers au-devant desquels
il allait courir ; rien ne put réussir à le convaincre.

« Non, mes amis, n'insistez pas, répondit-il avec fermeté ; d'ailleurs, je saurai bien échapper aux recherches !
Lanjuinais, Louvet, d'autres encore, ne sont-ils pas cachés
depuis des mois sans que la Convention ait pu découvrir
leur retraite ? J'en ferai autant... Enfin, dans l'intérêt
même de votre projet, auquel je me suis associé, ma présence à Paris est indispensable. Ne faut-il pas que je sois
en communication directe avec les Duthoit, Léocadie Brigaud et le chevalier de La Jardie ?... De près, je surveille-
rai les événements, les possibilités d'une tentative nouvelle, et, dès que je jugerai l'heure propice, je vous ferai
tenir un avis secret ! »

Toute la soirée, les trois amis continuèrent à s'entretenir de la catastrophe qui venait de les frapper, en même
temps que des chances de succès qui pouvaient leur rester
encore. Or, aux yeux de Guétrier, celles-ci paraissaient

certaines. Plus que jamais, le concours des Duthoit leur
était acquis ; quant au chevalier de La Jardie, il était prêt
à agir et à mobiliser une quinzaine d'amis absolument sûrs
et d'un dévouement éprouvé ; enfin, Léocadie avait découvert, dans un galetas de la Butte-des-Moulins, un enfant
malingre et scrofuleux, juste de l'âge du duc de Normandie, et ayant même avec ce dernier une vive ressemblance,
que Duthoit enfermerait à sa place dans le cachot du
Temple, le jour où l'autre en serait parti. On pourrait
donc ainsi, au moins durant quelques jours, donner le
change aux commissaires chargés de la surveillance de
la prison, et permettre à ceux qui auraient enlevé l'enfant royal de le conduire en lieu sûr, hors de toute
atteinte.

« Que Dieu le protège jusque-là ! » murmura la comtesse.

Vers minuit seulement, on entendit gratter contre la
porte de la cave. Rochemeuse alla ouvrir. C'était Peaudouche, accompagné de l'émissaire du comte de Frotté.
Celui-ci faisait savoir à Rochemeuse et à Mme de Puiseaux
qu'au lever du jour une voiture de paysans, dans laquelle
se trouveraient deux hommes à lui, viendrait les prendre
à la closerie ; ils n'auraient donc qu'à y monter, et, grâce
aux recommandations données aux conducteurs, qui ne
s'écarteraient point d'un itinéraire fixé, ils pourraient, dans
l'après-midi du même jour, atteindre Avranches, où ils
s'adresseraient au pêcheur Petit-Moreau, qui se charge-
rait de les embarquer. Frotté conseillait en outre à Rochemeuse et à la comtesse de revêtir l'un et l'autre des costumes de paysan.

« C'est bien, mon ami, répondit Alain à l'envoyé. Tu

diras à M. de Frotté que je le remercie et que nous serons prêts ! »

Conformément à la recommandation du chef de Chouans,

Quelques instants après, la carriole campagnarde disparaissait
au tournant du chemin.

Rochemeuse et Aurore de Puiseaux se procurèrent des habits de paysan qu'ils endossèrent; et lorsque, à l'aube blanchissante, Peaudouche vint leur annoncer que la voi-

ture était arrêtée devant la closerie, tous deux étaient en
état de partir. Après avoir fait leurs adieux au fermier et
tendrement embrassé le capitaine, le comte et la jeune
femme se hissèrent dans la carriole aux côtés des deux
gars qui s'y trouvaient.

Au moment où la voiture allait se mettre en route, Guétrier demanda au comte où il pourrait, si besoin était, lui
faire tenir un avis secret.

« Hélas! mon cher ami, dit Rochemeuse avec un geste
de découragement et de doute, puis-je savoir où nous
allons?... A tout hasard cependant, vous pourriez adresser votre message à Jersey, au nom du sieur Pernyn, jar-
dinier-pêcheur à Saint-Hélier, qui nous la fera parvenir.

— C'est bien, répliqua simplement le capitaine; je ne
l'oublierai pas! »

Un dernier sourire, un dernier adieu de la main, et,
quelques instants après, la carriole campagnarde disparaissait au tournant du chemin sur lequel le jour se levait,
blafard.

XIX

L'ENVOYÉ DE VÉRONE

Dans les derniers jours de juin 1794, un gentilhomme d'une quarantaine d'années, vêtu comme un voyageur, se présentait un matin dans la boutique de M. Burns, le libraire de Piccadilly, à Londres, et demandait à lui parler. Le commis auquel il s'était adressé alla prévenir son patron, qui vint au-devant de l'étranger et s'informa de ce qu'il désirait.

« Un simple renseignement, monsieur, répondit le gentilhomme, qui s'exprimait de la façon la plus correcte. Je suis le baron de Rino ; j'arrive d'Altona, où j'ai eu l'honneur de rencontrer Mme de Genlis, et c'est sur son conseil que je m'adresse à vous pour obtenir l'indication dont j'ai besoin.

— Tout à votre service, monsieur. De quoi s'agit-il ?

— Il y a dix-huit mois environ, poursuivit le baron de Rino, n'auriez-vous pas reçu la visite d'une jeune Française émigrée, nommée la comtesse de Puiseaux, qui avait une lettre de recommandation de Mme de Genlis ?

— Il y a dix-huit mois?... Attendez donc! fit le libraire
en se passant la main sur le front, comme pour rassembler ses souvenirs. Une Française, dites-vous,... de la part
de Mme de Genlis?... En effet... Je ne me rappelais plus
le nom de la personne; mais le fait en lui-même m'est resté
très présent à la mémoire. Si je ne me trompe, cette dame
venait de Belgique et cherchait à trouver une situation
à Londres?

— C'est cela même, précisa M. de Rino. Et savez-vous
ce que cette Mme de Puiseaux est devenue?

— Il me serait assez difficile de vous renseigner à cet
égard, monsieur, répondit le libraire. La seule chose
dont je me souvienne, c'est qu'un ami ou un client qui
se trouvait là, le jour où elle s'était présentée, lui offrit
de la faire entrer comme lectrice chez une vieille dame
émigrée, la baronne de Saint-Firmin, qui est morte
depuis.

— Ah! fit le baron. Et vous avez l'adresse de cette
Mme de Saint-Firmin?

— Elle demeurait... Au fait, je puis m'assurer; c'était
une cliente... »

Le libraire alla prendre dans sa caisse un gros registre
qu'il feuilleta assez longuement. Enfin, ayant trouvé, il
s'écria :

« Voilà!... Mme de Saint-Firmin habitait au n° 26, dans
Kensington! »

Muni de ce renseignement, le baron de Rino prit congé
de M. Burns, et, ayant hélé une voiture, il se fit conduire
au n° 26 de Kensington. Là, le baron descendit, heurta
à la porte d'un petit hôtel, et, s'adressant à la domestique
venue ouvrir, il demanda si l'on pouvait lui procurer

l'adresse de Mme de Puiseaux, l'ancienne lectrice de Mme de Saint-Firmin.

« Il n'y a jamais eu de lectrice de ce nom auprès de notre défunte maîtresse, monsieur, répondit la femme de chambre. La dernière qu'elle ait eue s'appelait Mlle de Baujeu; elle a quitté la maison quelques jours après la mort de Mme la baronne, et nous ne l'avons jamais revue depuis cette époque.

— Et vous ne pourriez pas me dire où cette demoiselle de Baujeu est allée, après être partie d'ici? » fit Rino.

La domestique parut chercher un moment ; puis, croyant sans doute se souvenir :

« Il me semble bien que lorsque cette personne a quitté l'hôtel, elle a fait porter ses vêtements et ses bagages dans une maison meublée de Saint-George Street, au 21, je crois !

— Il suffit, mademoiselle, dit le baron, et je vous remercie de votre complaisance. »

Regagnant alors sa voiture, il se fit mener au 21 de Saint-George Street.

Arrivé là, le baron de Rino pénétra dans une maison meublée de modeste apparence et demanda à parler à la logeuse. Mrs Neale se présenta tout aussitôt.

« Vous désirez, monsieur ?

— Un renseignement, madame, dit Rino. Je voudrais savoir si vous avez eu, au cours de ces derniers dix-huit mois, parmi les locataires de votre hôtel, une jeune femme, une Française, se nommant Mlle ou Mme de Puiseaux ? »

Mrs Neale répondit immédiatement :

« Mme de Puiseaux ? Certainement, monsieur ! Cette personne a demeuré chez moi à deux époques différentes.

D'abord, vers la fin de l'année dernière, où elle est restée ici environ deux mois. Elle en est partie au commencement de cette année-ci pour faire un assez long voyage en compagnie d'un Français qui occupait un logement voisin du sien, M. le comte Alain de Rochemeuse.

— Ah! ah! murmura M. de Rino. Vous ne savez pas où ils sont allés?

— Ils ne me l'ont pas dit, déclara la logeuse.

— Et le second séjour? insista le baron.

— Le second séjour, c'est tout récemment... Mme de Puiseaux était revenue ici vers le milieu de mai dernier, toujours en compagnie de M. de Rochemeuse, et elle y est demeurée jusqu'à la fin du mois, époque à laquelle elle s'est mariée. »

Le baron de Rino parut très surpris.

« Mme de Puiseaux est mariée? fit-il.

— Oui, monsieur, répondit la vieille femme, avec M. le comte de Rochemeuse. Ils ont été unis à la chapelle catholique de King-Street, et je ne les ai pas revus depuis ce jour-là! »

Il y eut un long silence, que M. de Rino rompit pour demander :

« Et, sans doute, ils ont quitté l'Angleterre?

— Oh! non, monsieur. Je ne connais pas leur domicile exact; je sais seulement qu'ils sont allés habiter un petit cottage, à Islington, aux portes de Londres. »

Ceci suffisait au baron de Rino. Il s'excusa de ses questions, salua, regagna sa voiture, et, après avoir consulté l'heure à sa montre, il se fit ramener à l'hôtel de *la Reine Élisabeth*, près de Charing-Cross, où il était descendu.

Lorsqu'il avait quitté Vérone, un mois auparavant,

envoyé en mission spéciale par M. le comte d'Avaray, ministre de la maison du comte de Provence, celui-ci lui avait dit :

« Monsieur de Rino, Son Altesse Royale a été informée par des avis secrets, venus de Paris, qu'un complot était organisé par quelques royalistes en vue d'enlever le Dauphin du Temple. Or, des indications qui ont été transmises à ce sujet, et dont je vous remets copie, il paraît ressortir qu'au nombre des organisateurs de ce complot figure une émigrée, anciennement attachée à la maison des Enfants de France, la comtesse Aurore de Puiseaux. Cette femme doit être actuellement réfugiée en Angleterre; en tout cas, elle s'y trouvait il y a quelques mois. Vous allez donc vous rendre à Londres; vous essayerez de retrouver là-bas les traces de cette femme ou de ses complices; et si vous arriviez à découvrir les indices d'une tentative ayant pour but d'enlever le duc de Normandie de sa prison et de le faire sortir de France, vous devriez la faire échouer, coûte que coûte, par tous les moyens en votre pouvoir !

— Même par les moyens les plus violents? avait demandé M. de Rino.

— Même les plus violents! avait répondu M. d'Avaray. Son Altesse Royale vous donne carte blanche à cet égard. »

Fort de ces instructions, muni d'argent en quantité suffisante, M. le baron de Rino s'était mis en route. Il avait traversé le Tyrol, une partie de l'Allemagne, et c'était au moment de s'embarquer à Hambourg que, se trouvant par hasard à souper chez la comtesse de Flahaut, à Altona, il avait rencontré Mme de Genlis, de laquelle il avait appris que la comtesse de Puiseaux devait être à Londres, où

elle s'était rendue jadis avec une lettre de recommandation pour un libraire de Piccadilly.

Tandis qu'il dînait seul, dans un petit cabinet de l'hôtellerie de *la Reine Élisabeth*, l'envoyé de M. d'Avaray se
prit à réfléchir et à opposer aux indications qui lui avaient
été fournies avant son départ de Vérone l'ensemble de
renseignements qu'il venait de recueillir au cours de son
enquête matinale. Or les uns et les autres lui paraissaient
être en contradiction évidente.

S'il était exact que la comtesse de Puiseaux se fût présentée autrefois chez M. Burns, eût été admise chez la
baronne de Saint-Firmin et eût habité ensuite, à deux
reprises, dans la maison meublée de Saint-George Street,
rien pourtant ne semblait dénoter en cette jeune femme
la conspiratrice dont avait parlé M. d'Avaray. Sans doute,
à en croire la déclaration de la logeuse, Mme de Puiseaux
avait fait un assez long voyage, on ne savait où, en compagnie d'un certain Alain de Rochemeuse; mais qui prouvait que ce voyage eût été motivé par des raisons politiques? N'était-ce pas plutôt un voyage de fiançailles,
puisque, dès leur retour, le comte et la jeune femme
s'étaient mariés à la chapelle française de King-Street?
Actuellement, enfin, ils vivaient retirés dans la campagne
de Londres, en pleine lune de miel. Dans ces conditions,
il semblait assez difficile à M. de Rino de découvrir quand
même, en ce couple de jeunes époux uniquement préoc-
cupés de leur bonheur, les conspirateurs ténébreux dont
il avait pour mission de surveiller les actes et de paralyser
les projets.

Quoi qu'il en fût, le baron devait accomplir tout son
devoir et se plier aveuglément aux ordres qui lui avaient

été donnés. Le jour même, il se rendait donc à Islington,
arrivait à découvrir assez aisément l'étroit cottage où habitaient le comte et la comtesse de Rochemeuse, et, ayant
trouvé à louer un petit pavillon presque mitoyen avec le
jardin qui s'étendait derrière leur habitation, il s'y installait dès le lendemain sous le nom du chevalier des Huttes.

Cette installation s'était accomplie de façon si discrète,
si réservée, que plusieurs semaines s'écoulèrent avant
qu'Alain et la jeune femme s'aperçussent qu'ils avaient un
nouveau voisin. Comment ceux-ci, d'ailleurs, auraient-ils
pu soupçonner un espionnage et se méfier de qui que ce
fût, puisque, depuis le jour où, grâce aux émissaires de
M. de Frotté, ils avaient réussi à s'embarquer à Avranches
et à regagner l'île de Jersey, ils étaient demeurés complètement étrangers à toute aventure politique? De retour
à Londres, deux semaines plus tard, ils étaient redescen-
dus à l'hôtel meublé de Saint-George Street; et c'était
là, dans cette maison où ils s'étaient connus, révélés l'un
à l'autre, où leurs cœurs avaient battu pour la même cause,
où l'idée leur était venue en un élan commun de se dévouer
à la même entreprise héroïque et sainte, que, se trouvant
libres tous deux, ils avaient résolu d'associer à jamais leurs
existences, — ces existences qui, déjà, avaient été si étroitement liées dans le péril. Un matin des derniers jours de
mai, ils s'étaient présentés à la chapelle française de King-
Street, y avaient reçu la bénédiction d'un prêtre, et, dès
le jour suivant, ils prenaient possession du petit cottage
d'Islington, enfoui discrètement parmi les verdures, où ils
devaient attendre le signal venu de France qui leur ferait
connaître que l'heure de recommencer leur œuvre avait
sonné.

Aux yeux d'un observateur superficiel, le comte Alain de Rochemeuse et sa jeune femme pouvaient, en effet, paraître entièrement détachés du monde extérieur. Ils ne fréquentaient personne dans l'endroit et ne recevaient âme qui vive ; on les voyait assez rarement aller à Londres, et, s'il leur arrivait de sortir, l'après-midi, les jours de soleil, c'était pour une excursion dans la campagne ou quelque promenade parmi les verdoyantes prairies coupées de ruisseaux et parsemées de bouquets de cèdres, qui entouraient de leur tapis d'émeraude les maisonnettes du village d'Islington.

Même, afin que leur vie intime échappât plus sûrement à tout contrôle, ils avaient pris la résolution de se passer de domestiques. Alain n'y avait pas consenti tout d'abord et avait vivement insisté pour que sa femme se fît aider au moins par une fille à la journée ; mais Aurore avait répondu :

« A quoi bon, mon ami? Ceci ne me coûtera pas, je vous assure! Mon séjour à l'hôtellerie de Tournai, en qualité de servante, ne m'a-t-il pas accoutumée déjà à des besognes plus pénibles? Or, ce que j'ai trouvé le courage de faire là-bas, dans une auberge, en face d'étrangers, pourquoi ne l'accomplirais-je pas ici, auprès de vous? »

Pourtant, si quelque curieux eût pu les suivre du regard, rentrés chez eux, il se fût vite aperçu que ces jeunes époux, si indifférents en apparence aux événements qui se déroulaient loin de leur retraite, ne les perdaient pas de vue un seul instant et continuaient de s'y intéresser avec une sorte de passion faite de fièvre et d'inquiétude.

Tous les matins, Rochemeuse recevait quelques gazettes

par le stage-coach, et ces dernières étaient à peine arrivées, que le comte et Aurore les parcouraient anxieuse-
ment, avides des nouvelles qu'elles pouvaient contenir sur
ce qui se passait à Paris. Celles-ci étaient d'ailleurs, chaque
jour, plus pleines d'horreur et d'épouvante, surtout depuis
la promulgation de la loi du 22 prairial, en vertu de laquelle
toute personne traduite au tribunal révolutionnaire pouvait être désormais condamnée à mort sans qu'on entendît un seul témoin, même qu'un avocat fût autorisé à la
défendre. La comparution devant le tribunal n'équivalait
plus qu'à une simple constatation d'identité.

Après Lavoisier, après Madame Élisabeth, sœur du roi,
envoyée à l'échafaud avec toute la famille de Loménie, et
dont ils avaient connu la fin tragique au cours de leur passage à Jersey, d'autres « fournées » avaient suivi, chaque
semaine plus rapprochées et plus nombreuses.

Un jour, ils apprenaient l'exécution de cinquante-trois
personnes suppliciées en même temps qu'une jeune fille
du nom de Cécile Renaud, accusée d'avoir voulu renouveler Charlotte Corday en assassinant Robespierre. Huit
jours après, en ouvrant la gazette, ils y lisaient qu'une
modiste du Palais-Égalité, nommée Léocadie Brigaud,
sur le simple soupçon d'avoir donné asile à un émigré,
avait été exécutée à son tour.

A cette nouvelle, le journal leur était tombé des mains,
et, devant l'annonce de cette mort, un même cri leur
avait jailli des lèvres :

« Et Guétrier?... »

Peut-être le malheureux garçon, ainsi que le chevalier
de La Jardie, avait-il été entraîné dans cette catastrophe.
Et si le capitaine était mort, pensaient-ils, c'en était fait

de leur projet, de leur espoir de rentrer en France, appelés par lui, de la possibilité de recommencer leur tentative, si fatalement échouée alors que l'on touchait à la
réussite !

Durant tout un long mois, Alain et la jeune femme
vécurent ainsi parmi les transes les plus aiguës, les incer-
titudes les plus cruelles. Même, à de certains moments,
sans qu'ils consentissent à se l'avouer l'un à l'autre, ils en
venaient à se trouver lâches, à se reprocher secrètement
de vivre, à considérer comme un crime leur inertie et la
sécurité où ils s'endormaient, alors que tant d'autres s'of-
fraient si courageusement au martyre !... Un matin, en se
regardant les yeux dans les yeux, leurs âmes s'étaient
rencontrées dans une pensée commune, un élan instinctif,
et, sans que leurs bouches eussent prononcé une seule
parole, ils s'étaient demandé :

« Si nous retournions là-bas?... »

Mais, tout aussitôt, la froide raison leur avait soufflé :
« A quoi bon? » Qu'iraient-ils faire à Paris dans un moment
pareil, à supposer même qu'ils eussent la facilité d'y arriver? Et s'ils n'y allaient que pour devenir la proie du tribunal révolutionnaire, de quelle utilité serait leur sacrifice
pour le triomphe de la cause qu'ils voulaient servir? Mieux
valait réserver leur énergie en vue d'une action sûre et
attendre qu'une occasion unique, inespérée, mais toujours
possible, les mît à même de s'employer à la délivrance du
royal enfant, qui lui, du moins, vivait encore !

Leurs préoccupations intimes à cet égard étaient si
absorbantes, si profondes, que tout ce qui les entourait
dans Islington et les mille petits faits qui, en d'autres
temps, eussent pu retenir leur attention, passaient inaper-

çus à leurs yeux ou les laissaient indifférents. Aussi, n'avaient-ils jamais accordé un regard à l'inconnu qui habitait le pavillon attenant au jardin où se dressait leur cottage, ou, s'il leur était arrivé de le croiser sur la route, devant leur porte, ils n'avaient eu pour lui que ce coup d'œil vague, dénué d'intérêt et de curiosité, dont on enveloppe au passage les gens qu'on ne connaît point et qu'on est destiné à ne point connaître.

Une seule fois, en sortant du petit cimetière d'Islington où ils se rendaient assez souvent, attirés par le charme silencieux qui se dégageait du champ mortuaire, ils avaient remarqué l'inconnu qui flânait, lui aussi, parmi les allées tristes et calmes, en déchiffrant çà et là les épitaphes gravées sur les pierres verdies par l'humidité, noircies par le temps.

« Tiens ! avait dit Alain en le désignant à sa femme, notre voisin !... »

Aurore avait répondu :

« Ah ! oui, je le reconnais ! »

Puis ç'avait été tout, et ils n'avaient point échangé d'autres paroles au sujet de ce personnage à l'allure modeste, qui, selon toute apparence, devait leur être éternellement étranger.

Cependant, un des derniers jours de juillet, comme ils revenaient de promenade, vers la tombée de la nuit, et arrivaient devant leur habitation, ils aperçurent leur voisin qui, debout au milieu de la route, en face de sa porte, semblait lire avec attention une gazette qu'il tenait entre les mains. Probablement, celui-ci avait dû voir venir le comte et sa femme ; car, au moment où ces derniers allaient franchir le seuil de leur cottage, il se précipita vers eux,

21

et, interpellant Rochemeuse d'une voix toute tremblante d'émotion, il lui demanda :

« Je crois, monsieur, que vous êtes Français?

— En effet, monsieur! répondit Alain.

— Eh bien, permettez-moi de vous annoncer une grande nouvelle, arrivée à Londres il y a deux heures. Le tyran n'est plus!... Il n'est plus!... »

Aurore et Rochemeuse eurent le même cri à la fois :

« Robespierre est mort? »

L'homme répliqua :

« Mort!... Lisez plutôt!... Renversé par la Convention, il y a trois jours, avec Saint-Just, Couthon, Lebas, il a été guillotiné le lendemain, sur la place de la Révolution, à sept heures du soir, ainsi que vingt de ses complices! »

Dans un élan de joie folle, délirante, riant et pleurant tout à la fois, Aurore répétait :

« Le tyran n'est plus! Robespierre est mort, mort! l'assassin!... Enfin, il est mort! Ah! mon ami, mon ami!... »

Et, tombant éperdue sur la poitrine de Rochemeuse, elle se mit à sangloter entre ses bras.

Lorsque cette crise de larmes fut apaisée, le voisin ajouta avec une exquise politesse :

« Souffrez, madame, et vous, monsieur, qu'un obscur émigré s'associe en même temps que vous à l'allégresse que tous les bons Français doivent éprouver! »

Rochemeuse lui tendit la main.

« A qui dois-je, monsieur, être reconnaissant de cette bonne nouvelle?

— Le chevalier Thibault des Huttes, répondit l'homme en s'inclinant.

— Mille fois merci, chevalier! dit alors Alain. Le comte

et la comtesse de Rochemeuse n'oublieront pas le nom du
messager de bonheur que vous avez été pour eux ce
soir ! »

L'inconnu se précipita vers eux, tenant une gazette à la main.

A dater de ce jour-là, en effet, sans entrer en relations suivies avec le comte Alain et sa jeune femme, le
chevalier des Huttes leur devint moins étranger qu'il ne
l'avait été jusqu'alors. N'était-il pas, comme eux, Français

et émigré, double raison pour qu'il leur inspirât quelque sympathie? Enfin, bien qu'ils ne le connussent pas plus qu'auparavant, il restait pour eux l'homme qui, le premier, leur avait appris le renversement de « l'Incorruptible » et la fin de la Terreur; ceci suffisait pour qu'ils lui fussent reconnaissants de la grande joie qu'il leur avait apportée.

Lorsqu'ils se rencontraient à présent, soit aux alentours d'Islington, soit devant leur porte, ils ne manquaient jamais de se saluer au passage ou s'arrêtaient volontiers pour échanger quelques propos, se questionner sur les événements de Paris et l'espoir qu'on pouvait entretenir de rentrer prochainement en France à la faveur de la détente qui s'était produite. Même, un après-midi, Rochemeuse avait invité M. des Huttes à entrer chez lui se rafraîchir; et, comme celui-ci lui avait prêté plusieurs gazettes ainsi qu'un nouveau roman de Mme de Flahaut, *Adèle de Sénanges*, Alain s'était présenté chez son voisin, quelques jours après, afin de les lui reporter. Peu à peu, une sorte d'intimité s'était donc établie entre les deux hommes, intimité banale, il est vrai, née d'une apparente communauté de situation et d'espérances, mais au cours de laquelle ni l'un ni l'autre n'avaient rien laissé percer de leurs desseins secrets et de leurs résolutions futures. Comme le chevalier Thibault des Huttes, le comte de Rochemeuse était demeuré impénétrable.

Cependant, si la chute du régime de sang qui, depuis plus d'une année, pesait sur la France entière, avait éloigné de l'esprit de Rochemeuse et de la comtesse toute crainte immédiate au sujet de l'existence même du Dauphin, ceux-ci n'en restaient pas moins assez inquiets d'être sans nouvelles de Marcel Guétrier et de ne pas savoir quand il leur serait possible de tenter à nouveau l'exécution de leur projet.

Certes, la disparition des terroristes leur faciliterait sans doute l'accomplissement de cette tâche et leur permettrait d'atteindre le but souhaité sans avoir à courir d'aussi grands périls; mais retrouveraient-ils Guétrier, et Artémise, et Duthoit, et La Jardie, tous ces amis enfin sur le dévouement desquels ils avaient pu compter autrefois et dont la complicité leur était indispensable? Existaient-ils encore seulement, ou n'avaient-ils pas été, eux aussi, parmi tant d'autres, broyés et emportés dans la tourmente?...

Et les semaines succédaient aux semaines, sans rien leur apporter de ce qu'ils eussent désiré connaître, sans qu'aucun avis vînt les arracher à leur inquiétude pleine d'angoisse.

Tout ce qu'on savait, par les journaux, c'était qu'une réaction violente contre les atrocités du régime disparu se dessinait de façon très nette; que la foule, délivrée de ses épouvantes, se ruait avec frénésie à tous les plaisirs et remplaçait par des *bals de victimes* les effrayants spectacles qu'elle avait contemplés durant tant de mois, et que, en même temps qu'elle se jetait éperdument dans les distractions de toutes sortes et se grisait de l'ivresse de se sentir vivre, elle se retournait avec férocité contre les jacobins, que l'on commençait à traquer un peu partout. L'heure semblait donc propice au comte et à Aurore pour essayer de rentrer en France et d'y accomplir la mission sacrée qu'ils s'étaient juré de mener à bien. Si leurs amis d'autrefois n'étaient plus là, tout serait à refaire. Mais qu'importait cela! Avec de l'énergie et du courage, ils sauraient bien en venir à bout!

Un après-midi du mois de septembre, comme ils s'entretenaient de ce qui se passait à Paris en compagnie de leur voisin, venu ce jour-là leur faire visite, on entendit la cloche qui se trouvait à l'entrée du cottage tinter légèrement. Quelqu'un!... Aurore se leva, sortit du salon où le comte et M. Thibault des Huttes demeuraient à causer, et alla ouvrir.

Un homme se tenait debout devant la porte, un homme jeune encore, vêtu à la mode anglaise et dont la tête était coiffée d'un chapeau haut de forme en poil gris enserré d'un ruban à boucle d'acier. Tout d'abord, la jeune femme ne reconnut pas le visiteur; mais celui-ci eut à peine ouvert la bouche pour demander si c'était bien dans la maison que demeurait le comte de Rochemeuse, qu'Aurore poussa un cri de stupéfaction et de joie :

« Guétrier! Vous...! c'est vous! Vivant...! Ah! mon ami!... »

Sans un mot, Marcel lui avait tendu les bras : ils s'embrassèrent.

« Rochemeuse est ici? demanda le capitaine au bout d'un instant.

— Oui, oui!... Venez! »

Et elle l'entraîna jusqu'au salon, où elle pénétra la première. Au bruit, le comte avait tourné la tête.

« Qui donc était là? fit-il en interrogeant sa femme.

— Regardez! dit simplement Aurore en lui montrant de la main Guétrier arrêté sur le seuil.

— Le capitaine!... Ah! mon cher ami!... » s'écria Rochemeuse.

Il se précipita à sa rencontre, et les deux hommes tombèrent aux bras l'un de l'autre.

Voyant cela, le chevalier des Huttes s'était levé, par discrétion. Il prit congé d'Aurore en quelques mots rapides, serra la main du comte, et, ayant salué le nouveau venu, il sortit en disant :

« Ne vous dérangez pas, je vous prie... Je sais le chemin..., je sais le chemin... »

Néanmoins, sur un signe imperceptible que lui avait fait son mari, la comtesse insista pour le reconduire jusqu'à la rue. Quand elle rentra dans le salon, un moment après, elle retrouva Rochemeuse et Guétrier demeurés debout, les mains dans les mains, sans qu'il leur fût possible d'échanger une seule parole, tant l'émotion les étreignait l'un et l'autre. Ce fut Alain qui, le premier, rompit ce silence en disant :

« Enfin !... Vous êtes vivant, Guétrier..., vivant ! Ah ! nous n'osions plus l'espérer, mon ami !

— N'est-ce pas? Après ce qui s'est passé...

— Mais comment nous avez-vous retrouvés ici?

— Dès que j'ai pu sortir de France, — et ce n'était pas commode, — expliqua le capitaine, j'ai gagné Jersey, où j'ai découvert Pernyn, qui m'a dit que vous étiez à Londres. J'y suis donc venu moi-même et me suis présenté 21, Saint-George Street, où l'on m'a appris que vous habitiez à Islington depuis la fin de mai et que vous étiez mariés. Est-ce exact?

— C'est exact, dit Alain gravement. Depuis quatre mois, Mᵐᵉ de Puiseaux s'appelle la comtesse de Rochemeuse. N'avions-nous pas déjà étroitement uni nos deux existences? Or, étant donné qu'il n'y avait plus aucun obstacle entre nous, j'ai voulu que si la destinée nous mettait un jour en face de la mort, nous puissions l'affronter la tête haute!

— Rassurez-vous, mes amis, dit alors le capitaine en leur pressant à nouveau les mains, d'une longue étreinte. Je pense que cette éventualité est à jamais écartée... »

Aurore l'interrompit pour demander :

« Et le duc de Normandie?

— Toujours au Temple.

— Dieu soit béni!... Ces gredins n'ont pas osé y toucher.

— J'ajouterai même, poursuivit Marcel, que depuis le 9 thermidor, grâce à l'intervention de Barras, qui l'est venu voir dès le lendemain et a placé près de lui le gardien Laurent, un homme à sa dévotion, des mesures d'humanité ont été prises.

— Vraiment?

— C'est encore la captivité, mais plus douce. L'enfant est mieux traité; il peut sortir dans une cour intérieure et respirer l'air du dehors. Bref, tout danger pour ses jours me semble conjuré quant à présent.

— Les Duthoit sont toujours à la cantine? fit la comtesse.

— Toujours.

— Et l'enlèvement?

— Plus que jamais praticable!... C'est même pour cela que vous me voyez ici. »

Aurore était frémissante d'anxiété.

« Oh! parlez, mon ami!... Parlez! Expliquez-nous...

— C'est ce que je vais faire, reprit Guétrier. Mais, auparavant, dites-moi donc... quel était l'homme qui se trouvait ici quand je suis entré? »

Rochemeuse répondit :

« Notre voisin. Un brave royaliste, émigré comme nous ; le chevalier Thibault des Huttes. Nous le connaissons à peine.

— Et lui, vous connaît-il?

— Pas davantage.

— Il ne soupçonne rien du but que vous poursuivez?

— Absolument rien !

— N'importe, mes amis, il faut vous méfier, déclara Guétrier. Car à l'heure présente, et surtout pour l'affaire dont vous souhaitez la réussite, les royalistes sont plus à redouter que les sans-culottes ! »

———

XX

LA CITOYENNE BEAUHARNAIS

Après avoir quitté Rochemeuse et Aurore de Puiseaux,
le matin où ceux-ci s'en étaient allés vers Avranches, le
capitaine Guétrier ne s'était pas immédiatement remis en
route pour Paris. Caché dans la closerie de Peaudouche,
il avait attendu le retour des émissaires de Frotté, et
c'était seulement le surlendemain, en apprenant des deux
gars que ses amis avaient pu s'embarquer sains et saufs
avec le Petit-Moreau et gagner le large, que, tranquillisé
à leur sujet, il s'était décidé à prendre congé du fermier,
vêtu comme un paysan, le panier au bras, le bâton de cor-
nouiller à la main, en se donnant les allures d'un brave
campagnard qui se rendait à quelque foire du voisinage.

C'était sous cet accoutrement qu'il avait pu atteindre
Alençon, d'où une voiture de charbonnier l'avait ensuite
transporté jusqu'à Mortagne. De là, il était redescendu
sans encombre à La Ferté-Vidame, et, ayant retrouvé chez
Gautereau le cheval qu'il y avait laissé lors de son précédent passage, il avait repris des habits de cavalier et

poussé tout d'une traite jusqu'à Maintenon, où, abandon-
nant une seconde fois sa monture, il avait poursuivi sa
route à pied, dans la direction de Versailles. Parvenu
heureusement en cette dernière ville, juste trois jours
après son départ de Couterne, il s'était réfugié chez un
ami qui y habitait et y avait couché quatre nuits consécu-
tives. C'était là qu'il avait appris l'exécution récente de
Lavoisier, puis celle de Madame Élisabeth, conduite à
l'échafaud avec la marquise de Sénozan, les Montmorin,
les Loménie de Brienne... Frappé d'horreur, tremblant à
la fois pour les jours de l'enfant royal et la vie des Beauharnais, qui peut-être allaient se trouver menacés à leur
tour, il s'était arraché à sa retraite malgré les ardentes
prières de son ami, avait pris le chemin de Paris, déguisé
en maraîcher, et, le 25 floréal, au matin, il y entrait par
la barrière de la Conférence, à la faveur d'une agglomération de gens de banlieue qui venaient voir « raccourcir
des aristocrates ».

Une fois là, son premier soin fut d'acheter les journaux
qui contenaient les noms de tous les malheureux condamnés à mort en son absence : ceux de Beauharnais et de sa
femme ne s'y trouvaient pas. Alors, tranquillisé de ce
côté, Guétrier se dirigea vers le Palais-Égalité et pénétra
dans le magasin de Léocadie Brigaud.

La modiste, qui depuis quinze jours n'avait pas entendu
parler du capitaine, fut stupéfiée de le voir reparaître sous
son déguisement de maraîcher.

« D'où sors-tu, citoyen? »

Guétrier l'entraîna dans son arrière-boutique et lui
exposa ce qui était arrivé : la lettre perdue, le drame de
Chevreuse, la fuite du comte et d'Aurore de Puiseaux, —

tout ce que la jeune femme ignorait ; et, lorsqu'il eut achevé de la mettre au courant :

« En un mot, je suis suspect, je ne puis retourner rue de l'Estrapade, et il faut néanmoins que je demeure dans Paris !... Peux-tu m'offrir un abri dans ta maison ?

— Pour y passer la nuit, oui ; j'ai un cabinet disponible sous les combles, répondit la modiste sans hésiter. Mais, dans la journée, c'est plus difficile..., à cause de mes ouvrières. Une indiscrétion est si vite commise !

— J'accepte toujours pour la nuit, dit Guétrier.

— Seulement, poursuivit Léocadie après un moment de réflexion, il y a une chose que tu peux faire : c'est d'entrer comme charretier au service de La Jardie. Ça te tiendra dehors tout le jour et t'offrira la facilité d'avoir l'œil à ce qui t'intéresse ; le soir, tu reviendras coucher ici.

— Entendu ! »

Un quart d'heure après, le capitaine se présentait chez le loueur de la rue du Clos-Georgeau, et, sa situation exposée au chevalier, il entrait en fonctions séance tenante.

Cela dura plus d'un long mois.

Chaque matin, Guétrier se rendait chez La Jardie, y revêtait la limousine et prenait le fouet ; puis il s'en allait à travers Paris, conduisant une charrette ou un camion, s'arrangeant autant que possible pour passer auprès des Carmes, afin de surveiller les sorties de la prison, ou d'autres jours poussant jusqu'au Temple, où il s'informait des nouvelles de Duthoit et de la citoyenne Artémise, son épouse. Le soir venu et son véhicule remisé au Clos-Georgeau, sur la Butte-des-Moulins, le capitaine quittait ses vêtements de charretier et regagnait la chambre man-

sardée de la modiste, où Léocadie lui apportait elle-même
à souper, quand elle ne partageait point son repas.

Un soir de juin, — c'était quelques jours après l'exécution de Cécile Renaud et des chemises rouges, — comme
il rentrait au Palais-Égalité pour se coucher, Guétrier fut
tout surpris d'apercevoir un attroupement devant le magasin de Léocadie Brigaud, sous les arcades. Il se glissa
parmi les groupes de promeneurs, de filles de boutique,
de badauds, et s'informa : on lui répondit que la modiste
avait été arrêtée, à huit heures du soir, par l'agent Senar,
sous l'inculpation d'avoir donné asile à un émigré.

Guétrier frémit. L'homme visé par la dénonciation ne
pouvait être que lui, en effet, et, pour Léocadie, la condamnation n'était pas douteuse : c'était la mort. La mort !...
A cette pensée qu'il allait causer la perte de cette malheureuse jeune femme, le capitaine se sentit étreint par une
angoisse abominable. Léocadie envoyée à l'échafaud par
sa faute, l'infortunée payant de sa vie l'hospitalité qu'elle
lui avait si bravement accordée, c'était affreux !... Que
faire, pourtant ? Comment la sauver ?... Pendant quelques
minutes, Guétrier erra comme un fou à travers les galeries
du Palais, étranglé de larmes, éperdu et se demandant
quelle résolution il devait prendre. Enfin, dans une inspiration subite, sans réfléchir à son imprudence ni envisager
les suites possibles de l'acte qu'il allait commettre, il courut au comité révolutionnaire de la section des Bons-
Enfants, et, ayant demandé à parler au président, il fut
introduit près de lui. Ce dernier était en conciliabule avec
deux membres de la Commune et un troisième personnage
à face de mouchard, qui griffonnait sur des paperasses.

« Citoyen, déclara Guétrier au président du comité

révolutionnaire, je viens d'apprendre que l'on a arrêté ce soir, à huit heures, dans son magasin de modes du Palais-Égalité, la citoyenne Léocadie Brigaud. Peux-tu me dire sous quel prétexte?

— Tu t'intéresses à cette personne? fit le président.

— Je ne le cache pas. C'est pour moi une amie d'enfance; elle est la sœur de Colibert, le négociant en vins de Bercy, qui est mon camarade depuis vingt ans!

— En ce cas, répliqua le président, tu sauras que la boutique de cette fille passait pour être devenue un repaire de conspirateurs et de ci-devant!... Elle était en relations suivies avec la Grandmaison, les Sainte-Amaranthe... Enfin il est établi, d'après des rapports de police dignes de foi, que, depuis un mois, elle cachait chez elle un émigré pendant la nuit.

— Eh bien, citoyen président, repartit Guétrier, je t'apporte une déclaration qui, sur ce point du moins, la justifie de façon complète!... Léocadie Brigaud ne cachait pas d'émigré dans sa maison pour cette raison que je n'ai jamais émigré, et que l'homme à qui elle donnait asile chaque nuit, c'est moi-même! »

L'homme à face de mouchard avait relevé la tête. Le président demanda :

« Qui donc es-tu?

— Je m'appelle Marcel Guétrier. Je suis capitaine au 35e de ligne, soldat de Jemmapes, de l'armée du Rhin et de la Vendée, actuellement en congé de convalescence à Paris, où je me trouve depuis quatre mois.

— En effet, répondit le président du comité, cette déclaration de ta part peut être favorable à la citoyenne Brigaud dans une certaine mesure. On en tiendra compte.

— Je te remercie.

— Mais, intervint alors le personnage à figure louche qui venait de quitter la table où il écrivait, comment expliqueras-tu, citoyen capitaine, que, te trouvant à Paris en congé régulier, tu sois sans domicile personnel?

— Je te demande pardon, j'en ai un : 48, rue de l'Estrapade.

— Tu ne l'habites point.

— Ceci est mon affaire, répondit Guétrier d'une voix très calme. Les bons citoyens ont la liberté de coucher où il leur plaît.

— C'est possible. Mais le Comité de sûreté générale a le droit d'être curieux par le temps qui court, riposta l'homme, et en attendant que ta situation soit éclaircie, — ce qui ne saurait tarder, — je me vois dans la nécessité de te garder à ma disposition.

— Comme tu voudras! »

Moins d'un quart d'heure après, le capitaine Guétrier, mis en état d'arrestation, montait en fiacre entre deux agents de police, et, un peu avant minuit, il était écroué à la prison des Carmes.

A vrai dire, il ne songea pas un seul instant aux dangers qui pouvaient résulter de son incarcération. Dans la simplicité de son cœur, la droiture de son âme vaillante et forte, il ne vit qu'une chose : c'était qu'il serait confronté avec Léocadie Brigaud et que sa déposition devant le tribunal avait des chances de sauver la tête de cette dernière. Ceci suffisait pour que le jeune homme n'eût aucun regret de son sacrifice. Enfin, la destinée ne l'avait-elle pas conduit à cette même prison des Carmes où se trouvaient Mme de Beauharnais et son mari? Et, bien qu'on l'eût par-

Le président demanda : « Qui donc es-tu ? »

qué dans un quartier différent du leur, il éprouvait une joie secrète de se sentir aussi près d'eux et de pouvoir peut-être, à un moment donné, tenter quelque effort suprême afin de les protéger l'un ou l'autre.

Deux journées s'écoulèrent pourtant sans qu'on se fût préoccupé de lui, et le jour suivant, en jetant les yeux sur une des feuilles publiques qui circulaient librement aux mains des détenus, il demeura foudroyé en reconnaissant, parmi les noms des personnes exécutées la veille, celui de Léocadie Brigaud. Pauvre femme!... C'était fini!... Ainsi son dévouement à lui, Guétrier, avait été inutile, et en se constituant prisonnier dans l'intention de disculper cette malheureuse, il n'avait fait que perdre une liberté qu'il aurait pu employer à une autre cause. Il n'avait donc plus qu'à s'en remettre à son destin.

Alors les semaines se déroulèrent une à une, — semaines atroces, torturantes, coupées de nuits sans sommeil et de réveils affreux, où chacun en voyant l'aube apparaître se demandait s'il verrait la fin du jour, où la masse des détenus, toujours compacte, ne s'éclaircissait par moments de ceux qui s'en allaient au tribunal que pour faire place à de nouveaux venus, qui comblaient les vides en attendant d'autres départs. Parfois on se coudoyait deux jours, cinq jours, huit jours; puis c'était la séparation, — séparation moins douloureuse encore pour ceux qui partaient que pour les immobiles, les oubliés, forcés d'assister à ce défilé funèbre, l'âme anxieuse, la poitrine haletante, l'oreille tendue, dans l'attente du nom redouté qui tomberait des lèvres du commissaire debout sur le seuil.

Le soir du 6 thermidor, sans qu'on sût pourquoi, Guétrier et ses compagnons furent transférés subitement dans une autre partie de la prison, et tout de suite, en pénétrant dans une vaste cour où d'autres prisonniers se trouvaient déjà, il aperçut là Mᵐᵉ de Beauharnais, avec son visage pâli, ses grands yeux humides, sa grâce languissante de créole, qui s'appuyait au bras d'une autre jeune femme d'une exquise beauté.

Il se précipita à sa rencontre, et elle, toute stupéfiée de le voir là :

« Guétrier!... Vous!... vous ici!...

— Hélas! madame, dit le capitaine, j'y suis depuis un mois, sans qu'il m'ait été possible encore de parvenir jusqu'à vous.

— Vous connaissez l'affreuse nouvelle? » demanda Mᵐᵉ de Beauharnais.

Guétrier la regarda, comprit et balbutia :

« Non!... Quoi donc?... Le général... emmené?

— Exécuté hier, à la barrière de Vincennes, dit Joséphine en fondant en larmes. Et maintenant... c'est notre tour. »

Et le capitaine dut soutenir la malheureuse femme, qui se mit à défaillir entre ses bras.

Cependant, la torture morale parmi laquelle toutes ces victimes vouées au supplice se débattaient depuis tant de jours touchait à son terme. Par une de ses compagnes de captivité, Mᵐᵉ de Custine, par le général Hoche incarcéré depuis trois mois sur dénonciation de Saint-Just, et avec qui elle s'était intimement liée durant son séjour aux Carmes, Joséphine de Beauharnais savait vaguement qu'un événement grave était proche, qu'une conspiration s'ourdissait à la Convention pour renverser Robespierre et en finir avec ces hécatombes quotidiennes. En effet, le soir du 9, des rumeurs parvinrent du dehors, annonçant que « l'Incorruptible » était mis hors la loi. On n'y put croire tout d'abord, les bruits se trouvant successivement confirmés, puis démentis ; mais le lendemain matin, à l'heure habituelle, l'appel des condamnés ne s'étant pas produit, on respira. En même temps, quelques ordres d'élargissement arrivaient, salués d'acclamations délirantes, et c'était parmi les étreintes, les baisers, les larmes de joie, que les prisonniers délivrés se séparaient de leurs compagnons d'infortune retenus encore, mais pour qui, du moins, les affres de la fin tragique avaient disparu.

Le général Hoche avait été relaxé l'un des premiers, et en s'arrachant des bras de Mme de Beauharnais, il lui avait dit :

« Comptez sur moi. Je vais voir Tallien, Réal... Avant peu vous serez dehors! »

Le jeune général devait tenir parole; car, le 19 thermidor, un des administrateurs de la prison faisait savoir à la citoyenne Beauharnais qu'elle était libre, et, quelques jours après, le capitaine Marcel Guétrier sortait des Carmes à son tour et courait à l'hôtel de la rue Saint-Dominique se jeter aux pieds de sa bienfaitrice.

« Je n'ai fait que parler pour vous, capitaine, et c'est la citoyenne Tallien qui a tout arrangé, lui répondit Joséphine. C'est donc à elle seule que votre reconnaissance doit aller. Du reste, je vous mettrai à même de la remercier un de ces jours. »

Une fois rendu à la liberté et délivré de toutes craintes de poursuites, le capitaine Guétrier avait immédiatement songé à Rochemeuse et à la comtesse de Puiseaux, ainsi qu'aux moyens de leur faire parvenir de ses nouvelles.

Mais, en un moment pareil, malgré la détente survenue, toute correspondance avec l'étranger pouvait être encore imprudente. Néanmoins, au cours de ses entrevues avec la veuve de son ancien général, qu'il allait visiter chaque jour, le jeune homme lui avait raconté les motifs de son arrestation antérieure, c'est-à-dire ses relations avec le comte de Rochemeuse et Mme de Puiseaux, et l'appui qu'il leur avait apporté dans leur projet d'enlever du Temple l'enfant de Marie-Antoinette.

Joséphine, d'esprit facilement impressionnable et d'âme très tendre, s'était montrée tout émue à ce récit, et dans un élan parti de son cœur de mère, que les souffrances imméritées d'un enfant apitoyaient, elle avait dit :

« Peut-être y aurait-il un moyen d'adoucir son sort : j'en parlerai à qui de droit. »

Effectivement, à quelque temps de là, un soir qu'elle se trouvait en visite chez la citoyenne Tallien, en compagnie de plusieurs conventionnels parmi lesquels était Barras, la conversation étant tombée par hasard sur les prisonniers du Temple, Mme de Beauharnais prit la parole pour demander si on avait apporté quelque amélioration à leur régime.

« Oui, citoyenne, répondit Barras avec galanterie, en s'empressant auprès de Mme de Beauharnais. Je m'en suis préoccupé dès le lendemain de thermidor, et mes ordres ont été scrupuleusement exécutés. »

Sur ce, Joséphine ayant demandé quel intérêt la Convention pouvait bien avoir à détenir indéfiniment sous les verrous l'enfant de la reine défunte, Barras répliqua :

« La Nation les a sous sa garde, lui et sa sœur, elle ne peut y renoncer ; mais au fond elle n'y tient guère, et je

crois que si le petit Capet venait à disparaître, on ne cour-
rait pas après pour le rattraper. »

Dans cette réponse jetée en l'air, parmi le bruit des con-
versations, Joséphine crut entrevoir comme un indice du
désintéressement que l'on professait à l'égard de l'enfant
royal, peut-être même de la complaisance inavouée que
l'on mettrait à le laisser fuir. Aussi, dès le jour suivant,
le capitaine Guétrier l'étant venu voir, elle lui répéta le
propos tenu par Barras, en insistant sur les chances qu'il
y avait à risquer une tentative d'évasion qui, cette fois,
ne serait plus contrariée.

« Vous devriez en avertir vos amis, » lui dit-elle.

Malheureusement, Guétrier ne sachant en quel endroit
précis Rochemeuse et Mme de Puiseaux s'étaient réfugiés,
leur faire tenir un avis secret était impossible.

« Allez les retrouver en Angleterre et informez-les de la
situation, dit Joséphine. Pour ce qui est du voyage, je me
charge de vous obtenir trois passeports qui vous permettront de les rejoindre et de les ramener avec vous. »

Moins de huit jours après, en effet, Mme de Beauharnais
remettait au capitaine trois sauf-conduits en blanc, signés
de Barras, le commandant en chef de la force armée de
Paris, à qui elle les avait demandés pour l'ancien aide de
camp de son mari, afin que celui-ci pût aller chercher « sa
sœur et son beau-frère » à Saint-Malo. Immédiatement
Marcel Guétrier se mettait en route pour la côte normande, réussissait à gagner Jersey, voyait Pernyn; puis
il prenait passage à bord d'une corvette anglaise à destination de Plymouth, et, arrivé en Angleterre, il filait en
droite ligne sur Londres, où il se présentait chez Mrs. Neale,
la tenancière de l'hôtel meublé de Saint-George Street.

« Et maintenant, mes amis, dit Guétrier lorsqu'il eut terminé ce long récit, qu'Aurore et Rochemeuse avaient écouté, haletants d'émotion, frémissants de crainte et d'espérance, sans perdre un seul détail des tragiques aventures par lesquelles le capitaine avait passé, réfléchissez... Le duc de Normandie est vivant, toujours au Temple ; la surveillance exercée à l'entour de lui est moins étroite ; enfin la conviction intime de Mme de Beauharnais est que le gouvernement laissera faire, à condition bien entendu que l'évasion demeure secrète et qu'un autre enfant prenne la place de celui qu'on fera disparaître.

— C'est tout réfléchi, déclara la comtesse de Rochemeuse dans un élan d'enthousiasme. L'occasion est trop belle pour que nous ne la saisissions pas ! »

Guétrier fit seulement observer qu'il était nécessaire de se hâter et de ne point attendre que de nouveaux événements survinssent, qui pourraient rendre la chose impraticable. Si l'on voulait arracher le Dauphin de sa prison et faire un appel aux armes en sa faveur, on devait agir avec promptitude ; car déjà, enhardis par la chute des terroristes et les signes de réaction royaliste qui se manifestaient à l'intérieur, les émigrés se reprenaient à leurs espérances. En ce moment même, des régiments à la solde de l'Angleterre s'organisaient, et si ces derniers, constitués enfin, tentaient un débarquement en France sous les ordres du comte d'Artois, il était à redouter que celui-ci ou l'un de ses fils, au cas où la fortune les favoriserait, vînt à bénéficier du succès obtenu et confisquât à son profit ce qui revenait de droit à l'héritier légitime.

« Nous partirons quand vous le jugerez convenable, capitaine, déclara aussitôt le comte de Rochemeuse. Aurore et moi n'attendions qu'un signe de vous. Vous êtes venu, nous sommes prêts. »

Dès le lendemain de l'arrivée de Guétrier, Alain et la comtesse commencèrent à se préoccuper de leur départ.

Tout de suite il avait été résolu qu'on prendrait, pour rentrer en France, le même itinéraire que Guétrier avait suivi en venant, c'est-à-dire la traversée par Jersey, d'où le brave Pernyn, qui continuait de correspondre avec la côte, pourrait les débarquer soit auprès de Granville, soit à Avranches, où ils retrouveraient le Petit-Moreau. Mais, afin d'éviter les diligences qui faisaient le service de Londres à Plymouth et les rencontres toujours possibles au cours des voyages en commun, Rochemeuse et sa femme décidèrent de retenir une berline attelée en poste qui viendrait les chercher à Islington.

Aussi, ce point arrêté, au bout de trois ou quatre jours, Alain et le capitaine se rendirent à Londres chez un loueur de Bischopsgate, afin de s'entendre avec lui à ce sujet. La chose n'offrant aucune difficulté, ils firent affaire séance tenante, et il fut convenu que le surlendemain mercredi, à six heures du soir, la berline se trouverait à leur disposition devant le cottage d'Islington.

Au moment où ils sortaient de la boutique du loueur de voitures, Rochemeuse et le capitaine aperçurent, de l'autre côté de la rue, devant la porte d'une taverne, un homme qui les saluait de loin, en retirant son chapeau.

« Je crois que c'est votre voisin, fit Guétrier après s'être avancé de quelques pas.

— En effet, dit Rochemeuse. C'est le chevalier des Huttes. »

Le comte ne l'avait pas rencontré depuis le jour de l'arrivée de Guétrier à Islington. Mais, le voyant là et ne voulant pas paraître l'éviter, il crut devoir aller à lui. On échangea quelques paroles banales de politesse, quelques questions sur ce qui se disait à Londres ou se racontait dans les journaux; après quoi les trois hommes se saluèrent une dernière fois et se séparèrent.

Demeuré seul, le baron de Rino rentra à l'intérieur de la taverne, où il s'assit. Enfin, au bout d'une demi-heure d'attente environ, il se décida à se lever, traversa la rue et pénétra dans la boutique du loueur.

« Pardon, monsieur, dit-il alors en s'adressant à un homme qui paraissait être le patron, un de mes amis est venu ici tout à l'heure pour y retenir une voiture : M. le comte de Rochemeuse, d'Islington.

— En effet, monsieur.

— Or mon ami ne s'est plus rappelé de façon précise l'heure convenue entre lui et vous, et il m'a chargé de venir vérifier la chose afin qu'il ne puisse y avoir de malentendu à ce sujet. »

Très empressé, le loueur consulta son registre de commande et répondit :

« M. de Rochemeuse a retenu une berline attelée en poste pour mercredi prochain, six heures du soir, rendue devant sa porte à Islington. Est-ce bien cela?

— Mercredi soir, six heures..., parfaitement, repartit le baron. Il ne s'était pas trompé. »

Renseigné sur ce qu'il désirait savoir, l'envoyé de M. d'Avaray se remit en chemin, descendant vers le quartier de Ludgate Hill, et, un quart d'heure après, il se faisait annoncer chez M. le duc d'Harcourt, ambassadeur à Londres de Son Altesse royale M. le comte de Provence.

Dès qu'il eut été introduit auprès de ce dernier et se trouva seul avec lui :

« Votre Excellence m'excusera de la déranger, dit Rino ; mais j'avais le plus pressant besoin de l'entretenir.

— Vous avez du nouveau ?

— Oui, monsieur le duc.

— Des choses graves ?

— Je le crois... Il y a six jours, le comte et la comtesse de Rochemeuse ont reçu la visite d'un capitaine du nom de Guétrier, qui, à ce que j'ai pu comprendre, arrivait de France. Or ce nom de Guétrier est précisément celui de l'officier qui avait été désigné à M. d'Avaray comme le complice de la comtesse Aurore de Puiseaux, dans les notes secrètes envoyées de Paris à Vérone au sujet d'un projet d'enlèvement du Dauphin.

— Ah ! ah ! fit le duc. Et vous croyez que ce sont les mêmes motifs qui ont amené ce capitaine en Angleterre ?

— Je n'ai pu éclaircir le fait. Mais il est permis de supposer que ce capitaine Guétrier n'est venu retrouver le comte de Rochemeuse et sa femme qu'en vue d'une nouvelle expédition à Paris ; car, aujourd'hui même, les deux hommes sont allés retenir, chez un loueur de Bischopsgate, une berline attelée en poste pour mercredi, six heures du soir.

— Eh bien, déclara l'ambassadeur, c'est de les empêcher de partir.

— C'est aussi mon intention, monsieur le duc, répliqua le baron de Rino. Mais je tenais, avant d'agir, à être assuré de l'entière approbation de Votre Excellence.

— Je n'ai rien à ajouter aux ordres que vous a transmis

M. d'Avaray à cet égard, fit le duc. Vous n'avez donc
qu'à vous y conformer.

— Sans doute, objecta M. de Rino. Néanmoins, dans
une affaire de ce genre, on peut se heurter à des obstacles,
à des difficultés imprévues..., et j'aurais désiré exactement
savoir jusqu'à quel point il m'était permis d'être énergique. »

L'ambassadeur répondit simplement :

« Monsieur de Rino, vous vous inspirerez des circonstances ! »

Quelques instants plus tard, l'agent de M. le comte
d'Avaray quittait l'hôtel de Ludgate-Hill, et, malgré le
jour déjà bas, il se dirigeait par la Cité vers le dédale de
rues tortueuses qui s'enfonçaient dans les profondeurs
de White-Chapel.

XXI

L'ASSASSINAT

Après avoir accompli différents circuits dans un enchevê-
trement de ruelles obscures, nauséabondes, le baron de
Rino s'arrêta enfin devant un bouge à l'aspect sinistre et
y entra. L'endroit devait être d'ailleurs connu de lui, car
il en franchit le seuil sans hésitation comme sans crainte,
et, allant droit à la maritorne aux cheveux rouges qui
versait du gin à quelques consommateurs attablés sous les
poutres noircies du cabaret, il lui demanda à mi-voix si le
nommé Ralph Hawkins était là. Sur la réponse affirmative
de la femme, il ajouta :

« En ce cas, prévenez-le que quelqu'un est ici, qui
désire le voir. »

La cabaretière disparut un instant dans le fond de la
taverne, et, au bout de quelques minutes, elle revenait en
compagnie d'un individu de trente-cinq à quarante ans,
dont les allures tenaient à la fois du portefaix et du garçon
d'abattoir.

« Deux verres de genièvre! » dit Rino.

En même temps, il invitait le nouveau venu à s'asseoir dans un coin de la salle, en face de lui. Puis, les verres remplis, Rino aborda carrément l'affaire.

« C'est bien toi qui te nommes Ralph Hawkins? demanda-t-il.

— C'est moi. De quelle part viens-tu?

— Voici. Me trouvant à Naples il y a quelques mois, un de mes amis, qui est également celui de lady Hamilton, que tu as dû connaître autrefois, lorsqu'elle était servante à la taverne de la *Tête couronnée,* t'a recommandé à moi comme un homme d'énergie à qui je pourrais m'adresser en toute sûreté, si j'avais besoin de quelqu'un pour une entreprise délicate... Est-ce exact?

— Parfaitement, répondit Ralph. J'ai connu, en effet, Emma Harte avant qu'elle soit lady Hamilton, et tout homme qui se présente à moi venant de sa part est le bienvenu. Maintenant, qu'est-ce qu'il y a pour ton service?

— Je vais te le dire. Peux-tu me procurer pour après demain soir, mercredi, six heures, deux ou trois gaillards résolus sur lesquels on puisse compter?

— C'est selon. Pour quelle besogne?

— Il suffit d'arrêter une voiture et deux hommes ainsi qu'une femme qui s'y trouveront.

— Bon, dit Ralph. A quel endroit?

— A Islington.

— Une simple promenade!... Et si les hommes se défendent, comme c'est probable? si la femme appelle?

— Alors!... » fit le baron.

Et d'un geste coupant qui fendait l'air, il compléta sa pensée.

« Supprimés! dit Hawkins. Parfaitement!... Et combien donnes-tu pour cela?

— Ton prix sera le mien! » déclara l'agent secret.

Ralph se recueillit un moment; puis, ayant fait sans doute un calcul mental, il dit enfin :

« Je ne peux pas te trouver ça à moins de cinquante guinées.

— Cinquante guinées, soit! répondit Rino. Je vais t'en verser la moitié d'avance, et je te remettrai l'autre à Islington, une heure avant l'exécution. Ça te convient-il?

— Ça va!... »

Sur-le-champ, le baron compta la moitié de la somme à Hawkins; et quand celui-ci l'eut empochée, il demanda encore :

« Maintenant, à quel endroit devrai-je amener mes camarades?

— Chez M. Thibault des Huttes, à Islington, c'est-à-dire chez moi. Seulement, comme la voiture part à six heures, trouvez-vous-y à cinq; ce sera plus sûr!

— Entendu! »

Le baron fit servir une nouvelle tournée de genièvre, et, après avoir répété une dernière fois ses recommandations à l'homme, il prit congé de lui et quitta le cabaret.

Toutefois, un doute subsistait encore dans l'esprit du baron de Rino sur les intentions véritables du comte de Rochemeuse et de sa femme, ainsi que sur les causes réelles du voyage qu'ils allaient entreprendre. Le fait que le capitaine Guétrier s'était trouvé en relations avec ceux-ci, à l'époque de leur séjour en France, ne suffisait pas pour établir d'une façon absolue que les trois amis fussent décidés à renouveler leur tentative; enfin, la location d'une

berline faite par eux ne prouvait en aucune manière
qu'ils eussent l'intention de gagner un port quelconque et
de s'y embarquer à destination de la France. Certes, il
y avait des probabilités pour qu'il en fût ainsi; mais
comme rien ne le démontrait jusqu'à l'évidence, Rino
jugea qu'il devait peut-être essayer de découvrir, avant le
moment de leur départ, un indice qui pût le renseigner
sur l'endroit où ils comptaient se diriger. Si ses prévisions
se trouvaient fausses, il serait toujours temps de congédier
Ralph Hawkins et ses acolytes; dans le cas contraire, il
ne resterait plus qu'à agir. Mais comment s'enquérir
exactement? comment savoir?... Aller rendre visite aux
Rochemeuse et les sonder adroitement à cet égard? Ce
serait peine perdue, et on n'en tirerait aucun éclaircissement, c'était sûr. Quoi, alors? S'introduire dans leur
habitation en cachette et tâcher de surprendre une conversation entre eux et le capitaine? La chose était malaisée,
dangereuse même. Néanmoins, quelques difficultés qu'elle
parût offrir, le baron de Rino résolut de la ténter.

Dès le soir même, rentré dans son petit pavillon d'Islington, l'agent de M. d'Avaray risquait l'aventure.

Un peu avant huit heures, estimant que ses voisins
devaient être en train de souper, il sortit de chez lui,
pénétra dans une sorte de champ inculte qui s'étendait entre
son habitation et le jardin des Rochemeuse; puis, après
avoir scié quelques lattes dans la partie basse du haut treillage fermant la propriété, il se glissa à plat ventre par
cette brèche étroite, et sans bruit, rampant sur le sol, il
s'avança jusqu'au cottage, dont une fenêtre, entr'ouverte
à cause de la tiédeur de la soirée, laissait filtrer une lueur
au dehors.

Arrivé au pied de la muraille, en dessous de la fenêtre, il s'accroupit dans l'ombre, immobile, et prêta l'oreille. A l'intérieur, on parlait. Concentrant alors toute son attention, Rino ne tarda pas à reconnaître la voix de Rochemeuse, puis celles de la comtesse et du capitaine.

Par malheur, de l'endroit où il était placé, il ne pouvait saisir que des lambeaux de phrases incomplètes, des articulations sourdes, étouffées; aussi, durant près d'une grande heure qu'il demeura là, il lui fut presque impossible de distinguer le sens général des propos qui s'échangeaient dans la maison, au-dessus de lui. Tout ce qu'il put comprendre, à de certains moments où les voix en s'échauffant devenaient plus vibrantes, c'est qu'il était question du Temple, de l'enfant royal, de gens appelés les Duthoit, de M. le comte de Frotté, en même temps que les noms de la citoyenne de Beauharnais, de la citoyenne Tallien et du conventionnel Barras revenaient assez souvent dans la bouche du capitaine.

Cependant, si peu qu'il eût pu entendre, c'était assez pour dissiper ses doutes, et soudain, un bruit de pas sur le plancher lui ayant fait comprendre que les hôtes du cottage quittaient la table et se levaient, Rino s'éloigna du mur, rampant toujours ainsi qu'il était venu, et, regagnant la partie de l'enclos masquée par les verdures des massifs, où il s'était frayé un passage, il sortit dans le champ voisin, remit les lattes en place et rentra dans son pavillon à travers les ténèbres qui l'environnaient.

Pendant ce temps, le comte de Rochemeuse et sa jeune femme s'occupaient de leurs préparatifs de voyage sans se douter que l'ennemi était à leur porte, surveillait leurs moindres gestes, épiait chacun de leurs pas. Guétrier leur

avait pourtant dit à son arrivée et le leur avait répété
depuis, à maintes reprises : « Prenez bien garde !... Méfiez-
vous !... Les royalistes sont plus à craindre que les sans-
culottes. » Mais de qui Rochemeuse et la comtesse se
seraient-ils méfiés, dans cette campagne de Londres où
ils vivaient inconnus, ignorés, et où, depuis quatre mois,
le seul homme auquel ils eussent adressé la parole était
leur inoffensif et obscur voisin, le chevalier Thibault des
Huttes? Ce dernier n'avait-il pas toutes les apparences
d'un brave homme, d'un bon Français? N'était-ce pas lui
qui, le premier, leur avait annoncé avec une joie non dissimulée la chute des terroristes et le raccourcissement de
l'« Incorruptible » ?

Qu'est-ce que cela prouvait? objectait Guétrier toujours méfiant. Est-ce que le comte de Provence et son
frère d'Artois n'avaient pas dû, eux aussi, accueillir cette
nouvelle avec une satisfaction évidente? Cela n'empêchait
pas que le jour où ils apprendraient que leur neveu se
trouverait en liberté, ils en témoigneraient certainement
moins de plaisir.

Et il ajoutait :

« Encore une fois, mes amis, là est le danger !... Le
comte de Puiseaux n'existe plus ; mais d'autres sont encore
debout, qui doivent se tenir aux aguets. Prenez garde ! »

Le lendemain mardi, veille du jour fixé pour leur
départ, le comte et sa femme résolurent de ne point sortir
et de se reposer en vue des fatigues inévitables du voyage
qu'ils allaient entreprendre. Seul Guétrier, qui avait
quelques achats à faire dans Londres, quitta Islington
d'assez bon matin afin de pouvoir être de retour pour le
dîner. Mais deux heures ne s'étaient pas écoulées, qu'il

reparaissait chez ses amis, la physionomie toute bouleversée.

« Que se passe-t-il, mon cher? demanda Rochemeuse.

— Une chose qui m'inquiète, dit le capitaine.

— Qu'est-ce donc?

— Ce matin, en arrivant dans Bishopsgate, l'idée me
vient d'entrer chez le loueur de voitures pour lui rappeler
que c'était bien demain soir, à six heures, qu'il devait
envoyer la berline nous prendre ici. Il me répond que la
chose est consignée sur son registre, qu'il ne peut y avoir
de confusion à cet égard, et qu'il en a déjà, d'ailleurs,
donné l'assurance à la personne que vous lui avez envoyée
hier, à la suite de notre visite.

— Je n'ai chargé personne d'une telle commission!
s'écria le comte.

— Eh bien, mon cher, un homme s'est présenté, soi-
disant de votre part, pour s'informer du jour et de l'heure
arrêtés entre le loueur et nous; et, sur la réponse qu'on
lui fit que c'était pour mercredi, six heures du soir, l'individu s'est retiré en disant :

« — C'est bien cela! M. de Rochemeuse ne s'est pas
trompé. »

— Mais cet homme, comment était-il? insista le comte.

— Un homme quelconque, qui n'offrait rien de particulier, ni vieux, ni jeune, aucun signe distinctif.

— Mais qui a pu savoir?... Qui?... qui?

— Et votre voisin? demanda Guétrier. Oubliez-vous
qu'en sortant de chez le loueur, nous l'avons aperçu devant
la porte d'une taverne située en face?

— Oui, en effet; nous lui avons même adressé la parole,
mais sans faire aucune allusion à notre départ!

— Qui vous dit qu'il ne le soupçonnait pas et qu'il n'est pas entré, derrière nous, dans la boutique, pour tâcher de savoir ce que nous étions venus y faire?

— Quelle supposition, mon ami! fit Rochemeuse. Et pourquoi? Quel intérêt?

— Tout est possible! dit nettement le capitaine. Enfin, que ce soit lui ou un autre, un fait demeure évident, indéniable : nous sommes surveillés!

— Eh bien, si cela est, s'écria Aurore intervenant à son tour, je ne vois qu'une résolution à prendre : c'est de partir ce soir au lieu de demain!

— Ce serait plus sage, en effet, » déclara le capitaine.

Et, se tournant vers Alain :

« Vous n'y voyez pas d'inconvénient, mon ami?

— Aucun, » dit le comte.

Alors, sans différer, on arrêta les bases du plan à suivre.

Le capitaine allait se rendre immédiatement à Londres, où il retiendrait des chambres dans un hôtel quelconque de la Cité, l'hôtel du *Duc d'York,* par exemple; après quoi, il viendrait les retrouver à Islington, et, la nuit venue, tous trois quitteraient le cottage à pied, afin de ne point éveiller l'attention des gens du voisinage. De cette façon, tout complot en vue de s'opposer à leur départ ou d'y apporter quelque entrave, — au cas où il en existerait un, en effet, — se trouverait déjoué. Ceci réglé, entendu, Marcel Guétrier se sépara de ses amis vers les deux heures, après leur avoir dit : « A tout à l'heure! » et, d'un pas tranquille, il se mit à descendre le bourg d'Islington, allant dans la direction de Londres.

Si la nouvelle apportée le matin par le capitaine avait jeté Alain de Rochemeuse et la comtesse dans une sorte de trouble anxieux, de fièvre inquiète, le baron de Rino, de son côté, n'était pas sans appréhension au sujet de ce qui se passait chez ses voisins. Embusqué, dès le petit jour, derrière les persiennes closes de son petit pavillon, d'où le regard plongeait aisément sur la route, il avait vu Guétrier sortir de bon matin, puis revenir une heure après, le visage soucieux, assombri, en proie à une préoccupation particulière. D'où provenait-elle? Quelle cause, inconnue de lui, l'avait motivée? Le savoir était difficile; car, pour y réussir, il eût fallu que Rino renouvelât sa tentative de la veille et s'introduisît une seconde fois dans le jardin des Rochemeuse, expédition que le grand jour rendait à peu près impraticable.

Néanmoins il s'était remis à guetter, de son poste d'observation, et tout à coup, sur les deux heures, il avait vu le capitaine sortir à nouveau du cottage et reprendre la route de Londres. Qui diable pouvait donner lieu à ces allées et venues inusitées?... Évidemment, pensait Rino, il se passait quelque chose chez le comte, et ce quelque chose devait être intéressant à connaître. Mais que pouvait être ce « quelque chose »? Les Rochemeuse avaient-ils renoncé à leur projet de voyage sur un avis secret venu de France? Ou bien, se sentant surveillés, découverts, avaient-ils résolu d'avancer leur départ de vingt-quatre heures? C'était possible. Mais, dans ce dernier cas, toutes les précautions prises par lui, Rino, devenaient inutiles; l'aide de Ralph Hawkins et de ses compagnons ne servirait plus à rien; enfin, ces conspirateurs, qu'il se figurait déjà tenir entre ses mains, allaient échapper sans lui laisser l'espoir de pouvoir jamais les ressaisir!... Il fallait cependant prendre un parti, car chaque minute, chaque instant qui s'écoulait, augmentaient les chances de fuite du comte et de sa femme, en même temps qu'ils diminuaient les moyens qu'avait Rino de s'y opposer!

Sa première idée fut de courir à Londres et de se mettre à la recherche de Ralph pour le ramener avec lui. Mais le retrouverait-il aussi promptement qu'il l'eût souhaité, à travers les bouges de White-Chapel? C'était douteux. En outre, durant son absence d'Islington, les Rochemeuse auraient le temps de filer, et il s'exposerait, lui, à trouver buisson creux lors de son retour. Alors, sous le coup d'une résolution subite, le baron de Rino se décida à agir seul et sur-le-champ, au risque de ce qui pourrait en résulter. Il prit un pistolet chargé qu'il mit dans sa poche, s'arma d'un court poignard qu'il passa sous son gilet; puis, sortant de son pavillon, il s'enfonça dans le champ voisin, dont les hautes herbes lui permirent de se glisser sans être vu jusqu'à l'enclos du cottage. Arrivé là, il put reconnaître aisément l'endroit où il avait scié les lattes du treillage la veille au soir, et, les écartant à nouveau, il s'introduisit par l'ouverture sous les épais massifs qui s'étendaient sur cette partie du jardin.

La difficulté, c'était de parvenir au cottage sans traverser l'espace découvert qui se développait entre les massifs de verdure et l'habitation elle-même. Rino continua donc de ramper silencieusement sous les taillis, et, par un circuit prolongé, il réussit enfin à se rapprocher de la maison et du petit escalier en bois découpé qui, du jardin, montait au balcon circulaire entourant le cottage à la hauteur de l'entresol. Toutes les portes étaient ouvertes, comme dans les maisons en désarroi, dont les hôtes sont sur le point de s'en aller, et à plusieurs reprises Rino aperçut, au travers des branches, Rochemeuse, puis la comtesse, qui allaient, venaient, passant d'une pièce dans l'autre avec la précipitation de gens qui vaquent à leurs derniers préparatifs. Évidemment, il n'y avait plus de doute à conserver à cet égard, le comte et sa femme allaient partir.

Profitant d'un moment où les personnages qu'il épiait se trouvaient dans la même chambre, Rino sortit de dessous le massif où il était, et, d'un bond, atteignit l'escalier de bois sous les degrés duquel il se glissa, en prêtant l'oreille. Maintenant, les voix du comte et de la jeune femme lui arrivaient plus nettes, plus distinctes, et, en écoutant bien, le baron put percevoir clairement des phrases comme celles-ci :

« Cela vaut mieux décidément... Il n'y avait que ce parti à adopter... En partant aujourd'hui, nous déjouons toutes les embûches ! »

Et tout à coup cette autre phrase, qui fit frissonner le baron de Rino dans sa cachette :

« Je crois que Guétrier avait raison, disait le comte. Ce pourrait bien être ce Thibault des Huttes qui a éventé nos projets!

— Dans quel but, mon ami? demandait Aurore.

— Est-ce qu'on sait jamais!... »

Si simples que fussent les paroles prononcées, elles étaient graves, décisives. Rino était soupçonné; on l'accusait presque, et si le comte Alain venait à le découvrir, embusqué sous l'escalier de son propre logis, c'en était fait de lui, il était mort! Sans doute, le baron avait encore la ressource de s'éloigner et de sortir du jardin de la même façon qu'il y était venu; mais, en fuyant, il aban-

donnait sa proie, permettait aux Rochemeuse de disparaître, et il manquait ainsi aux engagements pris par lui
vis-à-vis de d'Avaray, du comte de Provence, en même
temps qu'il perdait tous droits à la reconnaissance future
de l'Altesse Royale qui l'avait chargé de sa mission. L'hésitation n'était pas permise. Se coulant hors du recoin où il
était, Rino se mit à gravir les degrés de l'escalier un à un,
évitant de faire craquer le bois, et, arrivé sur le balcon,
il avisa un volet replié contre le mur, derrière lequel il
s'enfonça, raide, immobile.

Quelques minutes passèrent ainsi. Enfin, au bout d'un
assez long moment, le comte Alain de Rochemeuse étant
sorti sur le balcon, dans l'intention sans doute de gagner
une autre pièce, Rino tira son pistolet d'un geste rapide,
s'élança au-devant du comte et fit feu presque à bout
portant.

Une détonation sèche, éclatante, — et Alain s'abattit,
foudroyé, sur le plancher du balcon. Un cri terrible avait
retenti dans la chambre voisine : c'était Aurore, éperdue,
qui accourait au bruit, en criant :

« Alain!... Alain!... Mon ami!... mon ami!... »

Le baron surgit de son embuscade, et, comme la jeune
femme apparaissait au seuil de la porte, les bras tendus,
se précipitant vers le corps de l'époux qu'elle apercevait
tombé en travers du balcon, il se rua vers elle, les mains
à la gorge, en s'efforçant de l'étrangler.

« Le voisin!... »

Dans un éclair, la malheureuse femme avait tout compris, tout deviné. Elle essaya d'abord de s'arracher à
l'étreinte de son agresseur; mais, n'y réussissant pas, elle
se mit à déchirer, de ses deux mains demeurées libres, le

visage du misérable qui l'enlaçait, enfonçant ses ongles dans la chair, hurlant dans un appel :

« Au secours!... Au meurtre!... A l'assassin!... »

Rino disait :

« Tais-toi! tais-toi! Et je te fais grâce!... »

Mais elle, énergique, désespérée, ses forces décuplées par l'épouvante, s'acharnait à labourer la face de l'homme en clamant :

« Non! non! Assassin!... Je te marquerai!... Qu'on te reconnaisse!... »

Aveuglé par le sang, écumant de rage devant la résistance opposée, Rino essayait d'étouffer l'infortunée et de broyer son corps contre le sien. Enfin, n'y pouvant parvenir et tremblant de voir sa victime lui échapper, il saisit son poignard sous son gilet, et, d'un seul coup, l'enfonça par derrière entre les épaules de la jeune femme.

Celle-ci tomba. Écroulée sur le parquet, le dos au mur, ses pauvres bras brisés par la lutte, elle cria encore :

« Assassin! assassin!... Je t'ai marqué, marqué à jamais!... Mais que t'avons-nous fait, dis? D'où viens-tu? Qui es-tu?... »

Le baron de Rino répondit :

« Je suis un serviteur du roi! J'obéis!... »

Et, regagnant l'escalier du cottage, qu'il descendit d'un pas trébuchant, en essuyant le sang qui dégouttait de son visage stigmatisé, le misérable disparut dans les profondeurs du jardin.

Cependant, Aurore de Rochemeuse n'était point encore morte. Épuisée par l'effroyable combat, les mains inertes, les ongles cassés, avec un étouffement qui faisait haleter sa poitrine, elle demeura longtemps dans une sorte de prostration, assise à terre, le dos contre la muraille, sans qu'il lui fût possible de se remuer, de faire un geste, d'appeler même. D'une voix sourde et sifflante, qui ressemblait à un hoquet, elle murmurait seulement :

« Alain! Alain!... Mon ami! mon ami!... »

Mais rien ne bougeait, rien ne répondait à la plainte dolente exhalée de ses lèvres déjà blanches.

« Alain! Alain!... Mon ami!-mon ami!... »

Soudain, au milieu du silence écrasant qui l'environnait, la malheureuse crut distinguer comme des coups violents frappés du dehors dans la porte extérieure du cottage. Quelqu'un! quelqu'un, mon Dieu!... On venait peut-être à son secours? Oh! si elle avait pu se soulever! Mais non, non, ses mains demeuraient impuissantes... Et pendant ce temps, les coups redoublaient toujours.

Bientôt, pourtant, Aurore perçut une rumeur confuse, d'abord lointaine, puis grossissante, enfin des pas qui se rapprochaient. Et brusquement une porte s'ouvrit, livrant passage à un homme qui se précipitait dans la chambre. C'était le capitaine Guétrier, accompagné de plusieurs personnes. Celui-ci eut un cri terrifié en apercevant la jeune femme.

« Aurore!... blessée! blessée!... Et Alain?... »

Elle balbutia :

« Là!... là!... à côté!... »

Et, des yeux, elle indiquait la porte ouverte donnant accès sur le balcon. Guétrier y courut, vit le comte étendu par terre, déjà froid, et revenant vers la jeune femme, tandis que des gens partaient chercher un médecin, le coroner, il s'agenouilla, se pencha, lui prit les mains :

« Mon amie, ma chère amie!... Parlez, au nom du ciel!
Qui a fait cela? qui?... Répondez!... »

Mais Aurore étouffait; elle put seulement articuler :

Rino s'élança sur le comte et fit feu à bout portant.

« Lui! lui!... le voisin! le chevalier!... Il savait tout,...
le Temple, l'évasion!... Misérable... soudoyé par Provence
ou d'Artois!... »

Guétrier eut un rugissement :

« Ah! les bandits! les bandits!... »

Il se retourna en criant :

« Vite! un cordial, de l'eau, n'importe quoi!... »

Et, courbé vers la jeune femme, il essayait de la soulager, dégrafant ses vêtements, son corsage, et répétant :

« Courage, ma chère amie! Un médecin va venir. Vous vivrez! vous vivrez!... »

Mais elle, à bout de souffle :

« Non! non!... trop tard, c'est fini,... je sens bien!... Jurez-moi seulement..., jurez-moi!... L'enfant..., l'enfant... là-bas, au Temple... Vous le prendrez, n'est-ce pas? Vous l'emporterez loin, loin, très loin!... Vous promettez?... »

Guétrier avait allongé une main sur la tête de la jeune femme, et d'une voix grave, solennelle, il déclara :

« Devant Dieu qui nous entend, je le sauverai, je vous le jure! »

Aurore eut un sourire extasié, qui signifiait : « Merci! merci!... » puis subitement elle s'affaissa.

Elle avait vécu.

Alors Guétrier se pencha sur la morte, et lui mit au front un long baiser.

. . . .

Vers le milieu de l'été de 1795, des habitants d'Islington, qui venaient d'accompagner un convoi dans le petit cimetière du village, remarquèrent, en se retirant, une énorme couronne de fleurs toutes fraîches qu'une main pieuse avait déposée sur la tombe où reposaient depuis près d'une année le comte Alain de Rochemeuse et la comtesse Aurore, son épouse.

La disparition tragique et inexpliquée de ces derniers

étant présente encore à toutes les mémoires dans le pays même, il n'était guère de jours où les visiteurs du champ mortuaire, quels qu'ils fussent, ne s'arrêtassent en passant pour accorder un regard au coin de terre ombragé sous lequel dormaient de leur dernier sommeil ces deux êtres que la mort avait si mystérieusement touchés de son doigt.

Or, s'étant approchées des fleurs fraîches recouvrant la pierre tombale, les quelques personnes qui se trouvaient là remarquèrent qu'un long ruban y était attaché, et leur émotion se doubla d'une profonde surprise quand ils y déchiffrèrent ces simples mots :

Dormez en paix ! L'œuvre que vous rêviez est accomplie.

Et les semaines passèrent, les fleurs se flétrirent, l'inscription du ruban s'effaça peu à peu, rongée par la pluie, sans que jamais personne réussît à savoir quelle main inconnue avait apporté là cette couronne, et à quelle aventure obscure, ignorée de tous, les mots qu'on avait pu y lire autrefois faisaient allusion.

Bien que l'histoire du Dauphin Charles-Louis, duc de Normandie, qui devait être Louis XVII, soit encore enveloppée de ténèbres, un fait pourtant demeure acquis : celui de son évasion de la tour du Temple, où, après la chute de la monarchie, au 10 août 1792, il avait été enfermé avec sa famille [1].

[1] Il est bien entendu que l'opinion de l'auteur reste libre, et que les éditeurs ne prennent aucun parti dans ce problème historique. (*Note des éditeurs.*)

En dépit de dénégations intéressées, et sans qu'on puisse d'ailleurs préciser exactement quelle fut son existence postérieure, il est certain que le Dauphin ne mourut pas au Temple le 8 juin 1795, et qu'au moment où se produisit le décès de l'enfant reconnu faussement comme le fils de Louis XVI, le « véritable » en avait été déjà enlevé, grâce au dévouement d'obscurs et fidèles serviteurs aidés en sous-main par Joséphine de Beauharnais, Barras, Frotté et quelques autres.

Mais, de même qu'à différentes reprises le chevalier de Jarjayes, le municipal Toulan, le baron de Batz, Gonzze de Rougeville, Michonis, avaient essayé sans succès de faire sortir Marie-Antoinette du Temple ou de la Conciergerie, des tentatives analogues avaient eu lieu, après la mort de l'infortunée souveraine, dans le but d'arracher le Dauphin, son fils, de l'affreux cabanon où l'enfant se mourait peu à peu.

C'est l'une de ces tentatives, — qui avait précédé la délivrance finale, — que nous avons essayé de raconter.

FIN

TABLE

I. — Ce qui se passait à Bruxelles au mois de juin 1792. 7

II. — Aurore de Puiseaux. 23

III. — Un couple royaliste. 35

IV. — L'homme de la Convention. 57

V. — Profils d'émigrés. 73

VI. — Le comte de Rochemeuse. 87

VII. — La maison de Saint-George Street. 99

VIII. — Les préparatifs 111

IX. — Terre de France. 131

X. — Le capitaine Guétrier. 151

XI. — A Chevreuse 165

XII. — Artémise Duthoit. 181

XIII. — Le duc de Normandie. 202

XIV. — Le complot 215

XV. — Le citoyen Léonidas. 233

XVI. — Sur la piste. 253

XVII. — L'agent secret. 273

XVIII. — Les suspects. 293

XIX. — L'envoyé de Vérone. 315

XX. — La citoyenne Beauharnais. 333

XXI. — L'assassinat. 351

30190. — Tours, impr. Mame.

BIBLIOTHÈQUE DES FAMILLES ET DES MAISONS D'ÉDUCATION

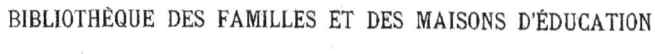

FORMAT GRAND IN-8° — 1re SÉRIE

VOLUMES ORNÉS DE NOMBREUSES GRAVURES SUR BOIS

ADEN A ZANZIBAR (D'), Un coin de l'Arabie heureuse, Le long des côtes, par Mgr Le Roy, vicaire apostolique du Gabon.

A TRAVERS LE ZANGUEBAR. Voyages dans l'Oudoé, l'Ouzigoua, l'Oukwéré, l'Oukami et l'Ousagara, par les PP. Baur et Le Roy, missionnaires au Zanguebar.

A TRAVERS L'ESPAGNE ET L'ITALIE, par Victor Fournel.

AVENTURES D'UNE ÉMIGRÉE (LES), par Philippe Chaperon.

BLANCHE DE CASTILLE (HISTOIRE DE), par Jules-Stanislas Doinel.

CARAVANE DE LA MORT (LA), Souvenirs de voyages, par Karl May; traduit de l'allemand par J. de Rochay.

CHRÉTIENS ILLUSTRES (LES), depuis la prédication des Apôtres jusqu'à l'invasion des barbares, par J.-B. Marty.

CONSCRITS DU TRAVAIL (LES), ou l'Enseignement professionnel chrétien, par Guy Tomel.

CORÉE ET LES MISSIONNAIRES FRANÇAIS (LA), par Adrien Launay, de la société des Missions étrangères; introduction sur le pays, les mœurs et les coutumes, par Charles Dallet, de la même société.

FABIOLA, ou l'Église des Catacombes, par Son Éminence le cardinal Wiseman; traduit de l'anglais par M. Richard Viot.

FEMMES D'AUTREFOIS, par A. Chevalier.

FLEURS DE LORRAINE, par Jean Tincey.

FRANCE COLONIALE ILLUSTRÉE (LA), Algérie, Tunisie, Congo, Madagascar, Tonkin et autres colonies françaises, par Alexis-M. G.

FRANCE PITTORESQUE (LA), Région du Nord, par Alexis-M. G.

FRANCE PITTORESQUE (LA), Région de l'Est, par Alexis-M. G.

FRANCE PITTORESQUE (LA), Région de l'Ouest, par Alexis-M. G.

FRANCE PITTORESQUE (LA), Région du Sud, par Alexis-M. G.

HISTOIRE NATURELLE EXTRAITE DE BUFFON ET DE LACÉPÈDE, quadrupèdes, oiseaux, serpents, poissons et cétacés.

IMITATION DE JÉSUS-CHRIST, avec une prière et une pratique à la fin de chaque chapitre, par le R. P. de Gonnelieu.

ITINÉRAIRE DE PARIS À JÉRUSALEM, par le vicomte de Chateaubriand.

JAPON D'AUJOURD'HUI (LE), Journal intime d'un missionnaire apostolique au Japon septentrional.

JEANNE D'ARC, par Marius Sepet.

JÉSUS-CHRIST (HISTOIRE DE), d'après les Évangiles et la tradition, par M. l'abbé J.-J. Bourassé.

LES PLUS BELLES CATHÉDRALES DE FRANCE, par M. l'abbé J.-J. Bourassé.

LE PLUS FORT, par Champol.

OFFICIER DE FORTUNE (L'), de Walter Scott.

ORPHELINE DES FAUCHETTES (L'), suivi de : L'ONCLE JACQUES, et de : LES ÉTAPES DE FRANÇONNETTE, par Marguerite Levray.

PAYS DES MAGYARS (LE), Voyages en Hongrie. Ouvrage adapté de l'anglais par A. Chevalier.

PIRATES DE LA MER ROUGE (LES), Souvenirs de voyages, par Karl May, traduit de l'allemand par J. de Rochay.

POLE SUD (LE), par Harold.

ROCHE-YVOIRE (LA), suivi de : SANS BRISEAU, par Marguerite Levray.

ROI DES REQUINS (LE), suivi de : UN BRELAN AMÉRICAIN, L'ANAÏA DU BRIGAND, par Karl May. Traduit de l'allemand par J. de Rochay.

ROME, ses églises, ses monuments, ses institutions, par M. l'abbé Roland.

SAINT LOUIS, SON GOUVERNEMENT ET SA POLITIQUE, par Lecoy de la Marche.

SUR TERRE ET SUR L'EAU, Voyages d'exploration dans l'Afrique orientale, par Mgr Le Roy.

TESTAMENT DU CORSAIRE (LE), Aventures de terre et de mer, par Edmond Neukomm et Gaston Dujarric.

UN TOUR EN SUISSE, par Jacques Duverney.

UNE VISITE AU PAYS DU DIABLE, Souvenirs de voyages, par Karl May; traduit par J. de Rochay.

VIES DES SAINTS POUR TOUS LES JOURS DE L'ANNÉE, avec une pratique de piété pour chaque jour.

VOYAGES DANS LE NORD DE L'EUROPE : UN TOUR EN NORVÈGE, UNE PROMENADE DANS LA MER GLACIALE (1871-1873), par Jules Leclercq.

Tours. — Imprimerie MAME.

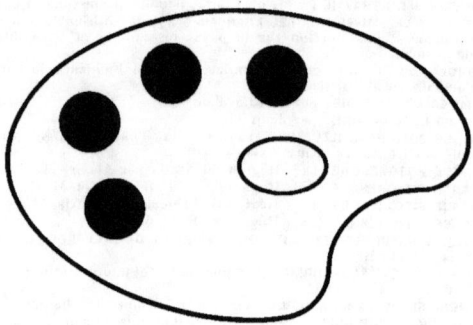

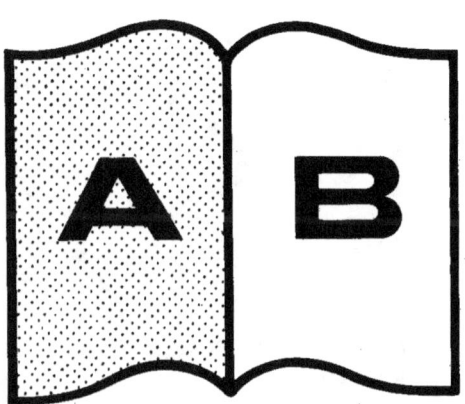

Contraste insuffisant

NF Z 43-120-14

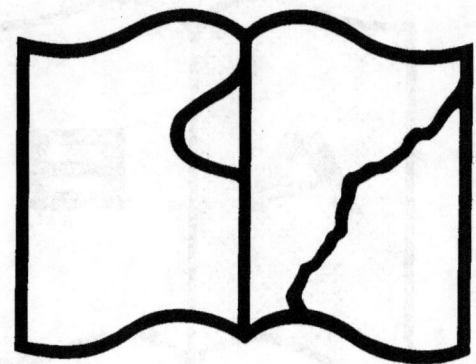

Texte détérioré — reliure défectueuse

NF Z 43-120-11

www.ingramcontent.com/pod-product-compliance
Lightning Source LLC
Chambersburg PA
CBHW050322030726
47505CB00003B/820